教育趁年华

汪智星 著

江西教育出版社
JIANGXI EDUCATION PUBLISHING HOUSE

·南昌·

赣版权登字-02-2023-306

图书在版编目（CIP）数据

教育趁年华 / 汪智星著. —— 南昌：江西教育出版
社，2023.10
　　ISBN 978-7-5705-3841-6

　　Ⅰ.①教… Ⅱ.①汪… Ⅲ.①散文集－中国－当代
Ⅳ.①I267

中国国家版本馆CIP数据核字（2023）第164403号

教育趁年华
JIAOYU CHEN NIANHUA

汪智星 著

江西教育出版社出版
（南昌市学府大道 299 号　邮编：330038）

出 品 人：熊　炽
责任编辑：曾　琴
美术编辑：张　延

各地新华书店经销
江西赣版印务有限公司印刷
710 毫米 × 1000 毫米　　16 开本　　16 印张　　229 千字
2023 年 10 月第 1 版　　2023 年 10 月第 1 次印刷

ISBN 978-7-5705-3841-6
定价：50.00 元

赣教版图书如有印装质量问题，请向我社调换　电话：0791-86710427
总编室电话：0791-86705643　　编辑部电话：0791-86708350
投稿邮箱：JXJYCBS@163.com　　网址：http://www.jxeph.com

序

"一切皆有可能！"只要有理想信念，肯为之奋斗，且持之以恒，每个人都有无限可能。智星从"不太可能"（读师范时险被校长"开除"，刚教书时照本宣科且紧张得汗湿衣襟，给人的感觉好像不是一块教书的"好料"）到今天的"很大可能"（名师、特级、正高，著作甚丰，而且"兼善全区"），未来还会有"无限可能"，靠的就是以下几种优秀品质。

信念为最。信念是什么？信念是认知、情感和意志的有机统一体，是人们在一定的认识基础上确立的对某种思想或事物坚信不疑并身体力行的心理态度和精神状态，它以认识为基础，以情感为关键，以意志为保证。说得直白一点，信念就是对相信的事念念不忘。有执着信念的人，每时每刻都像拿着冲锋枪的战士，随时准备冲锋陷阵。那种气势，就是"咬定青山不放松""不达目的誓不罢休"，就是"困难面前不低头，泰山压顶不弯腰"，就是"胜不骄，败不馁""跌倒了再爬起来"。有坚定的信念，才可能有美好的人生。故王国维《人间词话》中先有"衣带渐宽终不悔，为伊消得人憔悴"的第二境，然后才会有"众里寻他千百度，回头蓦见，那人正在灯火阑珊处"的第三境。第二境说的是信念，第三境说的是理想的实现。

方向为要。歌德有句名言："最重要的不是你站在何处，而是你将走向何方。"很多时候，起点由不得我们选择，比如说，出生在什么地方（城市还是农村）、什么样的家庭（富贵还是贫寒），那是"命"中注定的。但人生的路走向哪里、如何走，在很大程度上取决于自己。故而"走向何方"比"站在何处"要重要得多。革命前辈李大钊就曾这样说过："青年呵！你们临开始活动以前，应该定定方向。譬如航海远行的人，必先定个目的地，中途的指针，总是指着这个方向走，才能有达到目的地的一天。若是方向不定，随风飘转，恐怕永无达到的日子。"人生没有目标，方向不明，就如同船航行在大海上，如果你不知道目的港，那么什么风对你而言都是顺风，你就只能是"随风漂""信天游"了。有了方向，有了目标，每一步都算数，每一步就都有用。

恒心为重。有的人"常立志"，而不是"立长志"，今天信誓旦旦说要在这个行业成功，过了几个月之后，他换公司了，又豪言壮语地说要在那家公司获得成功。可是，做了一阵子他又换公司了。一年换了几种不同公司的名片，上次印的名片还没有发完，就又重印了。这样的人会成功吗？"成功"就像一个在你面前漂浮不定的靶一样，要射中它是不容易的。成功的秘诀不在于一蹴而就，而在于你是否能够持之以恒，坚持不懈。不管做什么事，认准了，就坚持，任尔东西南北风，义无反顾，执着地做下去，一定会收获一个灿烂的明天。"骐骥一跃，不能十步；驽马十驾，功在不舍。"有一个"一万小时定律"，是说人在某一方面要想有所作为，要能坚持一万小时，相当于每天练习近三小时，坚持十年。巧的是，智星"每天晚上近三小时的阅读和写作，几乎雷打不动"，而且坚持了远不止十年。他的成功就是这样来的，正符合古人所说的"古之立大事者，不惟有超世之才，亦必有坚忍不拔之志"。

行动为本。有了理想、信念、方向、恒心之后，最重要的是行动。有人甚至说，做一件事，只要开始行动，就算获得了一半的成功。演讲大师齐格勒说，世界上牵引力最大的火车头停在铁轨上，为了防滑，只需在它的 8 个驱动轮前面塞一块 1 英寸（1 英寸 =2.54 厘米）见方的木块，这个庞然大物就无法动弹。然而，一旦这个巨型火车头启动，这小小的木块就再也挡不住它了；当它的时速达到 100 英里（1 英里≈1.6093 千米）时，一堵 5 英尺（1 英尺 =0.3048 米）厚的钢筋混凝土墙也能被它轻而易举地撞穿。可见，行动的力量有多大！世界上没有无缘无故的成功，与其坐而论道，不如起而行之，只有行动了，才能一步步逼近自己的目标，成就美好的人生。当然，也有人在行动，但是，一有时间就打牌、打麻将、游山玩水，你不跟他一起玩儿，还会被嘲笑为"另类"。但是智星愿意做这样的另类，一步一个脚印，扎扎实实地深耕在教育、教学、教研工作中，乐在其中，乐此不疲。

叶存洪

南昌师范学院江西教育评估院院长、二级教授

目　录

第一章　教育感悟篇

第二章　教学思悟篇

第三章　真情体悟篇

第四章　往事洞悟篇

后记

第一章　教育感悟篇

每个人都有无限的可能

1

记得师范同学毕业二十周年聚会时，同学们都笑着对我说："全班数你的变化最大，你的变化让大家怎么也没想到。当年在师范读书时，你可是……"

在此，我就揭一下自己的"底"。

我是 1992 年考入江西省万年师范学校的。那年中考，万年师范学校在婺源招 50 名优秀考生。我庆幸自己考取了师范学校，这也是一件举家欢庆的大事。为什么说自己庆幸？因为我是以第 50 名的成绩考入的。印象很深刻，当时我的中考总分为 465 分。那一年，全县 465 分的考生有三个，因为录取指标严格限定，最后只能三取一。怎么办？之前还沉浸在极度喜悦中的我瞬间忧虑不安。后来，江西省万年师范学校派到婺源负责招生的领导表示，看看三名考生的语文分数，谁的语文分数高就录取谁。听到这个消息，我更是感到无望，因为三年的初中学习，除了英语，语文成绩是最差的。没想到，结果挺戏剧性的。我的语文中考成绩为 68 分，其他两名考生居然不及格。就这样，我被江西省万年师范学校录取了。

对我而言，三年的初中读书生涯是极艰苦的。一是家庭经济窘迫，吃的根本没有营养；二是为了考取师范学校，自己也是拼了命地读书，过度地学习导致体质急剧下降。初中三年，我几乎疾病不断。当我考取江西省万年师范学校后，心想已是"鲤鱼跃入龙门"了。于是，在师范学校的三年里，我彻底放弃学习，天天专注于各种运动和玩耍。那时学校管理很严格，学期结束后，期末考试有三门不及格就要留级。第一个学期考试结束，我竟有五门不及格。幸好，那个学期学校给了学生补考机会。我约莫个把星期没日没夜地复习，终于均以及格成绩"死里逃生"。人因涣散而生事。后来，整天无所事事的我在学校里干了许多"出格"的事，导致班主任见到我就特别头痛，对我恨得咬牙切齿。读二年级时，一个星期内我竟被校长直接抓到三次：睡懒觉、打玻璃、踢墙面。班主任忍无可忍，要求校长将我开除。校长表示同意，让班主任给我父母打电话来学校接人。这对我触动很大。我心想：好不容易考取了师范学校，考取时是举家欢庆，现在要被开除回家，颜面何存？没过多久，因为校长工作调动，调离学校，开除我的事就被搁下。从此，我"老实"了许多，也改变了许多。记得一次全校大扫除，我特别卖力，在班级总结会上，班主任终于表扬了我一次。

现在回忆起来，自己都觉得当时不知怎么了。在师范学校学习的三年时间真是白白浪费了。正因为如此，在同学毕业二十周年聚会时，他们一个个都对我的变化感到诧异。

2

2019 年 10 月，江西省万年师范学校（这时的万年师范学校和上饶师范学校合并，更名为"上饶幼儿师范高等专科学校"）迎来建校七十周年大庆。这次校庆，我作为优秀校友被邀请前往参加校庆。为什么会被邀请？学校认为我成长为特级教师、正高级教师，是众多毕业生中的佼佼者。校庆那天，我到了学校，一见面就认出全天负责接待我的老师，他便是自己当年读书时的董克凡老师。董老师很热心，虽然二十四年没见面，但是相见时就像亲人见面一样，非常亲切。我告知董老师自己当年的班主任是程恒新老师。他说，程老师已退休，今天可能会以退休教师的身份被邀请来参加校庆。

我和董老师一同往学校里走，没走片刻，就碰到了程恒新老师。我立即迎了上去，拉着程老师的手，自我介绍着："程老师，我是92级3班的汪智星。"程老师笑着说："哦，汪智星，你也来了。听说你去南昌工作了。你们班上还有其他同学来吗？"这时，董老师走上前，对程老师说："程老师，汪智星老师是您的骄傲哇！他现在是全省有名的特级教师，还是全省最年轻的正教授。他是你们班唯一被邀请参加校庆的优秀校友。"听董老师这么一说，我有点儿不好意思地说："没有，没有，感谢程老师当年的教诲，感谢母校的培养。"程老师望了望我，又笑着说："变化很大。真是没有想到，当年最令我头痛的学生竟有了这么大的变化。"我们在董老师的陪同下，参观了校史馆。在校史馆的优秀校友栏里，有我的照片和简介。这时候，程老师仔细看了看我的简介，再次称赞道："不错！不错！真的不错！实在没想到哇！"我不好意思地说："谢谢程老师当年的教诲。"程老师接过话茬儿，笑着说："汪智星，你还记不记得，当年你在学校时，可是要被校长开除的学生呢。"听到程老师回忆起这事，我也笑了。

3

讲述着二十五年前的师范学校读书生涯，再对比自己从教后的健康成长，我也常常陷入反思。为什么自己从教后有着如此大的变化呢？我想，跟以下四个因素分不开。

一是遇到了优秀的引路人。二十五年的从教生涯中，我先后与七位校长共事，每一位校长对我的成长帮助都很大，但是影响最大的要数在婺源工作时的胡万开校长。我跟他先后两次共事，一次是在1997年至1998年两年，和他在江湾镇中心小学共事；另一次在是2001年至2010年，和他在婺源县紫阳第一小学共事九年。什么是优秀的引路人？就是在工作中主动帮你，也能够帮你的人。主动帮你，就是作为学校的校长，他会为学校的发展去谋划，为教师的发展去思考；能够帮你，就是作为学校的校长，有着高尚的人格魅力和高超的专业能力，他的这些优秀的素养能够影响和改变你。首先是对待工作的态度。工作中，胡校长就是一个"拼命三郎"，做事情总是身先士卒，冲锋在前，不畏困难，努力把工作高质量完成。其次是对待同事的真诚。他要求同事工作要不遗余力，尽职尽责，尽善尽美。同时，他对待同事也是关怀备至。无论同事个人还是家庭有困难，他总是竭尽全力帮助解决，让大家总能全心、静心扑在工作上，拼命地干。最后是宽广无私的胸怀。这一点，是我最佩服的，也是对我影响最大的。一个人做事、待人有着怎样的格局，就取决于他有着怎样的心胸。一个人能否做到"宰相肚里能撑船"，能否做到"己所不欲，勿施于人"，能否做到"想人之所想，急人之所急"，能否做到"退一步海阔天空，忍一时风平浪静"，等等，都取决于他是否拥有宽广无私的胸怀。这些优秀的品质，在与他共事的十一年时间里，我都能从他的言行中感受到，我也从初出茅庐的教师，成长为在省、市层面有一定影响力的学科教师。

二是找到了前进的方向。方向决定力量。从师范学校刚毕业那会儿，我对教书没有丝毫兴趣，整天想着能不能放弃教书，去当兵，或转行，甚至下海去闯一闯。年轻人想法总是很多，但又是那么不切实际。原因很简单，你凭什么？有这个能力，还是有这个资源？既然都没有，一切的想法不就成了空想吗？正所谓"一夜想去千条路，明早起来还是做酒卖豆腐"。工作两年后，我决定放弃自己过去的一切空想。我清醒地告诉自己：既然选择了教书育人，就静下心来把它做好，让自己平凡的人生因努力奋斗而变得不平凡。很快，2001 年 4 月，工作不到六年，我就代表上饶市赴深圳参加全国小学语文创新课堂教学大赛，执教的《草船借箭》获全国一等奖第二名；2001 年 6 月，我的教学论文《我教学生写童话》发表在《江西教育》上；2002 年 1 月，我被评为江西省师德先进个人。就这样，随着在工作岗位上的努力及取得越来越多的教学成绩后，自己对语文教学开始变得主动且感兴趣。2006 年 12 月，三十岁的我被破格评聘为小学特高级教师，成为上饶市最年轻的副教授；2011 年 9 月，三十五岁的我被评为江西省最年轻的特级教师；2016 年 12 月，四十岁的我被评为江西省最年轻的正高级教师（正教授）。前进的道路上，我也会因一些成绩的取得，在不知不觉中产生满足和自傲的情绪。但是，我明确了方向：教书育人为己任，立德树人享人生。因此，我总能及时反思，提醒或告诫自己。我曾在不同阶段为自己写的几篇文章，就是此意。评上特级教师后，我为自己写了一篇题为《评了特级教师，汪智星还是汪智星》的文章；评上正高级教师后，我又为自己写了一篇题为《评上正高，焉能止步》的文章。其间，我还为自己写了《做有教育信仰的人》《做一位被需要的教师》等文章。写这些文章，就是要时刻提醒或告诫自己，明确教育人生的方向是什么，朝哪里出发，不能迷失，不能反复，不能折腾，更不能误入歧途。

三是成长过程中需不断加压。井无压力不出油，人无压力轻飘飘。1997 年 12 月，学校派我去济南听课。回来后，校长要求我次年正月开学为全镇百余位语文教师上一节示范课，再做一个报告。实话实说，工作第三年的我，哪里知道上示范课，哪里知道做报告。但是，任务已下，做好一切准备才是第一要务。整整一个春节假期，别人去串门或游玩，我却把自己关在家里，一稿一稿地设计教案，一稿一稿地撰写报告。在面向全镇做示范后，虽没有达到预期效果，但是整个准备过程对我来说弥足珍贵。正是这种外界压力倒逼着自己提升内驱力。当教师成长到一定阶段，压力主要来自一个人的内部。当下，在别人看来，我够优秀的了，同事们都说："你都到顶了，可以放慢前进的步伐了。"事实上，当自己越优秀，就会发现自己不足的地方越多。如，自己读了几百本书，可当看到更优秀的教育前辈列出的阅读书单时，发现里面有许多书自己连听都没有听过，额头不禁渗出冷汗。我总暗暗告诉自己：继续努力，成长之路还长着呢。又如，自己发表了近两百篇教学论文，前后写了六本教育专著，却发现和自己年纪相仿的同门师弟何捷，竟发表了一千余篇教学论文，前后写了三十余本教育专著。这时候，我的额头、手心都直冒汗，再也不敢放缓脚步。我常常提醒自己：持续奋斗，满足就是后退。

四是要做就做最好的自己。我曾经读过一句话："要做就做最好。"做最好太难，尤其是把比较对象确定为别人，就更难。因为横向比较，是无止境的，要知道"一山还有一山高"。我强调的是要做就做最好的自己。做最好的自己，旨在要求自己通过努力去挑战自己、超越自己、实现自己。这种定位我觉得是可行的，也是一个人不断实现自我的关键。这些年来，我始终给自己确定阶段性成长目标。我的成长阶段一般以五年为一个周期。如，五年里要阅读多少本书籍，写出多少篇文章，平均到每一天，每天要阅读多少文字，要写多少文字。这些，我对自己都是有着严格要求的。一般是下要保底，上不封顶。经过一学年后，我发现自己阅读了二十本书籍，写了四十余万字的文章，内心会觉得特别充实，特别幸福。第二学年，我的阅读量和写作量不仅保持着，甚至还超越了。这就是进步，这就是做最好的自己。当然，做最好的自己不仅指专业素养的提升，还指人格魅力的提升。过去，自己遇到工作上的烦心事，会急躁，会恼怒；现在，同样是遇到烦心事，自己却能冷静下来，思考原因，琢磨策略，最终机智而圆满地解决了问题或困难。这样的经历，是教师走向成熟的表现，也是"做最好的自己"的具体表现。一位教师，无论是专业素养还是人格魅力，都努力"做最好的自己"，那他一定是执着工作、追求幸福的教师。

　　"应该用欣赏的眼光去看待每一个学生，因为每个人都有着无限的可能。作为教育工作者，最重要的是启发学生确定自己的奋斗方向，引导学生朝着奋斗的方向前进，走好自己的人生路。"这是南昌市东湖区北湖小学青年教师饶岚在听了我的成长故事后得出的感受。我想，学生成长如此，教师成长亦如此。

本真教师之精神

小学五年级语文教材里有一篇课文，题目为《梅花魂》。显然，这"魂"是指精神。"梅花魂"既是指梅花的精神，也是指身在异国他乡的"外祖父"坚守爱国情怀的精神，还是指中国人坚贞不屈的秉性与精神。我以为，作为教师也定是要有其精神的。然而，作为"本真教育"思想与理念下的"本真教师"又必须具备哪些精神呢？

专业精神——教不"惊"人誓不休

当下，我国教师队伍是持有专业技术资格证的一个相对单纯的群体，因为教师是通过职称的评审获得相应级别来评判其能力的。一般情况下，职称越高，专业能力越强；职称越低，专业能力越低。谈教师的专业精神，就是要求我们的教师要有强烈的专业成长意识。若一个教师从刚入职，就只满足于照本宣科，依葫芦画瓢，这样的教师是不能胜任教学任务的，若不把其逐出教师队伍，其所作所为，势必误人子弟。若一名教师进入教师队伍，起初能奋起向上，到达一定阶段积累了较为丰富的经验，此时的他开始停滞，开始陶醉于"舒适区"，靠"老本"维持自己的后期教学生涯，直至"光荣"退休，这样的教师虽然不会误人子弟，但终究难以实现常教常新，难以让更多学生在其教导下实现更高的学习目标，或是树立更远大的人生理想。什么样的教师才是具有专业精神的呢？就是在自己专业成长的道路上，遵循教育教学规律，不断学习、反思、进取、创新的教师。对这样的教师而言，生命不息，学习不止，面对任何教学问题或教育现象，总会打破砂锅问到底，总会自我建构，自我质疑，自我完善，自我实现。这样的教师对于同一篇教材的解读，去年的方法跟今年的方法是不完全一样的，昨天的方法跟今天的方法是不完全一样的。

一位学者在回忆朱自清的教学生涯时写道："朱先生把上每一节课都当作大事对待，哪怕上的是很熟的教材，在上课之前，他还是要精心设计，仔细预备，一边走上课堂，一边还是十分紧张。"以朱自清的学识能力、业务素质，教学应是一件"平常事"，上课之前他却依然"十分紧张"。正是每次的"十分紧张"让朱自清的教学越来越专业，越来越精彩，而这"十分紧张"的过程于他而言并不痛苦。具有专业精神的本真教师一定是执着于教学工作，一定是因教学而快乐，因思考而快乐，因自己的不断质疑，甚至否定再重建自我而快乐的。本真教师的专业精神是什么？简而言之，就是钻研的精神，就是执着的精神，就是"板凳甘坐十年冷"，就是教师自我成长过程中的一种主动需求。

事业精神——一生只为"你"而来

全国著名特级教师周一贯曾为江苏省特级教师吴勇写下这样一句话："一个人，一辈子，一件事。"后来，我在与吴勇的一次交流中，发现他在从教二十六年潜心研究"童化作文"，出版"童化作文"系列专著十一本，他的"童化作文"主题论文发表于全国核心期刊两百余篇，示范"童化作文"系列精品课五百余次。这一组组数据，可见他对待自己所从事的工作的执着，甚至是痴迷。全国青年名师何捷工作二十四载，出版教育专著三十余本，发表教学论文一千余篇。何捷在"语文榕"公众号下面写下了这样的话："因为喜欢，所以坚持；因为坚持，所以越来越喜欢。"在全国教师队伍中，像吴勇、何捷这样的教师还有很多，有的甚至比他们更执着、更勤奋。

这就是他们对待教育事业的精神。把教师工作当作混饭吃、维持生计的事情，在他的眼中教师就是一个职业；把教师工作当作自己一生的追求，在他的眼中教师就是一项事业，甚至是人生命业。凡是把教师工作当作自己的事业，甚至是人生命业的教师，才是真正拥有事业精神的教师。

服务精神——一切为了儿童的发展

普罗塔哥拉提出一个著名的命题："人是万物的尺度，是一切存在的事物所以存在、一切非存在事物所以非存在的尺度。"这里，是否可以延伸出这样一个命题——"学生是教师所以存在的尺度"。教师的角色定位是什么？教师通过自我专业能力和人格魅力的不断提升，为自己所教学生丰富学识和塑造人格而服务。教师要实现服务学生，其前提就是自我专业的不断提升；否则，服务学生将成为"假"服务。

江西师范大学文学院院长、教授詹艾斌曾讲述过一个案例。某县评师德标兵，最终一名刚参加工作不久的女教师胜出。其原因是她刚参加工作，校领导就把学校两个毕业班的语文教学任务交给她。年轻的教师没有教学经验，课堂上只能靠自己依着"教参"分析教材，课后牺牲自己的课余时间，实行"题海战术"。皇天不负有心人。最后在全县毕业会考中，两个班的成绩全部进入全县前列。学校在期末评估中，也因她所教毕业班成绩的优秀获得县级教育先进单位。案例的背后，我们究竟能读到什么？对学校管理者而言，年轻教师专业能力不强，教学没有经验，学校怎能以她年轻精力充沛为理由让她承担两个毕业班的教学工作呢？对年轻教师而言，你越努力，对学生的伤害越大。假如你不努力，课上不"照本宣科"，课后不采取"题海战术"，学生可能会获得更多自主阅读和思考的时间，语文能力会提升更大，而不是获得"死知识"，或是可怕的高分。案例中的教师不是没有服务意识，但却不是学生真心需要的服务。因此，本真教师之服务，是指学生在学习和生活中需要的服务，即教师专业能力和人格魅力不断提升下的服务。这也是本真教师拥有的服务精神所存在之价值与意义。

本真教师之写作谈

大家都知道，阅读和写作之于教师，犹如鸟儿的双翅，车子的两轮，缺一不可。阅读对于大多数教师而言，是一件愉悦身心的事，可是写作对于大多数教师而言，却是一件比较痛苦的事。教师常常为不知写什么、怎么写而绞尽脑汁，甚至苦不堪言。这绝非夸大其词。要不然，在各级层面的教师论文写作中，就不会出现那么多的抄袭现象。下面，我结合自己多年的写作实践谈谈教师写作。

写不出来，怎么办

我从师范学校毕业后从事体育教学。为什么？因为自己是体育专业毕业的吗？断然不是。因为自己从师范毕业时实在是不知道教什么学科。书从来不看，文从来不写，可见语文教不得；画不会作，歌不会唱，可见美术、音乐教不得；学校数学老师充足，自然轮不到我。思来想去，觉得体育课就是带着学生运动，因此，向校长申请了教体育。其实，对体育课怎么教自己是一窍不通。三年的体育教学后，由于形势所逼，我不得不改教语文。改教语文后，我自然面临着各类文稿撰写的挑战，尤其是每年一次学校层面的论文评比，非完成不可。可是，自己实在不知如何下手。不过，我后来找到了一些门径。

1. 不会写，就多阅读。在那些自己拿起笔半天也写不出一个字的日子里，我倒是逼着自己持续做了一件事——选择一本教育专著天天阅读，读了一遍又重复读一遍。读着读着，书里的许多教育教学观点或主张给自己留下了深刻印象；读着读着，书里的许多精彩教学案例及作者的阐述解读让自己受益匪浅。当书读到一定程度的时候，脑子里总会不时地冒出一些自己想去表达的话题。我想，这应该是自己阅读时产生的阅读共鸣与写作的冲动吧。于是，我就开始练写着。起初，自己写出的小文章实在不成熟，但毕竟是"敝帚自珍"吧，面对自己痛痛快快写出的"不成器"的东西，心里依然美滋滋的。

2. 不会写，就多实践。起初教学的时候，我常常把在阅读时读到的一些好的教学举措和教学方法尝试着运用到自己的课堂上，有时成功，有时失败。后来，我发现不管是成功还是失败的尝试，都可以成为自己写作时的第一手真实且有一定价值的素材。当对这些自己在教学实践中的成功或失败的案例进行再解析、再思考、再审辨时，对教育教学的现象及本质便能看得愈清晰、愈透彻。在长期的教学实践中，我养成了一些好习惯。例如，喜欢思考，喜欢追问，喜欢比较，喜欢审辨。在长期的思考与追问中，在反复的比较与审辨中，我想问题更全面、更深入，表达的观点更清晰、更鲜明。

3. 不会写，就多写写。正因为你不会写，才更要多写。每天晚上，我打开电脑，不是上网冲浪，而是打开 Word 文档，有则多写，无则少写。哪怕实在无话可写，就写写自己当时沮丧的心情，锤炼"笔头子"功夫。我有一个习惯，就是天天写。开始写作时，我称自己像老鼠一样不停地"爬格子"，实在无趣，但正是这样的自我倒逼，还真写出了一些或长或短的文章。这些文章写出来不是为了发表，但总能让自己有意无意地去翻翻。甭说，每每翻开，真有一种自我陶醉的感觉。写作其实是一个熟能生巧的过程。因为在不断的具体语言实践中，自己的词汇就会越来越丰富，语言就会越来越精炼，还有文章的布局谋篇、语言表达的内在规律就会被逐渐了解并掌握。这些关于写作的知识及能力，不是通过背书本上的内容而获得的，而是在具体写作实践中自我总结和感悟出来的。多写对自己写作能力的提升帮助很大。有人说我这是"无师自通"，其实，并非无师自通，只是在大量写作实践中找到了规律，自己成了自己的老师罢了。

写得不好，怎么办

当写不出来时，我常提醒自己，文章是写出来的，让自己的练写成为进行时。当写得不好时，我也常提醒甚至告诫自己，好文章是改出来的，好文不厌千回改。记得自己于2001年写了一篇题为《立足质疑排难　开启创新之门》的教学论文，当时自我感觉阐述的观点挺新颖，于是，把稿子寄给《江西教育》编辑部。三个月后，我收到样刊。我打开信封查阅目录，却怎么也没有看见文章原来的题目，幸好看到了自己的名字。当我翻看文章时，近乎惊愕住了。原来的文章题目被编辑改为《我教学生写童话》，原来近四千字的文章被编辑删成九百余字。这次论文写作及发表的过程让我顷刻间明白，也切身体会到"好文章是改出来的"。

从此，我写好了文章再也不会旋即寄往编辑部。怎么办？我总结出三招：第一招，写好的文章会放在书桌上搁半个月，半个月里每天拿它读上几遍，在读中进行修改，这叫"自我润色"；第二招，半个月里会去寻找跟自己表达的观点相关的好文章进行阅读，不断完善、丰富自己表达的观点，这叫"扬长避短"；第三招，去翻阅多种杂志的目录，看看自己的论文更适合在哪种类型的杂志上发表，这叫"投其所好"。有了这三招，写出的论文发表的概率越来越大，几乎"百投百中"。后来，我发现自己所说的"招"其实是自己遵循了怎样把文章写好的规律。

遇到瓶颈，怎么办

写作的过程就像自己的专业提升过程一样，也会遇到瓶颈。从最初自己没有入写作之门，到自己通过大量写作实践摸索出可行的写作门道。因此，自己写出了一系列的教学文章。可是，你会发现在持续写作的过程中，总会遇到无法逾越的障碍，我认为这是教师碰到了写作瓶颈期。这个阶段再也没有第一次写出文章的欢喜感觉，再也没有第一次捧读自己发表的文章时的激动。此时自己的文章发表得过多，已是评职称或评专业荣誉时所需发表文章数量的十几倍甚至几十倍。这时的你，将怎样冷静面对自己、突破自己呢？

1. 寻找更高目标。在教学写作的道路上，要把自己的眼光放得更远些，向全省甚至全国更优秀的教师看齐。把他们作为自己下一阶段前行的目标，去靠近，甚至去超越。这些优秀教师的工作状态和执着精神是一般教师难以企及的，因为他们早已突破了自己成长的瓶颈，已从优秀迈向卓越。他们一年会写出多少文章，能发表多少篇文章，能出版多少本专著，我们难以猜测。他们是教学的"狂人"，是教育写作的"疯子"，而这"狂"与"疯"的背后折射出的是对教育的无比热爱与执着。当我看到师弟何捷近十年里发表了一千多篇高质量教学论文、出版三十余部教学专著时，我默默地告诉自己，教育写作之路于自己而言，才刚刚开始，沉潜吧，努力吧，戒骄戒躁吧！

2. 改变写作方式。很长时间我的教育写作随意性很强，今天阅读书籍时发现书中某个观点跟自己产生了共鸣，或是看到课堂教学实践中某一个精彩的教学环节，便拿起笔进行一番写作。这种散状的写作在我写作的初期是挺见效的，我也乐此不疲。当教师成长到一定程度，已是学科领域的省级名师，或是特级教师时，我建议，应该确立自己的教育教学主张，进而确立相关的写作主题。这样你可以围绕具体主题，写出一系列有着内在逻辑、关联的文章。当你完成这样的写作过程，会发现自己写的不是一篇文章，而是成体例的专题文章。如此，一本教育教学专著就出来了。我发现，这种写作成就感会远远大于随意的散状写作。

3. 让写作成习惯。孔子曰："知之者不如好之者，好之者不如乐之者。"的确，当你喜欢做一件事后，你会觉得自己为此付出的所有努力，都是值得的，都是快乐的，最关键的是你在主动而为，享受其中。基于自己在长期写作实践过程中拥有的较为丰富的写作成果，我发表省级以上期刊论文一百八十余篇，出版教育教学专著六本。渐渐地，自己爱上了写作。写作之于我，就像一日三餐，不写就会感到"饥饿"，不写就会觉得空落落。为什么？我认为，写作是自己生活的一部分。每天华灯初上时，我静静坐在书房里，打开电脑，耳边传来或急或缓的键盘声音，那是多么快乐的一种体验。合上电脑，虽至夜半，我却心中无虑，入睡坦然，那又是多么幸福的一件事啊！

　　写作过程中，只要教师坚持并养成写的习惯，只要教师深入琢磨写的门径与规律，就会从不会写，走向会写、能写、善写，最终迈向视写作为生活一部分的境界。起初写作，因为不会写，因为没有掌握写作的门径与规律，教师可以模仿着写，但是随着写作素材积累得越来越丰富，写作实践范围越来越宽广，写作能力越来越高，教师就要学会脱离"模仿"，更不能有"抄袭"的现象。作为教师的我们，要写自己的思考，表达自己的观点，要让教育写作的"风气"变得更为纯净。这正是本真教师进行写作应具备的基本品格。

本真课堂之教学细节

　　课堂教学的成败，取决于教学实施中的每一个细节。从一定意义上说，课堂教学就是由一系列的教学细节科学有效地组合而成的。如，交流、示范、思考等教学细节，都是需要教师充分考量教学实施过程中各方面的因素，而采用的具体的行之有效的教学行为。我听了青年教师甘甜执教的统编版五年级语文下册第一单元《语文园地》一课，对课堂教学中如何关注并处理好教学细节有着更深入的思考。

交流

　　课堂教学中，如果没有交流，教学其实是没有真正发生的。交流是课堂教学中教师常常运用的教学方式，但是怎样让交流环节有效地进行才是关键。首先，交流要有对象。交流绝不是学生个体的"自言自语"或"夸夸其谈"，最起码要有两个或两个以上的对象才可以进行。在课堂教学这样一个特定的场域里，可以是同桌之间、前后桌之间、师生之间、全班之间等进行交流。有了具体的交流对象，才保证了进行交流的前提。其次，交流要有话题。交流显然不是你说你的，我说我的，驴唇不对马嘴，而是需要教师提出一个具体话题，然后组织学生按照一定的形式进行交流。话题选择是很有讲究的，可以说是教师智慧的具体表现。要是话题过于浅简，学生不需交流，也知晓答案；要是话题过于繁难，学生再怎么反复交流，也无济于事。交流的话题一般具有一定的思维深度，能起到"一石激起千层浪"之效。学生会因为有了具体话题的交流，让疑惑得到解决，让能力得到提升，让兴趣得到进一步激发。最后，交流需要时间。我们常常看到教师在课堂上设计让学生交流的环节，可当教师把交流的话题刚提出不久，就见教师中止学生的交流，进行着自我"陶醉"式的讲析。也就是说，这样的交流是一种流于形式的假交流。甘甜老师在课前"回顾旧知"的环节中这样说："本单元学过的四篇课文，你们学会了哪些'体会文章思想感情'的方法，请同学们交流交流。老师给你们三分钟时间。"此处让学生交流，教师给出了明确的时间为三分钟。这个时间合理吗？多了还是少了？不妨来看看，第一，交流的是四篇课文，没有三分钟是不够的；第二，交流的课文是本单元刚学完的，所以三分钟是适宜的。教学中，教师给出具体的交流时间，对学生提高课堂学习效率，从小养成时间观念是一种很好的手段。什么是效率？就是在一定的时间内完成具体的任务。当这种学习状态成为习惯，于学生而言，才是终身受益的，相对于掌握了一定的知识更有价值。

示范

全国著名特级教师于永正曾说："示范是最好的教学方式。"可示范的方面有很多，如范读、范说、范写、范唱等。以范读为例，教师先对自己的范读提出三个问题：理解到位了吗？读好了吗？范读是做了良好的示范还是弄巧成拙，做了不好的示范？学者叶存洪认为，遇到任何困难，先自己针对困难连续提出三个问题。当把这三个问题解决了，困难也就克服了。教师引导学生读"太阳光芒四射，亮得使人睁不开眼睛，亮得蚯蚓不敢钻出地面来，蝙蝠不敢从黑暗的地方飞出来"一句时，想象句中描写的情景，再选择一种情景（忙、冷、吵、静、辣、快），照样子写一写。教学时，教师引导学生体会句子写了太阳特别亮，进而引导学生读出太阳的亮，之后引导学生说说读这句话时脑海中浮现出的画面，最后引导学生仿着句子写一写。整个教学过程中，我们不难发现教师作文的多处示范起到了良好效果。其一，引导学生对句子进行理解时，学生充分表达后，教师进行了示范——总结着"这一句是从蚯蚓、蝙蝠的表现来写太阳光的强烈"。这是"范"在后。其二，当学生在教师的引导下体会到太阳特别亮后，再通过他们自己的范读感受太阳的亮。这是"范"在中。其三，当让学生照着样子写一写时，教师又进行了示范，以"冷"写出："二月的天格外的冷，鸟儿早早地躲了起来，路上几乎看不到行人，我的牙齿不住地打着寒战，连空气似乎也冻僵了。"教师通过自己的"范"先给学生"铺路"。这是"范"在前。课堂教学中，教师恰到好处的"范"可以让学生的学习更有效地推进。

思考

思考既是一种能力，也是一种意识。学生先有思考意识，再逐渐在学习实践中形成思考能力，久而久之，就养成了令自己终身受益的思考习惯。一些学生不是缺乏思考能力，而是缺乏思考意识。遇到问题，这类学生总是绕着问题走，将问题置之一旁，不予理睬。这是一种思考惰性的表现。时间越久，这类学生的思考能力就越差，因为思考能力是需要有效锻炼的。要想提高学生的思考能力，首先要在课堂教学的具体环节中，让学生明白自己要思考什么。如，教师对学生说："请自读例句，说说你是怎样从例句中体会作者感情的？"学生需要思考什么，教师已明确告知学生。课堂上，学生的思考就不会是胡思乱想，不会不着边际。其次，既然是思考，就需要给学生独立思考的时间，思考时需要让学生进入专注状态。学习中，学生要学会带着教师的问题专注而独立地思考，这样的思考过程才是有价值的。最后，思考不能浅尝辄止，要有一定的深度。思考的深度取决于思考的方式。如，学会多元思考，学会逆向思考，学会聚焦思考，学会发散思考，学会创新思考。诸种思考方式因具体"思考什么"而灵活地选择，学生的思考才会有深度、有力度、有厚度。

　　课堂教学需要呈现出一种"本真"的状态。所谓本真，就是要求课堂教学中一切教学方法、策略及手段的选择与运用，都要遵循语文学科教学的规律，都要遵循学生的认知规律和年龄特征。上述谈及课堂教学中交流、示范、思考等教学实施细节有效与否，取决于教师是否遵循了科学、客观的教育教学规律。

本真教师的心

成尚荣先生的文章总让我痴迷。当捧读成尚荣先生的《蟋蟀吟：语文教师的语文素养》一文时，我不禁思绪万千。文章描述了三件事，其中第三件事是这样的。由于文字不多，我将其全部摘抄如下：

> 第三件事，"把心放在育人上"的研讨会。江苏南京师大附中最近举办了高中发展研讨会，主题定为"把心放在育人上"。这种诗意的表达，透出一个宏大、深沉的主题：将立德树人的根本任务落实在教育教学的全过程，并从学校实际出发，探索育人的途径与方式。学校教育的一切一切，都是在探索、建构育人模式，而育人的关键是教师的心，只有把心全都放在育人上，育人模式才有了核心，才有保证，也才有了可能。

简简单单一番话，成尚荣先生就把"育人的关键是教师的心，把心放在育人上，教育教学就有了保证与可能"的观点阐述得清清楚楚。成尚荣先生的文字总是不绕弯，不玄乎，而是深入浅出，让人豁然开朗，如醍醐灌顶。

关于教师的心，引起了我的再次思考。作为教师的我们更应该常常诘问自己，教育教学需要教师拥有怎样的一颗心呢？我想，新时代的本真教师是不是应该拥有这样的一颗心呢？

要有一颗爱心

"没有爱就没有教育。"这是教育界亘古不变的真理。关键是，作为教师，要爱谁？怎么爱？同时，你是否考虑了作为受教育对象的学生需要教师给予怎样的爱？如果在教师眼中觉得是一种真爱，可受教育对象感到的是一种戕害，那这种教师的爱越来越深，受教育对象受的戕害也就越来越深。换而言之，爱就成了戕害。教师要有一颗爱心。还得继续追问，要爱谁？我以为，可以从三个层面分析：第一，爱自己。为什么教师要有一颗爱心，先要爱自己？因为一个懂得爱自己的人，内心才会青春，才会阳光。世间的一切，在其眼中都会是美好的、有灵性的，都值得去善待，去珍爱，去呵护。所以教师懂得爱自己，就有可能会去爱别人，爱学生。第二，爱事业。教师的事业就是教书育人。试想，如果教师对自己从事的工作都不用心，都不专注，三天打鱼，两天晒网，做一天和尚撞一天钟，这样的教师怎么可能会去爱自己所教的学生呢？第三，爱学生。只有教师主动地、用心地去爱自己所教的学生，他们才会想学生之所想，急学生之所急，才会用心去倾听学生的话语，才会用心去感受学生的内心，才会和学生融在一起，走进学生的生活，走进学生的世界。也就是说，教师爱学生，不是占有，不是瞒骗，而是时刻以学生为中心，坚定儿童立场，为学生的学习服务，为学生的健康成长传递着爱。

我们都知道，无论是家庭教育，还是学校教育，随着教育的深入，受教育对象的逆反情绪越来越重。为什么？是家长或是教师爱得不够吗？定然不是。相反，许多情况下，是爱得太多，让受教育对象感到了巨大的心理压力。作为教师，一定要明白怎么爱学生。爱一个人，往往就是懂一个人。作为教师，对学生的爱也是一样。教师真的爱自己的学生，就要懂自己所教的每一个学生，包括每一个学生的性格、特点、爱好、兴趣，最关键的是学生对学习的主动需求情况等。作为教师，面对全班学生，不能充分考虑具体学情，不懂因材施教，而是用一种方法教到底，一把尺子衡量到底，其达成的结果往往比预设的目标要差得远。

要有一颗耐心

在教育教学的过程中，常常发现教师育人耐心的缺乏。教师育人耐心的缺乏，会导致学生耐心的消失。这是极为可怕的。教学中，教师引导学生思考一个具体问题，起初，教师的神情、言语都表现出了极大的耐心。然而，事与愿违。通过教师的一番讲解与引导后，学生依然一团糊涂。这时，教师强忍着内心的怒火，依然耐心地给学生讲解与分析。一番指导后，教师心想学生应该懂了吧，未承想，眼前的学生被教师讲解得越来越糊涂。教师内心之火如火山爆发时的岩浆喷涌而出。于是，目光怒视，言语恶毒，学生在教师面前战战兢兢。为什么会这样？因为教师缺乏耐心，所以他们始终是站在自己的角度去思考，去看待学生，总以为自己讲解的方法没问题，总以为是学生听得还不够认真，或是心不在焉。反之，如果教师真有耐心，在遇到这种情况后，不一味强压，而是换位思考：难道是我讲解的方法存在问题吗？难道是讲解与学生已知学习经验存在差距吗？如果是这样，往往就会因为教师的这份耐心，让教师的头脑更清醒、更理智，让教师能在较短的时间内找到问题的症结。试想，有哪个学生不希望自己在教师的指导下，走向成功呢？我们常常发现，很多情况下，教师一个鼓励的眼神，或是一个称赞的手势，都会让学生一连好几天喜形于色，甚至从睡梦中笑醒。教师的耐心需要教师常常换位思考，常常想学生所想，急学生所急。我在教育自己女儿时有一个策略是成功的。女儿如我一样，智力平常，学习应属努力型。她在高二时，连续三次月考的成绩都退到班级后三名。作为教师，我跟女儿交流时，总是"示弱"，讲述自己当年读初中时成绩也不理想，但是，由于相信自己，不放弃，最后是压着分数线被师范学校录取的。高三到了，女儿的成绩有了进步，提升到班上的中等水平，以516分被山西财经大学录取。面对这样的成绩，作为一位从事教师职业的父亲，我很欣慰，因为我不在乎她考了多少分，在乎的是她在学习感到最困难时，是否始终对自己有信心，是否始终相信努力付出总会有回报。我想，这不正是作为一位从事教师职业的父亲在引导女儿时有耐心的具体表现吗？反之，当时的我如果不是这样，而是一味地抱怨，拼命地斥责，结果又会是怎样呢？我有点不敢想。

要有一颗专心

　　教育教学的过程中，教师需要拥有一颗专心，即专一的心。什么意思？干一行就得爱一行，爱一行就得专一行，专一行就得精一行。在教书育人的过程中，有一点是教师永远不可忽视的，那就是教师自我的专业能力成长与提升。常言道："名师出高徒。"我以为，这名师在一定意义上指的就是教师的专业能力和水平要高。而学科名师之"名"往往表现在教师的智慧上。这不，成尚荣先生在《蟋蟀吟：语文教师的语文素养》中讲到了这样一个故事。

　　一位语文特级教师的远房侄女上小学六年级，小女孩进外公的书房时总是不打招呼，出来时，又不把门带上。外公有些不高兴，就批评了她。可是，小女孩对外公说："我不关门有什么错吗？不是想让你透透气吗？"这听着语气有点强硬，让人不太舒服。这位教师就把小女孩拉到一边，说："你知道回答外公的两句话叫什么句吗？""反问句呀！""那你能不能试着把反问句改成陈述句？""能啊。就是，不关门我没有什么错；让外公透透气是好事啊。"这位教师说："说得好。你再想想，在不同语境下，对不同的人要用不同的句式，对外公的提醒，如果把反问句改成陈述句，效果是不是更好？"小女孩点点头，懂了。

　　这位教师不愧是一位语文特级教师，既让我们看到了教师的育人方式之智慧，也感受到了作为语文特级教师专业能力之"专"。其一，对语言的敏锐感知力；其二，很强的教学引导力。一句"你再想想，在不同语境下，对不同的人要用不同的句式，对外公的提醒，如果把反问句改成陈述句，效果是不是更好？"这样的育人方式足以让故事里的小女孩终身牢记。

要有一颗恒心

　　教书育人还需教师有一颗恒心。恒心即持久心。"若有恒，何必三更眠五更起；最无益，莫过一日曝，十日寒。"教师有恒心，才能让自己所从事的工作自始至终，不半途而废。为了自己的教育追求，愿用自己一生的时间去努力和奋斗。

某教师教了一个班的学生，从一年级教到六年级。六年的朝夕相处，师生之间建立了深厚的感情。六年里，教师关注每一个学生的心智成长，关注每一个学生的学业进步。毕业之际，有人问班上的学生："老师给你们留下最深的印象是什么？"学生回答的意思几乎相同——跟着老师快乐地学习了六年，老师身上许多优秀的品格深深地影响了学生六年。学生毕业后，这位老师持续跟踪这批学生的学习与成长。整个跟踪过程中，教师或给予鼓励，或给予引导，或给予提醒，或给予帮助。几十年过去，老师已是花甲之年，这些学生也已是四十余岁的中年人，在各自的工作岗位上工作着。老师六十寿庆上，全班学生从四面八方前来。有人再次问这些学生："老师当年对你们影响最大的是什么？"全班学生依然表达着："小学跟着老师学习最快乐，老师的品格对自己的成长影响最大。我们庆幸能遇到这样的好老师。"这个案例，不禁让我想起"六年影响学生一生"的教育理念。教师对待教育拥有一颗恒心，会让教师对教育、对学生永葆关注与真爱。

本真教师的心，应该是指教师的心性、教师的心灵、教师的心思。总之，教书育人的关键需要教师有心、用心。教师要让自己拥有爱心、耐心、专心、恒心，去面对自己的学生，面对自己的教育事业。只有这样，教书育人才会真正发生，真正实现，才能让一切成为可能。

教育须传承：干一行，就得爱一行

　　我的父亲叫汪永兴，叔叔叫汪永顺。兄弟俩是村子里仅有的"文化大革命"期间的高中毕业生。曾听爷爷说，之所以要供自己的两个儿子读书，并不是当时家里多么富有，而是爷爷希望两个儿子多读些书，长大后靠文化更好地立足于社会。

　　高中毕业后，父亲在自己的村子里教书，叔叔在离家不到一里的邻村教书，他们便成了那个时代的"代课老师"。父亲说，起初教书还在生产队，那时教书是计工分的。一天计十分，相当于一个主要劳动力一天干的活儿的工分。

　　父亲在村子里做了几年代课老师，就调到村委会所在地的洪村完小任教。那时的他，已成为一名民办教师。父亲当民办教师的时候，我已跟着他在学校里上学了。虽然那时我还小，但有许多事情还是印象深刻，至今依然常常想起。

　　印象最深的要数父亲偶尔让我帮他批阅试卷上的部分题目。当我握着父亲给我的红笔在试卷上打钩或打叉时，我那小小的内心分外满足。尤其是父亲常常表扬我的红钩打得好，说是比老师的红钩打得还自然，还舒展，我的内心更是像喝了蜜一样。后来，每当父亲在批改作业或试卷时，我总会站在他身旁，静静地望着，因为我总希望父亲再次让我帮他批阅。如今时常回想起曾经的一幕幕，那时我的内心深处已萌生出长大后像父亲一样当一名教师的愿望。

洪村完小离我家约莫两里路，学生不住校，老师们都住校，父亲也住校。我也跟父亲一起住在学校里。很多个晚上，我一觉醒来，总能看到父亲伏案的身影。他要么在阅读书籍，要么在批阅作业，要么在精心备课，要么在练习写字。我想，后来父亲能写出一手令大家羡慕的硬笔和软笔字，完全是他昔日恒久勤练的结果。今天，当我夜夜在书房里备课、阅读或写作时，父亲昔日夜里伏案的身影就会不知不觉地浮现在我的脑海中。

寄予厚望

在我读小学时，我就想着长大后要像父亲一样成为教师。可是，父亲是不是希望他的儿子长大后，也像他一样成为一名教师呢？这一点，儿时的我读不懂父亲的心思。

父亲是从 1974 年开始执教的。1992 年，这是一个特殊的年份，因为那一年我考取了江西省万年师范学校，成为一名真正的师范生。父亲从教十八年后，成为一名公办老师，他的儿子也成为一名中师生（指中等师范学校学生）。这对于我的家庭而言，真是双喜临门。

父亲是一个很严肃的人。他对我的管教更为严厉，尤其是我成为中师生后，他似乎有意要要求我向一个好教师的方向努力发展。暑假里，我回到家中是要帮家里干农活的。父母亲做什么事，我都得跟着他们一起做。一天中午，大家正在休息时，我不知从哪里找来一本武侠小说正津津有味地阅读着，谁料，父亲走到我跟前，一把夺过我手中的小说，一边气冲冲地责备着，一边把小说撕得粉碎抛进了灶膛。我真不理解他当时的举止是什么意思，我想辩驳，但见他一脸生气的样子，便闭口不语。过了几天，他从学校捧来一大沓杂志让我看。那时的我不喜欢阅读，但是家里也没有什么杂书。每当闲暇时，我就乱翻着那一大沓杂志，原来是一期期的《江西教育》和《教师博览》。起初的阅读完全是不经意的，读到一篇合自己口味的就认真读完，不合自己口味的就只是浏览。也不知在哪一天，我读着

《江西教育》《苦味茶》栏目里的文章，内心居然有了许多的思考，甚至觉得里面的内容触动了我的心灵；当我读着《教师博览》刊载的一些自由体诗歌时，便会不由自主地出声朗诵着。从那时开始，我接触了教育杂志，感受着一位位教育系统里的优秀教师笔下的一篇篇讲述教育话题的文章，还有那一篇篇隽永的现代自由体诗歌。当初我真不明白父亲的用意，今天回想起来，我自然能懂父亲昔日的心思及他对我寄予的厚望。

依然是暑假，我正坐在桌前阅读着。这时，只见父亲手捧着两本手抄教案来到我跟前。起初，我根本不知道父亲手里捧着的两个封面泛黄的大本子是教案。父亲在我眼前一页一页地翻过，并对我说："这是镇里一位优秀的老师曾经备课的教案。"我仔细一看，里面工工整整的钢笔字着实令我惊叹！这时，父亲又拿出两本新的空白教案本，要求我把这两本教案认认真真地阅读后再抄写一遍。昔日，我哪里知道父亲的真正意图？开始，边抄边有些抱怨，但是我常常被教案里的一个个钢笔字所折服。抄着抄着，我似乎觉察到了每一课教案撰写的规律。然而，这种觉察只是一种隐隐约约的感觉，那时的我说不出所以然。直至后来，自己成为一名真正的老师，且逐渐成长为一名较为优秀的老师时，才明白昔日那名老师教案里的许多精彩之处。当我把两本教案认认真真地抄完后，父亲夸我做事认真，有恒心，书写也有了进步。

现在想想，那些曾经发生的一件件事，不正说明父亲始终是希望他的儿子长大后能像他一样成为教师，能成长为优秀的教师吗？

引以为豪

以前，老家房子的木板墙上最多的是两样东西：一样是父亲从教后，他和历届毕业学生的合影照片；另一样是父亲从教后，在每一个教师节时荣获的奖状。那个时期的照片均是黑白色的，父亲保存得既完整又完好。走进我家的堂厅里，就像走进了一个相片展览馆。听父亲说，村子里他教过的年龄最大的学生，叫程建成，比他才小六岁。后来父亲又教过程建成的儿子。再后来，父亲除了在自己的村子里及村委会的完小里教书，转为公办老师后，还先后到过其他三所学校教过书。不过，当父亲第二次回到村委会完小教书时，程建成的孙子又成了父亲的学生。这一批批学生毕业长大后，要想弄明白自己是哪一届毕业的、自己那一届有哪些同学，他们常常会来我家里，从墙上那一张张珍贵的照片里欣喜地找寻找答案。这些照片，父亲年年都会小心翼翼地擦拭上面的灰尘。有时父亲会独自站立在一张张照片前，默默注视着。每一次回家，我也常常会立在那些照片前，尤其是当自己也在其中的那一张张照片里后。

我知道，最令父亲引以为豪的还是那一张张见证着他努力工作的奖状。在我的印象中，自有了教师节后，每一个教师节父亲都会从镇上捧回"优秀教师"的奖状。我家离镇上有十六里路。有一年，我已在镇上读初中了。一个星期六的中午，我从中学往家赶，经过镇上时，正好碰到了父亲。那天上午，父亲在镇里参加了教师节表彰会。父亲的左手拿着一个教师包（据说是在首个教师节上，县政府给每位教师发的一个紫色手提包。后来，在婺源的大街小巷、山村旮旯，只要是提这个包的人，准是人民教师），包口没有拉满，因为未拉满的口处，插着一张卷起的奖状。父亲右手提着两个热水瓶，上面写着："祝汪永兴老师教师节快乐！"显然，这是父亲的教师节奖品。那些年，我家里有用不完的热水瓶和茶杯，且上面都写有"教师节快乐"之类的文字。每每有客人到家里来，我把这样的茶杯端到客人手中，心里总会油然而生一种自豪感。那些年，父亲作为一名乡村小学教师，能得到县委、县政府颁发的"优秀教师"奖状是很难得的，父亲更是连续四年都得到县级"优秀教师"称号。这对于刚刚参加工作的我而言，是极为羡慕的。在我从教的道路上，我也始终把一心努力工作的父亲视为自己的榜样。也正因如此，从教后的我，没有朝秦暮楚，没有三心二意，而是一心一意地教书育人。

深深影响

父亲从教了四十三年后光荣退休。退休那一天，镇中心小学举行了隆重的退休欢送仪式。仪式结束后，父亲戴着大红花，在锣鼓队的欢送下回到家里。说来也巧，叔叔比父亲小一岁，但由于最初填写档案时出生年份填错，导致父亲和叔叔同一天退休，同一天被欢送回家。当父亲和叔叔一前一后胸前戴着大红花，手捧"光荣退休"的奖状，在锣鼓队的欢送下走进村口时，伫立在家门口的爷爷已是喜笑颜开。正因为爷爷当年一心供两个儿子读完高中，才有了后来都走在教育道路上的两位人民教师。爷爷开心地望着两个儿子光荣退休，算得上是村子里的一件美谈。

父亲退休的那一年，也是我被评为江西第六批特级教师的那年。爷爷望着自己用心培养的两个儿子光荣退休，而我的父亲在自己退休的日子里，迎来了自己儿子被评为全省最年轻的特级教师的喜讯。这些荣光与幸福，爷爷能感受到，父亲能感受到，我也能感受到。

父亲退休那一天的中午，家里摆了几桌酒席。爷爷的亲人，还有父亲曾经的同事欢聚一起，其乐融融。席间，父亲说了一番话，对刚评上特级教师的我有着很大触动。父亲说："从教四十三年整，如今退休，但我从来没有觉得对教师这个职业有半丝半毫的厌烦。如今，许多年轻教师，甚至是刚刚参加工作的教师，总惦记着自己什么时候退休，这一点我很难理解。对于我而言，只有跟学生在一起的日子，才是最快乐的，才是最充实的，才会让自己感到永远是年轻的。"听着父亲的这番话语，我的内心莫名地惭愧。父亲虽然不是特级教师，但他的觉悟，对教育的热爱，对学生的喜欢，都值得我去思考、去学习。

回到单位，我给自己写了一篇文章，题为《评了特级教师，汪智星还是汪智星》。写下此文，就是要时刻提醒自己，忘掉自己是"特级教师"，做一名真正爱教育、爱学生的好教师。后来，我在四十岁时，评上了江西省首批中小学正高级教师，同样，成为全省最年轻的一名正高级教师。许多好朋友和同事都对我说："汪智星，你可以放慢脚步，甚至停下脚步，你都到顶了!"这时,我又想起了一辈子从事教育、一辈子热爱教育的父亲。因此,我再为自己写下一篇题为《评上正高,焉能止步》的文章,以告诫和提醒自己,不忘初心,教书育人。

至今,我从事教育工作二十七年整,在教书育人的道路上所取得的成果和业绩可能比父亲要多得多,但是父亲那份对教育的执着与热情始终影响和激励着我。2018 年,南昌市东湖区委组织部为我拍摄个人成长纪录片《杏坛逐梦》时,当记者问:"汪老师,从教二十二年你获得的荣誉数不胜数,取得的成果不胜枚举,请问你接下来有什么新打算呢?"我的回答是:"向天再借四十年,立德树人享人生。"2018 年,我四十二岁,但我不打算六十岁就真的"退休",而是希望自己能在六十岁退休后,再工作二十年,为自己心爱的教育事业做一个"退而不休"的教师。这一辈子,我的任务就是立德树人,就是教书育人。这些于我而言,不是无奈,而是享受,是喜欢,是热爱。

传承有望

当全家人欢聚一堂时,总会聊到女儿将来就业的话题。作为父亲的我,坚持尊重女儿自己的选择,希望女儿能在大学里好好读书,将来凭借自己的能力找到一份她喜欢的工作。而我的父亲总会笑呵呵地对他的孙女说:"宇仂,你要是大学毕业后,能够成为一名小学教师,爷爷就开心了!"我没有发表看法。其实,我的心思跟父亲的想法是完全一样的,只是我不想强迫女儿,而是想办法让她慢慢地主动接受。

我深知,教育的第一个名字叫影响。这两年来,我每每在教育岗位上取得一些荣誉,如特级教师、劳动模范、领军人才等,作为父亲的我,总会在第一时间内跟自己的女儿分享;发表了一篇教学论文,获得了一次教学成果奖等,也会跟她分享。作为父亲的我,把自己在教育岗位上取得的成果分享给女儿,绝非要在她面前炫耀,而是想让她更好地认识到一个人要是用心、用情、用智地在自己的岗位上努力工作,就会收获无限的成功与快乐。

2021年4月，全国中文核心期刊《语文教学通讯》给我做了一期封面人物，里面还发表了我的一篇题为《思维含量，语文教学的永恒追求》的教学论文。我把杂志封面和里面的文章页发在女儿的微信里，并留言："请女儿多多指教。"女儿的回复是："挺好。挺好。老爸继续努力。"

对我而言，父亲是我厚实的"靠山"，女儿是我最大的希望。父亲用他一辈子的智慧与热爱从事着自己最心爱的教育事业，而我也在父亲的影响下，兴致勃勃地行走在教育的道路上，将来大学毕业的女儿要是能成为一名教师，尤其是像她的爷爷和爸爸一样，成为一名优秀的小学语文教师，那该多好啊！

女儿在学校里读书特别勤奋。大二的上学期获得了学院里的一等奖学金，综合成绩全班第一。作为父亲的我，听到这样的消息后分外欣喜，因为爱学习、爱阅读的人，就拥有成为一名合格教师的潜质。

一天晚上，我在女儿的微信里留言：女儿，咱去考教师资格证吧。也许女儿早猜出了一个痴迷于教育的爸爸的心思，便在微信里留下一段文字：爸，您让我去考"教资"（"教资"是教师资格证的简称）呀。我要是考到"教资"，将来成为一名教师，可能无法像您一样，成为名师呢。读着女儿的留言，我再次感到莫名的兴奋，因为女儿的心思我已懂八九。

真有这一天，一家三代人，我的父亲、我、我的女儿，均为教育人。三代人，都热爱教育，执着于教育；三代人，都痴迷教育，受人尊重；三代人，耳濡目染，传承影响。

正如父亲曾说："只有跟学生在一起的日子，才是最快乐的，才是最充实的，才会让自己感觉永远是年轻的。"

也如我所说："做自己喜欢做的事，就是玩儿。做自己喜欢做的事，所有的付出都是一种享受。于我而言，做教育就是玩儿，是一件乐在其中的活儿。"

女儿则这样说："等那一天，自己真成为一名教师，就要像自己的父亲和爷爷一样，成为令人敬重的好教师。"

我的爷爷虽不是教师，却是一位十里八乡都颇有名气的老中医。打我记事起，就常常听他对我的父亲说，后来对我说，再后来对我的女儿说：做一行，就得爱一行；爱一行，就得精一行。做任何事，都得无愧于自己的本心。

不抛弃、不放弃，去爱每一个学生

2019 年 8 月下旬的一天，我的手机响了，一看，是一个陌生的座机号码，响了片刻后，我才按下了接听键。

"请问你是哪位？"

"你猜猜？"

手头上正忙着事，哪有那时间来猜猜对方是谁？我有点不耐烦。

"猜不到呀。快说你是谁？不然，我就挂掉电话了。"

我的话音刚落，电话里传来了回答声。

"我是您教过的最好的学生！"

原来，这是我教过的一个学生的来电。可就在此刻，我心里总觉得不是滋味。我的哪个学生怎么变得如此自以为是？我教过的学生一届又一届，优秀的学生也是数不胜数。然而，在电话里这样直截了当地说自己是我教过的最好的学生，还是第一个。这也太不谦虚了！也就在那片刻，我的脑海里闪过一个个曾经教过的优秀学生，但怎么都没法锁定，这话是哪一个学生或可能是哪一个学生说的。

我有点生气，重复着回应了一遍："快点告诉我，你是谁？否则，挂电话了。"

"我是包添乐呀！"电话里的声音有点大，"汪老师，您都没有猜出来吗？"

这一刻，我愣住了！万万没有想到，曾经教过的一位普普通通的学生能在此刻给我打电话。至于为什么刚才他以那样的语气、那样的方式问我，顷刻间我就明白了。

包添乐是我 2010 年下半年在南昌市邮政路小学教的第一批学生之一。这批学生，我从四年级带到六年级，整整相处了三年，自然和班里的每一个学生都有着深厚的感情。

我刚教这个班的第二周，包添乐就引起了我的格外注意。带班时，我总要求学生利用双休日完成一篇周记。这是我批改他们的第一次周记。当我晚上翻开一篇周记时，那一行行书写得工工整整的字一下子吸引了我，可当我定睛一看，却发现整整两面的作文纸上都是一些重复书写的句子。如，第一句是"我是邮政路小学的学生"，那接下来的五六句都是重复着这样一句话。这种情况，对于已从教十五年的我来说，还是"大姑娘上花轿——头一回"。由于和班里的学生相处还不到两周，班里学生的姓名和真实的人还是有许多对不上号。我心想，明天上课时，要好好会一会这个特别的学生——包添乐。

次日，我站在讲台上，环视着全班学生，然后说："谁是包添乐？"没想到，竟没有人理我。我有点纳闷儿，提高嗓门儿喊着："包添乐是谁呀？"这时，只见全班的学生朝着一个位置望去。包添乐的同桌也用手指着他。再看看眼前的包添乐，他没有望着我，而是坐在自己的座位上，头低着，脸涨得通红，嘴巴不停地动着，眼睛也不停地眨着。

瞅着他这般神情，我更是诧异。一个小男孩怎么会这样呢？我在心里猜测，莫不是有什么不正常的情况？于是，我立即控制着自己的情绪，没有批评他，也没有进一步质问、追问，而是示意他坐下去。

下课后，我在办公室里遇到了共班的数学老师熊娟。这个班，熊老师从一年级一直带到现在，她对班里的每一个学生都很了解。当我把包添乐的这种现象告诉熊老师时，熊老师对我说："他就是这样的。从一年级至今，他都没有跟我打过一次招呼。有时，我主动喊他，他也毫不理睬。"我满脸疑惑。见我这样，熊老师又对我说："听他爸爸说，他从小就这样，好像是自闭症之类的。"

我不知道什么是自闭症，也从来没有遇到过自闭症学生。也许是出于爱学生的一种自觉，我就在心里想，能不能在接下来的日子里，用我的关爱与教导，让眼前的包添乐有一定的改变。

　　又过了一周，我于晚上静静地改着学生们的一篇篇周记。当我再次翻开那本特殊的周记本，注视着那一行行工工整整的字时，我的眼前浮现着上次包添乐坐在教室里的样子。我在想，明天的课堂上，可以用什么样的方式去引导他、鼓励他、启发他，或是"唤醒"他。

　　第二天走进教室的我，显然是有备而去的。我一本正经地站在讲台上，示意全班学生都静下来。我郑重宣布：昨天晚上，汪老师改完了全班学生的第二次周记，发现班上有一名同学的周记写得最长，整整三面。大家猜猜，他是谁？

　　顿时，教室里热闹起来。

　　班长谢沁源、学习委员刘奕然、"阅读王子"陶泽林……大家猜的都是那些班里的学习佼佼者。

　　当我告诉大家是包添乐时，全班都沉默了。接着，大家都用目光注视着包添乐。我让班长和包添乐的同桌把包添乐请到讲台上来，因为光靠一个同学请是无法请上来的。从包添乐的座位到讲台就四排桌子的位置，班长在前面拉，同桌在后面推，费了好大气力，才把包添乐请到台上。

　　包添乐离我有点距离。我望着他，只见他低着头，脸涨得通红，嘴巴不停地动，眼睛不停地眨。我走近他，说："包添乐，你这次的周记有两大优点：一是全班数你写得最长，二是每一个字都是工工整整的。就这两点，汪老师要奖励你。你想要什么奖励，尽管说。"

　　未想到，他对我的话似乎丝毫没有听进去，依然低着头，红着脸，不停地动着嘴，不停地眨着眼。于是，我面向全班同学，请同学们给他出出主意。

　　有学生说，汪老师，你送他一本你自己写的书。

　　我转身问他："包添乐，汪老师送一本自己写的书给你，并且在书里签上字、盖上个人印章，怎么样？"

　　未想到，他依然毫无反应。

有学生说，汪老师，你送一个精致的卡通玩具给他。

我又转身问他："包添乐，送一个奥特曼玩具给你，如何？"

未想到，他的表现告诉我，你的"招儿"没戏。

见一招儿接一招儿都在包添乐身上以失败告终，看来，我得使出大招——汪氏独门绝技——汪老师的最高奖励。

我对着全班同学说："看来一般的奖励打动不了包添乐，我决定把自己的最高奖励给包添乐，那就是抱着包添乐在教室里走上一圈。"我话音刚落，只见包添乐往后退了两小步。我知道他害怕我去抱他，却故意高声说："看来这个奖励包添乐是喜欢的，你看他都动了。"我一个箭步上去，一手抱起小家伙在教室里走了一圈，然后把他放在讲台上。

当我把他放下时，显然发现他的嘴微微咧开，脸上有着会心的笑，这足以说明他心里是高兴的，是自豪的，而这一切也令全班同学羡慕得不得了。

次日上午十点左右，我正在办公室里批改着作业。这时我接到了一个电话，电话那头是一位女士的声音。

"汪老师，我是包添乐的妈妈，真的很感谢您！昨天晚上放学时，班里有六七个同学陪着我家包添乐回家。刚到家门口，同学们就喊，阿姨，告诉您一个天大的好消息。今天包添乐得到汪老师表扬了，而且是汪老师最高的奖励。"包添乐的妈妈在说话时，显然有些激动。

我不停地回答着："应该的，应该的。"的确如此，作为一名教师，爱他的学生，爱他所教过的每一个学生，想方设法去努力改变每一个学生，让他们变得阳光、自信，不是应该的吗？

在后来教学的日子里，我对包添乐的关注的确多一点，许多时候都是刻意的。但无论我怎样努力，小学的三年生活里，包添乐都没有主动跟我说过一句话，就连喊我一句"汪老师"也没有。在学校里，要是碰见他，他就总会远远地避开我而走。有时在教室里，当我看一遍或两遍他的座位时，都是空着的，却在我没有注意时，他又坐在了座位上，低着头，不声不响。

小学阶段，我和包添乐相处了三年整。初中三年，高中三年，我一直没有见过他，也没有他的音讯。直至 2019 年 8 月下旬的这一天，我接到他的电话。

当我知道他是包添乐时，便问："包添乐，有什么事吗？"

"汪老师，告诉你一个好消息。我考取大学了。"

听他这一说，我确实挺高兴的，追问着："考取什么大学呀？"

他在电话里讲着，我也没听得特别清楚，说是南昌的一所什么大学。

我在电话里对他考取大学表示祝贺。放下电话，我想了想，到了 8 月下旬才接到录取通知书，一般都是大专一类的学校，难怪他说的南昌什么学校，我是一点印象也没有。不过，作为他的小学语文老师，他在高考录取后，给我打电话报喜，我内心还是特别欣喜的，尤其报喜的学生是他——包添乐。

包添乐所在这个班的学生在小学阶段整体素养较高。他们中考后，有二十多人来学校看望过我。听他们说，他们中有许多都被南昌市的重点高中录取。三年后的高考，他们中一定会有许多考上省内外的重点大学。然而，在他们中间，除了包添乐，没有第二个学生向我主动报喜。也许是他们觉得本来高考可以考得更好，可是发挥失常，没有达到预期目标，向老师报喜觉得没什么面子；也许是在他们的记忆中，记住的更多的是高中三年的老师，初中三年的老师，小学的老师早已淡忘，毕竟小学期间，他们一个个都还小。作为教师的我，绝非计较他们在高考之后，为什么不向我报喜，而是让我更加清楚地意识到，作为教师的我，面对自己所教的一个班的学生，不能放弃其中的任何一个。于我而言，包添乐的成长就是一个最有力的例证。

包添乐的成长让我倍感欣喜，包添乐的成长让我的教育观更加清晰、明确。教师要深爱学生，要深爱班里的每一个学生。对于学习有困难的学生，教师更应给予多一点的爱。

后来，我和包添乐的联系变多了。他的爸爸帮他买了手机，我们也常常通过电话联系着。大学军训刚结束，他告诉我，决定来看看我。我欣然同意，我想看看童年时代的那个从不吱声的包添乐，到底变得怎么样。

那天，我早早在单位门口等着他。当他出现在我眼前时，我分外惊讶。这哪是我印象中的包添乐呀？近一米八的个头儿，身材有点瘦，满脸的笑容。老远见到我，就边向我跑来边喊："汪老师，您好！见到您，我真的很高兴。"

此时，站在他面前，只有一米六六的我显得有点矮。我也兴奋地说着："包添乐，见你快乐地成长着，我也很高兴。"

我们俩在操场的篮球架下席地而坐，开心地聊着。

"汪老师，您还记得小学里发生的事情吗？"

"记得啦，尤其是关于你的事。"

"哦，你能给我讲讲我在小学里的事情吗？"

我望着他，笑了。我们加了微信。从此，我们之间的交流大多通过微信。大学期间，他当班长了；大学期间，他的俯卧撑能一分钟做60个了；大学期间，他的每门学科在期末考试中全部以优秀通过了；疫情防控期间，他在妈妈的指导下学会烧鱼了；等等。凡是取得点点滴滴的成功与进步，他都会在第一时间向我报喜。

当然，他有时也会和我开玩笑。一次，他和表妹在一起拍了张照片，然后发到我的微信，故意问我，他女朋友怎么样。见我半天没回，他却自己揭开答案——照片中的女孩是他的表妹。

有一天，我在地铁里遇见了教这个班的数学老师熊娟。我问熊老师："包添乐去看过你吗？"因为那次包添乐来看了我后，便向我要了熊老师的电话，他表示再去看看熊老师。当熊老师告知我才知道，那次由于熊老师有事，就没有见到面。后来，包添乐也加了熊老师的微信。我问熊老师，包添乐是不是经常给她发信息，告知他在大学里的成长与进步。熊老师表示的确如此，后来，觉得太频繁了，就直接不回。我对熊老师说，以后还是抽时间回一回吧。因为对于包添乐这样的孩子而言，更需要教师去关注他，去鼓励他，去引导他。

如今，每每回忆着包添乐的变化过程，或向同行们讲述着他的成长过程，我的内心就会不禁涌出一种自豪感，好像自己做成了一件大事。

卓越型教师的五种核心品质

一名教师的成长都会经历一定的阶段，这是教师成长的自然规律，因为教师的成长不能一蹴而就，教师不会瞬间成熟。从新入职教师，走向合格教师，走向优秀教师，再成长为卓越型教师，这个过程对于任何一名教师而言，都需要经过一个长期历练、奋斗的过程。长期的历练、奋斗后，当教师成长为卓越型教师，其身上就会拥有诸多优良的品质。解析众多卓越型教师，他们都具备以下五种核心品质。

倾听品质

大凡教师都知道，倾听是一种能力，也是一种优良品质。教学中，教师总会提醒或要求学生要学会倾听，要用心倾听，要提高倾听能力，要养成倾听习惯。然而，当走进部分教师的课堂，就会发现一种不良现象，教师总要求学生要养成良好的倾听习惯和品质，可教师在课堂教学中，却无视倾听的价值，不去倾听学生的表达，更不善于通过倾听，对学生的表达进行深入引导、点拨或小结。课堂上，一名青年教师让学生用简洁的语言概括课文内容。学生无休无止地讲述，如同复述课文内容。按理说，教师应该走近学生，关注学生，倾听其讲述时存在的问题，以便及时、有效地对学生的概括进行指导。然而，青年教师此时站在讲台上，离学生有数米之远，低头呈思考状。课后，青年教师说当时自己在想着教案的下一个环节，因为当时忘掉了教案里下一环节的内容。课堂上，教师没有倾听学生的回答，没有对学生的回答做出思考。问题症结，解决路径，引导策略，教师既没听出，更没思考。一名卓越型教师执教《慈母情深》一课，在"初读课文"的环节，让学生用简洁的语言概括课文内容。学生讲述时，教师站在学生面前平视着学生。未承想，学生在概括课文内容时，也近乎是在复述课文。片刻，教师听出学生在复述时，讲到"我""母亲""钱""书"四个关键的人或物。教师示意学生停下，转身板书四个关键的人或物的名字，再提示学生借助文中的四个关键的人或物对课文内容进行概括。课堂上，教师听出学生的问题症结，想出引导学生解决问题的办法，学生很快概括出课文内容。课堂上，教师如果没有用心倾听学生的表达，没有去思考学生的表达，进而去引导、启发学生，课堂就无法精彩。作为一名卓越型教师，要让自己在长期的教学历练中形成优良的倾听品质和习惯。

思维品质

有优良的思维品质，是卓越型教师的一个鲜明标志。遇到问题或困难，教师能否主动而积极地思考，能否深入而全面地思考，都决定了结果如何。教师在教学中遇到问题或困难，一般会思考，可是反复思考后，若问题、困难依然未得到解决或克服，就会按下思考的暂停键。其原因有二：一是没有深入思考、反复思考的良好品质；二是觉得即使继续思考，也不会找到结果。卓越型教师面对问题或困难，就会激动，就会有一种说不出的亢奋，就会"打破砂锅问到底"，就会"打破脑壳找法子"，因为卓越型教师养成了一种积极、主动、全面、深入的思维品质。卓越型教师不怕问题，不怕困难，愿意思考，执着思考，痴迷思考。一名卓越型教师执教《生命生命》一课时，当学生在其引导下，明白第2~4自然段分别讲了飞蛾求生、瓜苗生长、静听心跳三件具体的事。教师提出要求："同学们，请用一个句子把这三件事连起来说一说。"一学生说:"《生命 生命》一文中第一件事讲的是飞蛾求生,第二件事讲的是瓜苗生长,第三件事讲的是静听心跳。"学生的回答正确,可教师不满足于此,继续提高要求:"如果不用'第一件事……第二件事……第三件事……'这样的表达,能不能用一组连词来说说?"片刻,一学生说:"《生命 生命》一文先讲了飞蛾求生,接着讲了瓜苗生长,最后讲了静听心跳。"学生的回答完美,可教师还不满足于此,继续提高要求:"如果不用'先……接着……最后……'这组连词,能不能用一个二字词语把这三件事连起来说说?"思考片刻,一学生说:"《生命 生命》一文先后讲了飞蛾求生、瓜苗生长和静听心跳。"话音刚落,又一学生说:"《生命 生命》一文依次讲了飞蛾求生、瓜苗生长和静听心跳。"精彩的教学环节充分体现了上课教师有着优良的思维品质。要想把学生培养为拥有优良的思维品质的人,首先教师要拥有优良的思维品质。不同层面的教师都要努力提升自己的思维品质,尤其是卓越型教师。

行动品质

光说不练假把式。卓越型教师必须是积极的行动者,是教学实践的"带头人",是教学改革的"先锋官"。卓越型教师不能只是坐在书桌前,读遍天下书的教师,而是能够亲自参与行动,在教学实践中做示范、在教学改革中挑重担的教师。只有走进课堂,亲身经历课堂,才能真正清楚课堂教学低效或无效的原因,才能真正明白激发学生兴趣、爱好的积极因素。如此,教师才能因材施教。卓越型教师的行动品质主要表现在以下方面:一是说干就干。说干就干,强调的是考虑周全后就立即行动,不要等,不要靠,不要强调客观原因。一定意义上,说干就干既是能力,也是果敢的勇气。二是干就干好。行动不是蛮干,更不是乱干、瞎干,而是在周密计划后,立即行动,干了就要有成效,干了就要有收获。否则,一切行动都是徒劳的。三是边干边总结。会干事、能干事的教师,都善于在行动中总结得失,不断完善,不断提升。教师在干完事情后,收获的成效往往比预期还要好。优良的行动品质是一位卓越型教师的重要标志，同时也是一位优秀教师走向卓越型教师必须具备的品质；否则，优秀教师就难以突破，难以寻找到属于自己更开阔的成长天空。

合作品质

一个人走，可以走得很快；一群人走，可以走得很远。这是强调团队的作用。卓越型教师绝不能自我孤立、自我边缘化，把自己推向广大优秀教师的对立面。相反，卓越型教师必须拥有优良的合作品质，与身边超越自己的教师合作，与身边不及自己的教师合作，正所谓"尺有所短，寸有所长"。主动合作、善于合作、能够合作，是卓越型教师成长、成功、成熟的鲜明标志。实际上，我常常看到身边的卓越型教师都建立自己的团队，有工作室，或工作坊，或研究基地，这些也证明了卓越型教师自身也清晰地意识到合作的重要性。有合作，就会有分工。合作，讲究的是为了共同的目标，大家共同努力与追求；分工，是为了团队里的每一个人在合作过程中明白身份，明晰责任，不相互依赖，不相互等待，不相互推托。卓越型教师能否带出一支出色的团队，也是检验其是否真正卓越的重要因素。因此，合作品质对于卓越型教师而言，是品质，也是能力。

有效合作需具备三个前提：一是明确的合作目标。随意拉一个团队，不能称为合作。一个团队的确立，其发展、推进的目标是什么，作为团队的领头人——卓越型教师，必须确立且让团队成员都清楚。二是强烈的合作意识。合作不是"拉郎配"，不是为了合作而合作，团队里的每一个成员都要有一种积极主动、向上进取的意识。大家在合作中，互帮互助，共同成长，共同进步。三是超强的合作能力。团队里的每一个成员，都要有着超强的合作能力，即便起初能力一般，也要善于在合作中不断提升自己的合作能力。卓越型教师作为团队的核心人员、领军者，只有拥有优良的合作品质，才能实现团队的良性发展，才能让自己成长得更优秀、更卓越。

提炼品质

卓越型教师最容易忽略，也是一般的优秀教师身上缺失的品质，就是提炼的品质。能被称为卓越型教师，往往是其拥有一定甚至是丰富的教育教学成果，而成果都是卓越型教师在长期的教学实践与研究后总结、提炼而得。然而，部分优秀教师善于实践，却缺乏总结、提炼的品质与能力。如此，这些教师只能止步于此，难以突破，无法成长为卓越型教师。当阅读江苏省特级教师吴勇在小学习作教学研究领域的文章，就会感慨他有着优良的提炼品质和过硬的提炼能力。吴勇上完一节优质示范课或组织开展一次主题研讨会后，总能从中提炼出有价值的、可推广的教学经验，并形成文章，且文章总能备受期刊青睐。福建省小学语文名师何捷在近十年的教学实践中，撰写了一千四百多篇教学论文，其中一部分论文发表在《语文建设》等全国中文核心期刊。可见，卓越型教师的"卓越"跟其拥有优良的提炼品质与过硬的提炼能力是分不开的。敢于提炼、善于提炼、习惯提炼，都是卓越型教师成长路上的一个个重要标志。

判断卓越型教师是否真正"卓越"，必须审视其是否拥有倾听品质、思维品质、行动品质、合作品质和提炼品质。这五种品质是卓越型教师必须具备的关键品质、核心品质，是卓越型教师的重要标志。阐述卓越型教师的五种核心品质，旨在希望一线教师在成长的过程中，努力让自己在教学实践中拥有这些品质。只有如此，教师队伍才能越来越强大，课堂教学才能越来越高效，教育改革才能真正落实、落地。

"读、思、行"三位一体，成就名师必然路

　　一名普通的小学语文教师，内心深处得有憧憬。有憧憬，就会有一种内在的动力。普通的小学语文教师憧憬什么呢？通过自己的不懈努力，成为有影响力的名师。

　　刚刚踏上讲台的我，内心深处有着这样的憧憬，甚至是渴望。在这股持续的永不减弱的内驱力推动下，我一直兴冲冲地行走在小学语文教学与研究的道路上，一路前行，一路欢歌，一路收获。回顾个人行走的道路，回望行走时留下的每一个足迹，再聆听着来自上海复旦大学、华东师范大学等大学的一位位教授的主题宣讲，我越来越明白，任何一位教师的成长、成功、成才，都得严格要求自己做到并做好"读、思、行"这三个方面。这是任何一位教师通往成功的必然之路。

博览群书，让自己时刻站在"巨人"的肩膀上前行

　　一名教师，尤其是想努力成长为学科名师的教师，没有酷爱读书的良好习惯，是难以实现的。

　　首先是爱读书。手捧典籍，你的心就能安定下来，内心深处就会有一种踏实的感觉，也会油然而生一种甜滋滋的味道。读书虽不能改变一个人的容貌，却能改变一个人的气质。这就是书香的浸染，也是读书的魅力所

在。因此，爱读书是前提。如果你不爱读书，一切都将空乏无力。要想自己爱读书，作为教师的你，"倒逼"可以说是一种有效手段。逼自己写论文。不会写怎么办？逼自己研读别人写的论文或专著。逼自己写散文，不会写怎么办？逼自己细读别人写的散文或文集。同样，用这种"倒逼"的手段让自己爱上各种书籍的阅读。

其次是读什么书。年轻教师往往喜欢别人给他推荐书目。的确，让爱阅读的人给推荐书目是一种寻找读什么书的方式。但只靠别人推荐什么就读什么，是很难让一名教师成长为真正的名师的。对于小学语文教师而言，要想成为学科名师，必须有自己的阅读方向与阅读体系。其一，得阅读专业书籍。识字写字、阅读、作文、口语交际等教育专著得阅读；教育心理学、教学方法论、课程建构论等类书籍得阅读。其二，得阅读文学类，尤其是儿童文学类的书籍。作为教师，阅读儿童文学，甚至亲自撰写儿童文学作品是走进小学生心灵深处最佳的方法。其三，得阅读一些自然常识、百科知识类的书籍。深入阅读以上几类书籍，就能让你在语文教育教学的路上脚踏实地，潇洒自如。

最后是阅读品质的形成。在教师的阅读中，许多只是成了一种生活的消遣，感受书里精彩的章节或故事情节而已。很少有人在阅读中或阅读后会去思考作者写这篇文章时是如何选题立意、构局谋篇、遣词造句的。阅读中，一名教师如果没有养成这样的阅读品质，他的阅读注定是没有质量的。片面追求数量、不讲究质量的阅读，在一定程度上于阅读者而言是无效的。因此，教师养成的良好的阅读品质，是其在爱读书、明白读什么的基础上的一个"质"的提升。阅读是任何一名教师走向成功、实现自己远大目标和理想的"敲门砖"。

深思熟虑，让自己在持续的有效反思中建构自我

思考，往往可以让一个人的思想更加深邃。一名教师养成良好的思考习惯是极其难得的。有人说，你写一辈子的教案，可能成不了名师，但你

认认真真写三年反思，你一定会成为名师。当然，这话也不绝对。我以为，写教案也是一个思考的过程。没有思考，就不叫写教案，顶多称为"抄"教案。然而，这句话确实道出了"思考"的作用与价值。一幅漫画上有这样一句话：没有思想的稻草人连小鸟也不会害怕它。这是在强调一个有思想、能思考的人的重要性。

思考，要注重的是思考的习惯。好的思考习惯，可以让每一次思考都有深度、力度和广度。也就是说，只有当思考有深度、力度、广度时，才算得上是有效的思考，才算得上是有品质的思考。

有深度的思考。深度思考犹如"深挖井"，不泛泛而思，不是蜻蜓点水式的思考。扣住一"点"深探究，"打破砂锅问到底"。是什么？为什么？怎么样？还可以怎么样？直至"水落石出"。特级教师黄筱红对"床前明月光"诗句中的"床"字是这样思考的：

> 此处"床"的解释应选"井栏"。分析：1. 古代"床"的意思和现代相差较远，但若从"井栏"推演，想想不无道理。古代的床也有床栏，有小马扎，可坐可卧，可放衣物。2. 古代建筑一般有飞檐、瓦当、长廊、轩窗、幔帐，而且寝具床一定是安放在最藏风聚气之处。加之轩窗不似现在的窗户明亮宽敞，窗棂一格格，还有的要贴窗花，即便推开，也只有影影绰绰的月光洒进屋内，斑斑驳驳。故，"床前光，地上霜"之景象，按寝具之床来理解似乎不恰当，而按庭院中井栏解释更为妥帖。3. 诗人今夜无眠，披衣起身到庭院中，天上一轮朗月，照于庭前。天上一个月亮，水中一个月亮，心间一个月亮——那就是故乡。故乡犹如水中月，天边月，在心头。李白写过"举杯邀明月，对影成三人"，这月，不是他的故人吗？举头、低眉、思乡、难眠，这正是，才下眉头，却上心头。

黄筱红对"床前明月光"中的"床"字的这番思考是有深度的。试想，教师思考到这样的程度，还怕课堂上的学生不明白，或是没兴趣吗？

有力度的思考。力度讲究的是读者的力量，这份力量不是读者自身的力气，而是基于读者自身的阅读品质及文学素养而折射出来的思考的力量。同样是黄筱红对《静夜思》中的"望明月"和原诗中"望山月"的一番甄别。

> 今日听闻，"望明月"一作"望山月"（收录在《全唐诗》中）。细琢磨："山月"，更符合诗歌意境。1.联系李白曾长期居住于四川，写过《峨眉山月歌》《蜀道难》，用"山月"更贴切：身处异地，眼前此山月非家乡彼山月，更容易引起思乡愁绪。2."山月"使人想到关山万重，更增添了思乡情。那么，为什么这么具备诗歌特质的版本没有进入大众视野，仅在《全唐诗》中留存，反而是"举头望明月，低头思故乡"流传更广呢？原来，因为"明月"属于天下人，适用于每一个场合，易于普及上口，而"山月"属于山人、文人，有场所限定。

若黄筱红没有良好的阅读品质及深厚的文学素养，面对这"望山月"焉能有着这样一番力透纸背，甚至是"力透人心"的分析呢？

有广度的思考。此处的"广"并非面面俱到的思考，而是需要读者在思考一个问题时，对这个问题有着广博的认识，或是有着相关联的知识储备。在教学中，能展现由此及彼、触类旁通之能。当你读着"詹天佑是杰出的爱国工程师"时，你想过没有，句中少了"杰出"行吗？少了"爱国"行吗？相信，你的回答是不行。但是为什么？对于大多数读者而言，往往是知其然，而不知其所以然。这就需要读者有着广度的思考。弄清詹天佑这批出国留学的人是在一种什么情况下出国留学的；弄清这批出国留学的人后来有多少是回到祖国，为祖国服务的；弄清詹天佑是在什么情况下担任修建铁路的总工程师的；弄清这条铁路修建的难度有多大；弄清外国人是怎么看詹天佑的；弄清外国人是怎样看这条铁路的修建的；等等。只有当你面对问题时，从多个角度去思考，才能让你的问题越来越清晰；否则，你总是模糊不清。因此，需要教师有思考的"广度"。

躬身实践，做一个永远沉浸在快乐中的"行者"

阅读，让自己变得有厚度，有温度；思考，让自己豁然开朗，少走弯路。然而，践行，才是一个人真正走向成功的关键。没有践行，阅读顶多是空中楼阁，思考也就是纸上谈兵。

践行让阅读更有价值。一位教师在践行中往往会遇到各种困难。这种种困难往往是以前的教育工作者在践行中遇到的，而他们早已把这些困难用文字进行了叙述，并阐明了解决之道。当我们的教师在阅读到这类教育教学经验的书籍时，就会发现原来"办法"在这里。这不正是阅读的魅力吗？当我们的教师在教学中运用自己的教学策略时，用着用着，内心不免有了对自我的质疑，即我的教学策略如此践行可行吗？有理论依据做支撑吗？这时，我们的教师如果阅读了教育心理学、教学方法论、学科课程论等教育理论专著后，就会对自己的践行更加自信与肯定。因此，一名教师能否"行走"得更远、更稳，不仅仅在于践行的本身，还取决于他读了多少书，读了哪些书，读了哪些有价值的书。践行需要优秀的理论做支撑，而优秀的理论得靠阅读书籍去获取。

践行让反思更有意义。没有践行，反思就成了无"病"呻吟。相反，真正的反思，是为了让践行更富有活力与生机。我们反思的时机通常有两种：一种是在践行中，收获成功之时。我们会去琢磨自己是怎么做的，自己这么做的理论依据是什么，把这样做的收获进行总结提升，让其能够更好地推广，或让他人从中借鉴。另一种是在践行中发现存在问题时。面对这种情况，我们不是视而不见，也不是退而避之，而是主动思考，寻找原因。当你找到症结之所在，又明白其破解之道时，就会有一种莫大的成就感。无论是哪一种，只要有助于实践，就得用心而为之。

"践行"永远在路上。行者无疆。一名教师在成长的路上，是没有终点的。当然，你不要以为没有终点，就是遥遥无期。"践行"需要诗和远方。当你步入教师生活，你的目标是从入职教师走向合格教师，因为你得凭自己的努力站稳讲台，成为一名合格的教师。当你工作了三五年后，你的目标是从合格教师走向优秀教师，因为你明白优秀的教师是可爱的，学生喜欢，家长敬重。当你工作十余年，你已是大家称赞的优秀教师。你内心的目标是希望自己从优秀教师走向卓越型教师。因为卓越型教师定是教师队伍中的凤毛麟角。这时，你可能是特级教师，可能是省市级名师，教学足迹可能遍布全国，可能拥有自己的教学风格，甚至有了自己的多本教学专著。的确，这时羡慕你的眼光会很多，赞美你的言辞会很多，但是，这依然只是你教师成长道路上的一个新的起点而已。因为只要你抬头向前看，阔步朝前走，你依然是行走在一条通往成为"幸福教师""明师""仁师""大师"的道路上。

教师成长的道路没有尽头，因为"行者"无疆。然而，一名教师从刚入职就能满怀希望朝着教育的"远方"阔步前行，越行越幸福，就需要做到"读、思、行"三位一体。在"读、思、行"中去不断收获成功，寻求快乐，享受幸福。"只管攀登不问高，自然就高。"

读、思、行，三者缺一不可。

"教·研"共进：教师成长的必然路径

2006年，我拜在全国著名特级教师于永正的门下。恩师常对我说："只教不研，手高眼低；只研不教，眼高手低；又教又研，眼高手高。"恩师的教导对我触动很大。持续地"教·研"共进，让自己成为一名执着语文教学的实践者、研究者。

初知"教·研"的滋味

2001年至2006年，我曾参加过一次全国层面和两次全省层面的课堂教学竞赛，并且均获一等奖。每一次赛课前，学校都会邀请区域教研员、学科名师来听课、磨课。在一次次反复试教、磨课中，我总在不断聆听、汲取着来自大家阐述的新的教学理念、教学方法、教学策略。磨课后，自己独自回味、思考、取舍、内化，最终把名师们的优秀教学理念、方法、策略加以内化，并运用到教学中，让课堂教学得以精彩呈现。观摩过我的课的教师都称赞说："汪老师的课有激情、务实、求活！"我真切地明白，这一次次的备赛过程，就是自己在大家的帮助与指导下又教又研的过程。这样的教不是为教而教，而是在教中研，研后教，"教·研"同进。课堂上，教师教什么、怎么教、为什么教，都是基于语文教学规律，基于具体的学生学情，基于具体的学科课程理念而科学确定的。我想，这便是又教又研让我尝到的最初的真正滋味。

深感"教·研"的快乐

2008年，我又参加过两次全国层面的课堂教学竞赛。之后，我更多是在省内外进行课堂教学的示范。每一次做教学示范前，我都积极主动地研究课标、研读教材、研习教法。全心琢磨后，课堂教学的示范总能给一线教师带去启迪，也能让自己从中收获一份成就感。不断地进行教学实践，不断地反思研究，研究让教学更有内涵、更精彩。一次次教学实践和反思研究后，我的思考显得更有深度，视野也在不断拓宽，想把自己在教学实践和反思研究中的感悟、心得表达出来的欲望变得更加强烈。自2001年首篇教学文章《我教学生写童话》发表于《江西教育》起，我至今已在《中国教师报》《语文教学通讯》等报刊上发表一百八十余篇文章。一篇篇教学文章绝不是为了写作而写作，而是自己于一次次的教学实践中，于一次次的反思研究后，内心一次次涌出的表达欲望与内在需求。当教学文章写出后，自己又在一次次教学实践和反思研究中，对语文、对课堂、对学生有着更深刻、更全面的认知与理解。在整个"教·研"共进的过程中，我永远是积极的、主动的、快乐的。

享受"教·研"的幸福

我工作至今已二十七年，农村两年，乡镇两年，县城十一年，省城十二年。其中在省城的小学七年，省城的教研部门五年。我在省城学校工作的第二年，所在的区域教育主管部门决定为我个人举办教育思想研讨会。那一刻，我曾问自己，我的教育思想是什么呢？或者说我的教学主张是什么呢？曾经有专家、教师称赞我的课堂充分体现了"激情、务实、求活"的特点。这毕竟是2006年提出的，如今已经过了多年的教学实践与反思研究，是继续沿用，还是进一步提升、优化？在于永正、高林生、周一贯、郑初春等学科专家的指导下，我提出了"智慧、本真、清简"的教学主张。通过不断实践、研究与提炼后，教学主张实现了从"情趣型"到"情智型"的优化。在2012年的个人教育思想研讨会后，我出版了自己的第一本教学专著《过着语文的日子》。再后来，2012年至2022年，十年里先后出版了《汪智星与本真教育》《去其浮华 归其本真：汪智星本真语文课堂18例》《卓越型教师如何修炼》等七本专著。一本本教学专著的成功撰写，都基于自己长期的教学实践和反思研究。日积月累，聚沙成塔。如今，教学、研究于我而言，成为一种习惯。在日常工作中，若不去实践教学，思考教学，研究教学，就会觉得不踏实，心里会有空落落的感觉。当下的我，完全享受教学与研究，并常常被浓浓的幸福裹挟着。教师专心教学，潜心研究，才能让自己的专业能力迅速成长。

教师只有不断地进行教学实践，才能拓展教学的宽度；教师只有不断地进行反思研究，才能拥有教学的深度。既注重宽度，又强调深度，"教·研"共进，教师才能更好、更快地成长。

成长智慧：从"完成教学"到"研究教学"

如今的我，已在小学语文教学的岗位上工作了二十七年。我二十八岁被破格评为小学高级教师，三十岁被破格评为小学特高级教师，三十五岁被评为省特级教师，四十岁被评为中小学正高级教师。一路前行，我总能在自己的岗位上收获进步。其中究竟蕴藏着自己怎样的成长智慧呢？

工作最初的五年里，我属于那种拼命工作的年轻教师。每天总借助教材、教参、教案，努力完成一堂堂课的教学任务。今天回想起那些认真上课的日子，只能说是完成教学，即在课堂上把自己该讲的、能讲的都传授给学生。至于一堂课教学目标的确立、教学内容的选择、教学方法的运用、教学流程的实施等，作为教师的我，并没有科学、系统地去思考、研究。

1999年，我被选调到县城最好的小学工作。学校有很大的图书室，在这里能读到过去从未见过的各种教学杂志。我天天沉浸在教学杂志的海洋里，渐渐地发现许多关于教学的理念、方法、策略在自己的脑海里清晰起来。过去教词语"叮嘱"，我的教学流程就是要让学生会读、会写，还能造句。为什么要会读、会写？为什么要能造句，我没有思考过。教学的理论书籍读多了，我开始有了梳理、思考、追问的习惯。词语教学要遵循其规律，即理解、积累、运用。教师指导学生会读、会写，能造句的过程，就是遵循了词语教学的规律。过去教课文《草船借箭》，我只关注于对教材的分析讲解，希望通过细致讲解，让学生明白草船借箭的过程，明白诸葛亮的神机妙算。至于《草船借箭》这篇课文是什么体裁？进行教材处理和教学时，怎样借助对文中的关键字词、重点句段的理解与品读，去体会、感悟人物个性特征？这些，只有当自己完成教学，而且走向研究教学时，才会主动去思考和研究。开始研究教学，我才会主动思考课文属小说类的文体，才会主动研究小说类文体课文应该学会抓住对文本中的关键字词、句段的理解与品读，去体会小说中独特的人物形象。教学中，教师要引导学生去读、去思、去品诸葛亮的神机妙算、周瑜的妒忌心强、鲁肃的忠厚老实、曹操的疑心重，而这不是教师靠"完成教学"能实现的，是需要教师"研究教学"才能实现的。

从"完成教学"走向"研究教学"，教师的教学智慧自然就会拥有。对于教师而言，研究教学不是空喊口号，而是要建立在长期对教学论文、教学著作的深入阅读和常教常新的教学实践上。阅读教学论文和著作，能让教师时刻站在巨人的肩膀上前行。教师不能总低头看路，简单地重复着昨天的教学工作，而是要博览教学书籍，汲取优秀的教学理念、教学方法、教学策略，在自己的课堂教学中去尝试、去实践，从而外化为自己的教学行为。如此，教师的教学智慧便能得以彰显。

多年来，"研究教学"成了自己工作的一种常态。走进课堂，我不再是一味地记录听课过程，而是有意识地去观察课堂。教师的教学行为、教师的教学基本功、学生的学习状态成了我关注、记录的重点。学生的参与状态，是否主动积极？课堂是否有序？学生的思维状态、注意力集中情况、表达意愿和能力怎样？学生的学习效果是否明显？知识内化程度如何？技能提高效果怎样？这些成了我观察课堂时的重要任务，也是教师"研究教学"应具备的关键素养和能力。

观察别人的课堂，我养成了这样的习惯——换位思考。当去完成一堂堂课的教学时，自己就会常从学生学习的角度去确立适切真实学情的教学目标、教学内容、教学方法等，让每个学生在课堂上学有所得、学有所乐。

有了"研究教学"的能力与习惯，教师不能仅停留在一味地汲取他人的先进教学理念、教学方法上，更要成为新的教学理念、教学理论的积极思考者、研究者、提炼者、倡导者、践行者。于我而言，二十七年的教学实践探索，确立了以"儿童主体·言语本位·活动主线"为核心的"本真语文"教学理念，重构了"彰显儿童主体、坚持言语本位、强调活动主线"的"本真语文"教学内涵，提炼出"尊重意识、简约意识、教学智慧、语言表达"的"本真语文"课堂特质及实施路径，探索出"本真语文"教学"一核两面三维"评价体系。这些，都源于自己在教学中实现了从"完成教学"到"研究教学"的改变，而这正是成长智慧之所在。

一个人，一辈子，一件事

二十七载从教生涯，我先后在农村、乡镇、县城、省城小学工作过，如今在省会南昌市中心城区——东湖区教师发展中心担任主任。在刚结束的师范同学二十六年聚会中，曾经的老同学一个个都打量着我。他们可能心想，昔日那般顽劣的家伙怎就摇身一变，成了远近闻名的"大师"呢？

2006 年，我被破格评为小学特高级教师（副高），那时我三十岁；

2011 年，我被评为江西省第六批小学语文特级教师，那时我三十五岁；

2016 年，我被评为江西省首批中小学正高级教师，那时我四十岁；

……

当大家关注着、称赞着我取得的一项项成绩的时候，只有我心里明白，曾经的我，为了自己定下的目标是如何坚守，如何进取，如何拼搏，如何奋斗的。

农村两年，独上深山苦励志

1995 年毕业于江西省万年师范学校的我，被分配在老家婺源的一个偏僻的乡村小学——鄣山乡车田小学教书。在交通极不方便的年代，我从老家婺源江湾镇至教书的地方，步行、乘车，转车，再转车，再步行，仅一趟，就得要一整天，且要从天刚蒙蒙亮出发，至满天星光才能到达。因此，在郜山乡车田小学从教的两年，我只有寒暑假才会回家，其他时间都是在学校里度过的。

因为是在农村教书，吃的菜也很简单。每餐一样菜，一样菜连续吃上一个星期，甚至是半个月，是很正常的事。刚工作的那个学期，按时令来算，也就吃了六七种菜，豆角、丝瓜、南瓜、冬瓜、萝卜、白菜等。两年时间，虽然没有学到很多，但这份经历却让我在以后的工作中，觉得遇到的所有艰难困苦都不算什么。

自己作为一名新教师来到这所农村小学，学校的张锦根校长对我还是很关心的。夏季的傍晚，空气中的热气还没完全散去，张校长手握着一本备课本来到我的房间里。说是房间，就是只能摆一张窄小的床，一张简易的小书桌，一把小方凳。除此，就只能容纳两三个人站着。张校长满怀欣喜地对我说："智星，最近在县城听一个语文特级教师上了一节《卖火柴的小女孩》，很是精彩，我来讲给你听听。"见张校长这般热心，我也格外开心。我和他并排坐在我的床沿。张校长向我讲述着那位特级教师是怎样解读教材的，是怎样在课堂上创设教学情境的，还有课堂上当老师范读课文时，台下许多听课老师和学生都暗暗流泪的情景。听着张校长的讲述，我觉得不可思议。语文教学原来可以如此有滋有味。

因为是在农村，张校长能走出大山小学，听到大山外面的好课的机会也不多。这一次对我而言，虽然没有亲耳聆听特级教师讲课，但是听着张校长的讲述及分析，已是觉得过了一把"瘾"。在农村的两年里，我的语文教学虽然依旧没有入门，但是在我心中，在将来的某一天里努力上出一节精彩的语文课，成为一名优秀的语文老师的目标却坚定地定了下来。

家乡两载，初识语文真滋味

1997年，我调回了老家婺源县江湾镇中心小学。江湾镇中心小学的胡万开是正校长，江立源是副校长。相处不久，我就听说江校长在小学语文教学方面是全县一等一的好手。一次，他在执教《蛇与庄稼》时，主动叫我去听他的课。第一次走近名师、走进名师的课堂，彻底地改变了我此前两年的教学理念。心想，我那哪是教学呀？简直就是照本宣科，关键是还常常讲错。再看看江校长的语文课堂，他的提问，他的点拨，他的引导，他的启发，他的激励，他的评价让我瞬间觉得这才是语文教学应该有的样子。回到自己的班级里，我迫不及待地复制着、模仿着，结果是处处碰壁，时时令自己忍俊不禁。

我有些苦恼。这一切被胡校长看出来了。当年11月，胡校长想方设法，从县教研室给我争取到了一个外出听课的指标。于是，我来到山东济南参加了全国小学语文名师教学观摩会。一连三天，我听到了全国著名特级教师于永正的《草》，听到了全国著名特级教师贾志敏的《神奇的圆圈》，听到了北京名师武琼、江苏名师孙双金的精彩教学。这三天，我白天听课、记录，晚上思考、琢磨。心想，这一位位名师的课堂教学如此精彩，其秘妙是什么？我如果从现在开始努力进取，到时也能像他们一样成为名师，能上出这般精彩的课吗？我带着这一连串的思考回到了学校。

我问过江校长："一位新教师成为优秀教师的诀窍是什么？我若想成为优秀教师，成为学科名师，我应该怎样去努力？"江校长鼓励我说，他在来江湾镇中心小学担任副校长前，也一直在一所较为偏僻的小学从教。然而，这十三年来，他不仅坚持阅读教学杂志，从杂志里汲取优质的"营养"，还不断地琢磨课堂，在失败后反思，在成功中总结。就这样，他才有了今天小小的成就。

从此，我以江校长为自己教师成长道路上的榜样。阅读、实践，坚持不懈，不厌其烦。一天，我设计出《林海》一课的教案，并请江校长去听。至今，我依然记得自己的导入是由引导学生感知花海、竹海、人海、书海，再进入课文"林海"的。教学设计费了自己许多心思，一节课下来，我早已大汗淋漓。评课时，江校长却总是在夸我，总是在肯定着我课堂上的每一个教学环节。后来，我才知道，并非我的课堂有多精彩，而是江校长希望在他的夸赞下，能走出一位优秀的教师，因为他懂得教师的成长需要肯定，需要称赞。

县城十一年，板凳甘坐十年冷

1999 年，我遇到了县城小学首次面向全县选调教师的机会。二十三岁的我，居然以小学语文学科第二名的成绩进入了县城最好的小学。我不敢相信自己，但我却深知自己成功的原因——没有江湾镇两年里江校长手把手的教导，没有自己近两年里的执着阅读、思考、实践，就不可能把握住这样的机会。

婺源县紫阳第一小学是一所百年老校，也是一所在全县乃至全市都响当当的名校。这里先后成长起来两位全省知名的语文特级教师，还有一大批敬业、专业的学科骨干教师。来到这所学校，是我没有想到却梦寐以求的。起初，我常常问自己，在这所学校里，自己凭什么立住脚？到了这所学校，我努力的方向、追求的目标要聚焦什么？一天，我在校园里遇到了小学语文特级教师刘萍，我尊敬地问："刘老师，我想像您一样成为特级教师，该怎么做？"刘老师的回答让我始料未及，她说："智星，工作之余，要常往学校的阅览室里跑。"

次日，我来到了学校的阅览室。眼前的一幕让我瞬间明白了为什么这所学校会成为一所响当当的名校。整个阅览室有两间教室那么大，所有的木架上全部摆满了各学科的各种杂志。仅小学语文学科的，就有近二十种之多。《小学语文教学》《小学语文教师》《小学青年教师》《语文教学通讯》《上海教育》《福建教育》《江苏教育》《江西教育》等，我如获至宝。从此，我在学校，教室、办公室、阅览室三点一线。我徜徉在阅览室的书海里，读教育理论文章，研教学设计案例，品教学经验反思。读着读着，我开始不断地把名师们的优秀教学策略在自己的课堂上实践；读着读着，我开始有了动笔写一写的冲动。2001 年 6 月，我的第一篇教学经验文章《我教学生写童话》发表在《江西教育》上；2002 年 5 月，我代表上饶市在全国小学语文创新教育教学研讨会上执教《草船借箭》获得一等奖第二名。颁奖会上，湖南师范大学佘同生教授点评："要说三国时期的诸葛亮敢创新，那么，21 世纪的汪智星老师更具有创新精神。"接下来的日子，我并没有因自己取得一点点的成绩而骄傲，而是继续静下心来教书育人，潜下心来思考研究。我的一篇篇教学论文先后在《小学教学研究》《小学教学》《小学语文》等杂志上刊载，我的教学课例一次次在全市、全省乃至全国的舞台上展示。即便如此，我依然默默地坚持着阅读、实践、总结。我深知学无止境，只有把一件事坚持做下去，并把它做好，才能实现更大的可能。

在婺源县紫阳第一小学十一年的日子里，我沉浸于书籍的海洋里，痴迷于语文教学的研究中，我几乎忘记了小学语文教学与研究之外的世界是什么。然而，就是这份对小学语文教学与研究的坚持、坚守，才在真正意义上全面地提升了我的语文素养，让我把教书育人视为人生之大事、乐事。

省城至今，立德树人享人生

在老家婺源整整工作了十五年，我选择了离开，绝非我忘本，不懂感恩，而是我深深地意识到，自己的学科专业要想再提升、再突破，就得到更大的地方去历练自己，去挑战自己，去实现自己。2010年暑假，我来到了省会南昌市东湖区，成为南昌市邮政路小学四（2）班的语文教师兼班主任。

在南昌，小学语文学科的名师值得我去努力学习的有很多。我挑战自己，每周研发出一节精品课，主动在学校或备课组里展示。教师们评议着、思辨着，我在他们的真心、真诚的帮助下，进步着、成长着。2012年1月，东湖区教育科技体育局为我个人举办教育思想研讨会。在省、市、区三级学科教研专家的帮助下，我提炼出自己的学科教学主张，即智慧、本真、精简。从此，我更加坚定地朝着自己的小学语文学科教学的主张努力奔跑，不断丰富自己。自2012年7月起，我先后出版教学专著《过着语文的日子》《汪智星与你相约语文》《汪智星与本真教育》《杏坛逐梦》《名师是这样炼成的》等。阅读、写作、实践，成了我生活中不可或缺的一部分。每天晚上九点至十二点，整整三小时成了我雷打不动的阅读和写作的时间。有人问我："你能坚持吗？"我的回答是："因为我喜欢，所以我坚持；因为我坚持，所以我越来越喜欢。"正是由于这份刻在骨子里的喜欢，才让我的每一个教书育人的日子，每一个思考、琢磨、研究小学语文教学的日子是那样快乐、幸福，甚至成为一种享受。

2021年，区委组织部给我拍了一个宣传片。宣传片摄制组在确定主题时征求我的意见。我对他们说："就以'向天再借四十年，立德树人享人生'为主题吧。"意思是说，从现在开始，我到退休还有近二十年，退休之后，我要退而不休，再为自己挚爱的教育事业贡献二十年。这辈子，我以立德为本；这辈子，我以树人为乐。

用一个头脑影响更多的头脑

先来看看我和青年教师涂俐娜的一段微信文字交流。

  涂：每天认真看您的听课小结和文章，颇有收获，感谢您的坚持和给予我们的引领。

  汪：教育的第一个名字叫影响。我只想以自己对事、对人的态度去影响身边更多的年轻教师，让他们走向优秀，并努力达到卓越。

  涂：用一个头脑影响更多的头脑。

  汪：经典之语——用一个头脑影响更多的头脑。

  涂：受您的启发。德国著名哲学家雅斯贝尔斯说："真正的教育，是一棵树撼动另一棵树，一片云推动另一片云，一个灵魂唤醒另一个灵魂。"

  汪：嗯。我对雅斯贝尔斯有一些了解，读过他的一些文章。我以为任何学科上升到最高境界，就是哲学的层面。

结束和涂俐娜的交流后，我内心有着许多思考。

影响是什么？我想就是不需要说教，不需要强制，不需要逼迫，而是潜移默化，是润物无声，是大教无痕吧。2012年1月，南昌市东湖区教育科技体育局组建的"特级教师汪智星工作室"正式挂牌成立。经过摸索与实践，在总结工作室推进的成功经验时，我提出了四大策略：人格影响人，心态改变人，书籍提升人，活动历练人。对于"人格影响人"，起初，我是想着以自己的人格魅力去影响工作室成员。后来慢慢发现，工作室成员在我的影响下，身上折射出的可贵品质也深深影响了我，同时，成员之间也相互影响着。

年轻成员舒雅和熊佳加入工作室时只有四年从教经历。当工作室接到要完成省教研室安排的一项校本教研展示任务时，我安排舒雅做上课展示，其他成员在我的组织下进行辩课。舒雅年轻，这样的任务对她来说，显然是极为艰巨的，但是她没有推却，而是一头扎入前期准备中。那时正值国庆放假，学校安排了行政值班。10月5日晚九点半，我来到操场上环顾四周，再次检查各教学楼的情况，结果发现主教学楼四楼有一间教室的灯还亮着。我疾速来到四楼，当走近教室的窗户时，里面的一幕深深感动着我。舒雅站在讲台前试讲，熊佳坐在课桌边扮演学生听讲。她们或停或议，神情非常专注。后来，我把自己亲眼所见讲述给工作室的其他成员，大家都为之感动。从此，整个工作室团队成员对待工作的态度更积极主动。

我发现，一个人单打独斗，随着时间的推移，能力提升等方面都会慢下来，甚至停滞不前；反之，以团队的力量共同前行就不会如此。因为只有当个体加入团队之后，在团队里才会有成员与成员之间的相互影响、相互促进、相互提升。团队里成员与成员之间比较，是一种善意的竞争，自己会因同伴的进步而高兴；同样，同伴也会因自己的进步而高兴。

明白了"影响"的作用，我们还得思考，以什么去影响别人，或是别人以什么来影响自己，其关键就是"头脑"。当然，"头脑"不能理解为脑袋、脑瓜子，而是指一个人健全而先进的思想、理念，灵动而多元的思维及思想、理念、思维作用下呈现出来的具体行为或方式。

"头脑"是指先进的思想。一个人具有先进的思想，他的行为就会表现出优秀、积极的一面。头脑决定行为。就教育工作者而言，脑袋里存储了先进的教育思想，他的教育教学行为就会始终为学生的健康发展而服务。教师深知"没有爱就没有教育"的教育思想，当他面对性格顽劣的学生，就不会一味地去训斥甚至责罚，而是会耐心教诲，循循善诱，让学生从内心明白自己应该怎么做才是对的。学生在教师这样的教育下，铭记的绝不仅仅是所掌握的知识、所提高的能力，而是教师在教育中折射出来的宝贵的育人魅力。育人魅力的大小就取决于教师是否拥有先进的教育思想。

"头脑"是指崭新的理念。常常听专家说："要更新自己的教育教学理念。"从一定意义上说，教育教学理念是会随着时代的发展、社会的进步而不断丰富、不断更新的。然而，当下部分教师的教学行为依然是我行我素，停留在"学科知识教学"的层面。习近平总书记提出"培养什么人""怎样培养人""为谁培养人"三个教育的根本问题，其实就是对"立德树人"做出了具体诠释。"立德树人"在具体学科教学中怎么落实，像过去一样强调"学科知识教学"肯定不行。因此，新时代提出"学科育人"的理念才是与时俱进的。教师践行"学科育人"的教学理念，课堂教学才会发生质的变化。课堂上，学生获得的将不是"死"知识，而是学科素养。

"头脑"是指优秀的德行。有人说，教师可以分为两种：一种是积德之人，另一种是缺德之人。积德与缺德的界限是什么？就是看一名教师是否能以高超的专业能力去教导学生，是否能以高尚的人格魅力去影响学生。教师做到了这两点，就是积德，积大德；反之，就是缺德，缺大德。一名教师从事某一具体学科教学，不务正业，课前不备课，作业不布置、不批改，课堂教学组织乱成一团，教学效率低下。这样的教师不仅不虚心学习，不自我反思，反而对身边优秀的教师指指点点，目空一切。试想，一个没有优秀德行的教师，怎能忠诚于党的教育事业？怎能为社会培养出合格的建设者和接班人？作为教师，没有优秀的德行，他不可能为人师表，不可能成为学生喜欢、家长敬重、社会认可的好教师。

"头脑"是指多元的思维。当下的教育教学中，在教师的培养下，学生要拥有求异思维、审辩思维、逆向思维、创新思维等思维能力和素养。然而，我们往往忽视了一个根本问题，就是教师自身的素养。试想，如果教师的思维打不开，习惯于"中规中矩"，不敢越雷池半步，自己面对问题或现象，不会换个角度或多角度去思考，不敢评判，不敢异想天开，那么，学生想拥有求异、审辩、逆向、创新等思维能力和素养，就无从谈起。有一个故事，说树上停着十只鸟，猎人开了一枪，请问树上还有几只鸟？学生通常有两种答案：一种是还有九只，因为打死了一只；一种是一只都没有，因为死了一只，其他的都吓飞了。没承想，在一个班上学生的答案竟是这样："老师，猎人的枪是无声的吗？""老师，树上的鸟儿听力怎样，它们的耳朵是否都被捂住了？""老师，猎人的这一枪有没有打中两只或更多只？""老师，打中的那只鸟有没有挂在树枝上？""老师，被打中的鸟被伤到了哪里，影不影响它的飞行？"等等。我想，如果不是教师日常教学中的引导，学生又怎能有着这一番不可思议的思维呈现？

在和一线教师共同听课的日子里，我坚持听完每个课例后，就课例中存在的具体问题或现象写成经验文章分享给大家。二十堂课，写下二十篇、共计九万余字的经验文章。这既是自我听课、思考的坚持与习惯，也是在向一线教师传递"学习需要恒心、思考需要品质"的观念。有人说："汪老师，我们听完课后，只能看到课堂中存在的现象，您却能透过现象看到本质问题并提出可行的解决办法。"的确，这是我在长期的教学实践中，形成的捕捉问题的敏锐能力和思考问题的深度意识。以一个头脑影响更多的头脑，我一直坚持着，愿更多一线教师因自己的努力而改变着、前进着。

一个头脑影响更多的头脑，关键在影响，其核心是以什么去影响。上述谈及的先进思想、崭新理念、优秀德行、多元思维等都是可以去影响更多头脑的。当然，以上这些必须是这"一个头脑"里始终要拥有的。

评上正高，焉能止步

"你可以缓一缓了。"

"为什么？"

"你都评上正高了，都到顶了。"

"不，可以努力的方向还多着呢！"

这是朋友与我的一次对话。朋友的话语似乎没错。然而，当下评上正高的我，真的就可以放缓脚步，甚或是停滞不前吗？

瞬间，朋友的话语又似乎曾在什么时候隐约听过。我评上特级教师的时候，曾经的同事也这样对我说："智星，如今，你既是小学特高级教师，又是特级教师，教学研究的道路上，可以放慢脚步了。"

在那时，我真有过这样的念头。心想，作为一名小学语文教师，职称到顶了——小学特高级教师，专业荣誉也到顶了——特级教师，我还有什么可追求的呢？

就在那个时候，我来到了南昌东湖区工作。在这里，我找到了自己在小学语文教学与研究路上更新、更远的目标——一人成功不算真正的成功，如果能以自己的人格魅力和专业能力去影响一个团队，或是更多的教师，那不是我接下来更该走的路吗？

2012年1月，以我的名字命名的名师工作室成立。十七名有心教育的教师在我的带领下，开始了抱团前行。在团队同进的过程中，我越来越感到"予人玫瑰，手有余香"的真谛。

近五年来，我坚持一个学期在学科组或学校层面举办三节或四节教学示范课。每一次准备教学设计时，我总有许多新的收获，总能感觉自己在进行完一次示范教学后，对语文学科有了更深、更新的认识与理解。示范中，教师们也一次次地从我的课堂教学中有所收获。

近五年来，我坚持每天晚上进行三小时的阅读与写作。至今，阅读与写作之于我，犹如阳光与雨露之于土地，无法割舍。这种滋味，是喜欢，是享受，是陶醉。不知不觉中，我在省级以上期刊发表各种教学经验文章竟有一百七十余篇，先后正式出版教育教学专著《过着语文的日子》和《汪智星与你相约语文》。

近五年来，我坚持做到"教与研"两者均不放松，既能上好一节节精彩的示范课，也能举办一场场生动的讲座。正如恩师于永正常对我说的："只教不研，手高眼低；只研不教，眼高手低；又教又研，眼高手高。"正是如此，这五年来，我在省内外举办优秀课例示范或专题讲座达到近三百场。众多的外出交流，不仅让省内外更多的教师受益，更可喜的是让自己得到了一次次锻炼与提升。

我的这一切努力与付出，并不是为了想在今天评上正高。实际上，在五年前，在中小学根本就没有可以评正高这一说法。但是，付出总是有回报的，机会总是给有准备的人的。当国家决定在全国中小学教师队伍中评选正高时，我轻装上阵。业绩核评中，我排在了全市第五；说课、答辩中，我更是如鱼得水，排在了全市第二。

我成功地评上了正高，内心的确很高兴。但是，当再次听到朋友对我说"你可以缓一缓了"，我却挺疑惑的。为什么呢？

在当下，阅读和写作已成了我生活中不可或缺的一部分。每天晚上三小时的阅读和写作，几乎雷打不动。这一切没有人逼我，没有人催我，而是自己喜欢阅读和写作，痴迷阅读和写作。哪怕有时望着手里的书在傻傻地发呆，也是乐在其中。

在当下，教学和研究，也成了自己的一种习惯。走进课堂，与学生分享课堂教学的快乐与成功，那是何等惬意？字里行间的研究与琢磨中，那种静思之乐，那种琢磨之趣，只有身在其中者才能真真切切地感受到。有时，在教学和研究的过程中我也会遇到困难或阻碍，当冥思苦想、绞尽脑汁，然后瞬间有那种"山重水复疑无路，柳暗花明又一村"的感觉，这岂不是人生之快事？

在当下，我的名师工作室取得诸多成果，尤其是名师工作室先后被市、省总工会确定为市级、省级劳模创新工作室。我和团队开始关注教学方法、教学策略、教学理论方面的创新与实践。我们关注着课堂教学如何实现高效的探索，我们关注着文本体裁不同教法灵活运用的探索，我们关注着"硬骨头"习作教学的探索与研究。我和团队一路走来，高歌猛进，阔步前行。

如今，当自己评上了正高时，我却丝毫没有放缓脚步或停止进步的念想，因为日常教学与研究中所做的每一件事，都成了我的一种习惯。我对待每一项工作的态度就是"喜欢"。因为喜欢，所以我享受其中——做自己喜欢做的事，所有的付出都是一种享受。

前不久，我把自己评上正高的好消息告诉了恩师于永正。恩师乐呵呵地赞道："不愧是'智多星'呀！"片刻，恩师又说道："革命尚未成功，爱徒还需努力。"学无止境。恩师的话语不正是希望我在教育的道路上继续前行，在学习的道路上戒骄戒躁、谦虚好学吗？

我明白恩师于永正的话语，更明白自己今后努力的方向。

教育教学之路，永远是我誓要走到底的幸福不归路！

阅读杂谈

1

4月23日是世界读书日。试想，从全世界层面来看，把一年里具体某一天确定为读书日，足可见人类社会发展至今，已充分认识到阅读的重要性和必要性。

聆听过国内知名的教授、作家针对阅读进行的宣讲，从一定意义上说，他们对阅读的理解均是自己的亲身经历或是研究所得。他们强调了阅读的意义和价值，总结了阅读的方法策略，也指出了培养与形成阅读兴趣、阅读习惯、阅读品质的重要性。说真的，很佩服教授、作家们平常对阅读的执着与挚爱，很佩服他们对阅读理论、阅读策略的研究与探索。

当然，对于阅读，我也有着许多不一样的经历和思考。

2

每每谈及阅读，眼前就会跳出苏联文学家高尔基的"书籍是人类进步的阶梯"，西汉文学家刘向的"书犹药也，善读之可以医愚"，宋朝诗人黄庭坚的"人不读书，则尘俗生其间，照镜则面目可憎，对人则语言无味"，唐朝诗人杜甫的"读书破万卷，下笔如有神"，当代教育家朱永新的"一个人的阅读史就是他的精神发育史"，还有在老家流传的"山间茅屋书声响，放下扁担考一场"，等等。以上所有的古今中外的对阅读的阐述，都表达了阅读的重要性。高尔基、刘向、黄庭坚……不都是因为执着、热爱甚至痴迷于阅读，而成就了他们自己的辉煌人生吗？

要说阅读，我想还得思考其关键问题。首先是阅读兴趣的培养。一个人，尤其是小学生，如果对阅读没有兴趣，没有欲望，你跟他说应该选择什么样的书读更有意义，应该用什么方法去读才能实现有效阅读，又或是谈阅读的价值，都显得意义不大，总觉得"本末倒置"。

对于小学生阅读，许多教师总是以自己的阅读习惯去影响，用自己的阅读方法去指导学生应该怎么读。殊不知，教师自己在长期的阅读中形成的良好习惯和可行的阅读方法，对于小到一个班级的群体而言，断然不是所有人都可以接受的，当然，更说不上悦纳。

对我而言，在小学和初中阶段，凡是学校里教师布置的阅读内容，我都是不喜欢的。小学里，教师让我们去看作文选集，我根本没兴趣，唯独到了写作文时，为了得个好看的分数，就来个"临时上阵看兵书"，再来个作文"大搬家"。倒是对爷爷家里的连环画（小人书）特别感兴趣。一本连环画，可以让我看得如醉如痴。虽然每一页上只有下面两三行文字，且文字里有很多字我都不认得。当然，我看连环画，也常常是不看字的，对字一点都不感兴趣。一本连环画揣在手里，半天甚至一天，都会看得忘了干活，忘了吃饭，就是对书中的图特别感兴趣。对图感兴趣，倒不是我能把每一幅图看懂，而是对图中的每一个人、每一个物、每一处景，都特别感兴趣。我会由这些联想开去，会和图中的每一个人、物、景，自言自语地进行着对话。

小学读连环画《孙悟空三打白骨精》第一页，我是怎么做的呢？第一步，找出图上的一个个角色形象，在心里一一对应着，孙悟空、唐僧、猪八戒、沙和尚，还有白龙马；第二步，欣赏图中的几块巨石、一棵棵大松树，还有飘浮在山林间的云雾；第三步，会用铅笔或圆珠笔给图中的人物和景物进行一番细致认真的装扮点缀。具体每一步中，又有许许多多细节。

数到猪八戒时，我会冲着憨憨的猪八戒说："你的肚子怎么这么大？哦，一定是你吃得太多，然后，又特别懒惰，才导致你这么胖的吧！怎么？你现在才知道好吃懒做的结果。"数着图中的巨石、松树、云雾时，我的心也不在图画本身了，而是想起了老家一处依山傍水的地方，那里也有好几块巨大的石头，巨石靠山临溪，山上松树高耸，清早，或傍晚，或雨天，那情景似乎跟这图画上没有两样。装扮点缀的环节就更有意思了，孙悟空有着密密麻麻的头发，长着一双大鹏鸟的翅膀，那金箍棒长得龙头虎尾。我边画嘴里边不停地嘀咕着，似乎孙悟空所有的力量都是我给予他的。小学里，我特别喜欢读连环画。爷爷家的几十本连环画，我都不知道读了多少回。至于连环画里的文字，在小学阶段，我都记不清自己读过没有。

初中阶段，老师要求回家阅读课外书，我没有照做，一是家里没有其他课外书，二是我对课外书丝毫不感兴趣。于我而言，课外书还是爷爷家的那几十本连环画。几十本连环画虽然在小学里被我读了好多回，但我始终没读腻，每一次捧在手里，还是特别有兴致。那一次，我再次翻开了《孙悟空三打白骨精》的第一页，望着被我在小学里装扮点缀得极其别致的图，忍不住笑了。也许是为了完成老师布置的任务，要摘抄好词好句，我不得不去读那两三行文字。

> 大闹天宫的齐天大圣孙悟空和师弟猪八戒、沙和尚，保护着唐僧，去西天取经。悟空带头开路，师徒四人翻山涉水，一直向西赶奔。

我顺手把"齐天大圣""翻山涉水"等词语摘抄下来。至于为什么摘抄，我不太明白。老师要求摘抄好词好句，我想，四个字的词就是好词吧。当然，这是经不起推敲的。试问，如果好词的对立面就是坏词，难道说上面两句话里，除了"齐天大圣""翻山涉水"外，其他的词都是坏词？当时的我根本不懂这些，只是为了完成任务。至于这两个词的意思我也没有深入理解，只是在脑子里做了一番猜测。齐天大圣就是孙悟空，孙悟空就是齐天大圣；翻山涉水，就是翻过一座座山，涉过一条条河。然而，透过这些词，能说明什么呢？我更是不会去理解，也理解不到。

今天，作为成年人的我，且是一名小学语文教师，当我读着这两句话时，显然是会有着更多更全更深的理解与解读的。阅读第一句，我会马上思考，这是讲述着什么人在干什么，即孙悟空、猪八戒、沙和尚保护唐僧去西天取经，也就是告诉了大家这四个人要干吗。阅读第二句，理解就更丰富了。其一，一个"带头"，可以看出悟空作为大师兄的责任使命，带头开路，这就是身先士卒，这就是以身作则；其二，一个"翻山涉水"，是呀，师徒四人翻过了一座座高山，涉过了一条条大河，这一路走来，不知经历了多少苦难，但他们依然坚持着，这份执着，足以看出他们西天取经的真心、诚心、决心；其三，一个"一直"，前面的"翻山涉水"是说明他们已经经过了无数的艰难险阻，这里的"一直"再次说明他们西天取经的决心，接下来的取经路程，哪怕是再艰难、再凶险，他们也一定会面对、会克服，除万难，排万险，最终实现西天取经的目标。如此一来，仅仅第一页，我就能读出许多深层次的语言表达意图。

可是，这些在我读初中时，我是不会想到，也不会关注到的；读小学时，我更是想都不会想。我感兴趣的是图画带给我的无限魅力和魔力。然而，今天的教师引导学生阅读，则往往是教师把自己的阅读习惯和阅读方法强加或是硬塞给学生，其结果是吃力不讨好。因此，我再次强调，于小学生而言，阅读兴趣的培养是第一位的，而培养学生的阅读兴趣，就要从学生的年龄特征和认知规律出发。否则，强扭的瓜实在不甜，"按着牛头不喝水"就尴尬了。

3

我可能是例外，包括我的女儿，也有可能像我和女儿一样的小学生还是有一部分的，就是记忆力差，加一个"特"字也是贴切的。因此，在小学甚至是在初中，当老师要求背记诗歌、课文精彩片段时，我觉得是挺要命、挺痛苦、挺折磨人的事。老师们常说："每天一句名言警句不多吧？每周一首古诗不多吧？这样，长年累月，积累的量就会非常可观。"的确如此，但是，老师考虑过那些天生记忆力就差的学生吗？

小学时，我是经常早读后被留学导致没早饭吃（那时读书是早上一起来就上学早读，早读后回家吃早饭，再去学校上课的）的学生，因为书背不出来；初中时，我几乎是每周的周六中午放假时就被留校，因为书背不出来，有时语文老师要留，英语老师也要留，苦得我真想把自己劈成两半，一半去语文老师那儿，一半去英语老师那儿。不管是小学还是初中，每次留下来背，到最后都不是我会背了才离开的，实在是老师等不了我。老师也要吃早饭，老师也急着周末赶回家呀。

正因为如此，在我从事语文教学的日子里，我从来都不会统一要求学生背记内容。有能力的、记忆力强的需要背，我们要肯定背记积累对于小学生或是中学生都是很重要的；记忆力差的或特别差的，能背得七八分熟或能读熟就行。其实，在一个人的一生中，有两种记忆能力：一种是"死记硬背"，大量积累，熟记于心；另一种是理解性记忆。因此，我们在引导学生阅读时，不能一味地强调，或者说是统一采用"死记硬背"来推进。要知道，理解性记忆才是伴随一个人一生的，尤其是当一个人在初中之后，其理解性记忆能力会逐渐增强，同时，理解性记忆也会促进"死记硬背"效果的达成。

小时候，老师让女儿背宋代杨万里的《宿新市徐公店》。女儿反反复复地背，我也在一旁引导（引读、接读）、鼓励，可到最后，四句诗就是背得嗑嗑巴巴的。那时，我所住的小区里栽种了许多玉兰树。刚入春，或洁白或紫粉的玉兰花便盛开。约莫过了两周，花瓣陆续凋谢，只见枝干上长出了细小叶芽。这时，我陪着女儿正好走过前排别墅的院子旁。望着院子旁那一排玉兰树，女儿不禁低声背着："篱落疏疏一径深，树头新绿未成阴。"再定睛望望眼前的景致，甭说，这不正是此情此景吗？带着女儿走在老家乡村的田野里，"黄四娘家花满蹊，千朵万朵压枝低。留连戏蝶时时舞，自在娇莺恰恰啼"，她就能脱口而出；黄昏时刻，坐着小竹筏，诗意般地漂在静谧的河面上，"郁郁层峦夹岸青，春山绿水去无声。烟波一棹知何许？鸥鹉两山相对鸣"，她也能轻轻吟诵。

从师范学校毕业的我，自从教语文后，阅读了很多书，尤其是文学类（散文、小说、诗歌等）和教育教学专业类书籍。阅读时我始终没有刻意去背记一些所谓的好词好句，或是经典文字，而是注重理解，强调内化，在自我的写作与表达中，能把别人表达的观点、主张的核心表达出来，或是二次创造性地表达出来。我也有做读书笔记的习惯，包括现在我听一些优秀专家、学者的报告，都会带一台笔记本电脑，边听边记录。是什么原因呢？就是为了增强理解性记忆能力。我在阅读书籍或听专家做报告时，看到或听到一个精彩的句子，就会记录下来。我认为：一是聆听的过程，我在思考；二是记录的过程，我又在思考；三是回看的过程，我还在思考。这样，一而再，再而三，我对看到的或是听到的精彩句子或观点，就有了较为深刻的理解。在自己以后的写作表达中，一旦心灵触及某一观点时，那观点的"模样"就会逐渐地在脑中清晰起来。再经自己的二次创造性表达，同样的观点，就被赋予了我的智慧与思考的成分。

4

阅读不仅仅是为了写作，但是，阅读能促进写作，能让写作更充满灵感、灵动。于我而言，每一次写作都是从阅读开始的。当我写作陷入困顿时，就会从"冥思苦想"中摆脱出来，扎入阅读中。也就是说，我的每一次写作都不会是为了写作而写作。写作往往都是内心有相对成熟的思考，有表达的冲动与欲望，才会提笔表达。有时会一气呵成，有时也会写着写着陷入"僵局"，随着放慢步调，思着写着，又感到一片开阔。对于小学生阅读，又会是怎样呢？我先借自己的小外甥的一篇习作开头，来表达我的观点与思考。小外甥王一帆读五年级，有爱读书的好习惯，实属难得。最近，他写了一篇题为《踏春》的习作发表在《东阳日报》的《青苗》栏目中。开头一段是这样的：

人间最美四月天！在这鸟语花香、春光明媚的日子里，小舅舅带着我们一起去湖溪踏春。

看得出，小外甥平日里读了许多书，也积累了一些词句。否则，像"人间最美四月天""鸟语花香""春光明媚"这样的词句不可能写得出来。但是，对于小学生的语言表达，这种有意识地把积累到的与表达内容相关的词句嵌入作文中，效果总感觉有些失"真"。因此，阅读不是为了写作时嵌入相关语言的表达，而是为了促进写作灵感的产生。上面的开头，作为小学生，完全可以有以下的多种表达。

例1：今天可是一个好日子，因为小舅舅带大家去湖溪踏春，而我也在其中呢。

例2：小舅舅告诉我："帆帆，我们去湖溪踏春。"什么？我真以为是自己的耳朵听错了。

例3："走！踏春去。"小舅舅话音刚落，我们就一拥而上，坐进了小舅舅的汽车里。

例4：一路上，望着车窗外的春景，我嘴里不停地嘀咕着"春光明媚""春花烂漫""春意盎然"……其实，我的心早已飞到了湖溪那里。

以小外甥的习作开头为例，我其实就是想表达：对于小学生而言，阅读就是阅读，不要带着写作的任务去阅读，尤其是为了写作而阅读，而刻意地记录好词、摘抄好句。小学生在阅读中记录好词、摘抄好句的意义是什么？应该是为了促进学生再次思考，以实现最大可能的理解。理解了才能实现真正的内化。否则，为了写作时嵌入一些词句而去刻意地记录好词、摘抄好句，其实违背了阅读的初衷。

5

我始终强调培养学生良好的阅读兴趣、激发学生阅读欲望的重要性。

当然，阅读需要方法，需要策略，最终要养成阅读的习惯，要形成阅读品质。

有人喜欢边品茗，边阅读，还得弄一根香，弄得烟雾缭绕的，好像要把自己置身于一种仙境，有一种超凡脱俗的感觉。我不反对这种做法，但是，大多数人不具备这个条件，当然，也有一部分人不喜欢这种环境。

有人喜欢听书。听书也是阅读的一种方式。当然，听书不是找一种感觉，然后只听出大概内容，听着听着就睡着了，而是要认真听，是静听，听其内容，听其内涵，听其表达，听其情感。要像用眼阅读一样，就像盲人用手触摸文字一样，手上摸着，心里是时刻在琢磨着的。否则，听书就只是像听歌一样，感知歌的旋律而已；又或是，听书成了部分人催眠的方式。

有人喜欢看电视，要阅读《三国演义》，或是要阅读《西游记》，就去看由这些名著改编的电视剧。这也是一种以看促读的方法。但是，作为读者，若只是感受情节而已，作用就不大了。看完后，留下的只是"好玩、好笑、有意思"，其他的就没有了。我有时也会看电视剧。我和爱人看同一部电视剧，她看着看着，要么伤感地流泪，要么欣然地笑着；而我，总会在看的过程中，时不时地把一些触及我心灵的语言记录下来。观看《长津湖》时，我就先后记下了一些文字。（因为是边看边记，电影中的台词没能完全如实地记录下来）。

打得一拳开，免得百拳来。

战场的二次恐惧。

伤亡不值得夸耀，挺住就是一切。

一个蛋从外面被敲开，注定被吃掉；你要是能从里面自己啄开，没准是只鹰。

伍千里："回去写份检查。"伍万里："啥是检查？"

军令如山倒。

伍万里："为什么我小时候你老欺负我呀？"

伍千里："以前有好吃的，娘都给我。有了你，没我的了。"

"生（圣）蛋（诞）快乐！""生个蛋都这么快乐？他们日子过得也不怎么样。"

没有冻不死的英雄，更没有打不死的英雄，只有军人的荣耀。

之所以记录下这些影片里的语言表达，是因为这里面有伟人的勇气与果敢，有军人的豪壮与气魄，有兄弟俩的深情，有常人的心思与想法，有语言表达的幽默与风趣，等等。这些记录，可能会在当下，或是不久的将来，或是很久的未来，激发、触及、触动我写作的灵感。

对于阅读而言，无论是学生还是参加工作的人，选择一个适合自己读书的环境阅读，捧着书籍阅读，以听促读，以观促读，阅读方式可以多元，不宜统一或强求。我单位的同事高友明，他喜欢通过电子设备来阅读。对他而言，一个巴掌大的阅读器随身带着，随时阅读，很是享受，而我就不行，我喜欢独处一隅，或办公室，或书房，或阳台，静静地，捧着书本一页页地阅读，同时，身边总会准备两支不同色彩的笔（一黑一红）。红笔圈画，做符号标记；黑笔写下或长或短的批注，留下自己阅读的点滴成果。

阅读对于不同年龄层次的人，不同行业群体的人，其实都是一种使命。虽然我们常说，阅读可以愉悦身心，充实生活，丰盈精神，甚于可以疗愈内心的伤痕，但是，作为一个中国人，读经典之作，读古阅今，博览群书，就是对中华优秀文化最好的传承与发扬。

教育中最浪漫的事

妻子常抱怨我：一点儿都不懂得浪漫。结婚纪念日从来不记得，情人节从来不记得，唯有生日能记得，无声无息地发个千元红包就算完成任务，想我陪她去看场电影，或去店里购买新衣服，我总以实在没空拒人千里之外。面对妻子的抱怨，我只是呵呵装傻，因为做这些"事"，自己实在没有心思。

浪漫是什么意思？难道在自己的人生中就没有浪漫的事吗？翻阅书籍后，明白浪漫就是富有诗意，充满幻想。谁说自己不浪漫？只是于我而言，做富有诗意、充满幻想的事情不是陪同妻子看电影或逛商场而已。人生中最浪漫的事是什么？自然是在自己从事的教育教学工作中，静坐一隅，捧一本书尽情地阅读是浪漫的事；琢磨着好办法，让眼前顽劣的学生变得可爱进取；蛰伏数月，从策划到写作，成功完成整本专著的创作；等等。原来，我的浪漫时光在教育的日子里，我的浪漫故事发生在自己的课堂上，发生在自己和学生中。

由于在题目中加了个"最"字，我自然要做出具体回答，即最浪漫的事是什么。我的回答是：最浪漫的事就是和我的"情人"——书籍——静静相处。

在家里，我读书的地方不在房间，不在客厅，而是在阳台。我喜欢阳台，因为它同外面的世界靠得最近，只有一窗之隔。探出自己的上半身，自己就成了世界的一部分。阳台就是我的临时卧室，一个书柜，一张桌，一把椅，一张单人床，仅此而已。能独自灵活地进出，能随意轻松地取书，就完全达到自己的要求。每逢工作日的晚上或双休日，是自己一头扎进这番小天地的时刻。在这样的小天地里，自己是主人，"主宰"着一切，能随时随意地享受着柜子里的任意一本书。读着读着，心中总会涌起写作的冲动与欲望，便打开电脑，任手指在键盘上随意跳跃。片刻，自己的灵感就在屏幕上详尽呈现。望着一行行的文字精灵，内心只有快乐，只有幸福。

要是在晚上，独自打开台灯，好像世界只有灯光照耀下的一般大小的空间。我拼命地汲取着书籍里的营养，似乎在同生命赛跑。我不想因自己的惰性萌生而让自己白白地浪费美好的青春与光阴。已过夜半，倚靠阳台的窗栏，眺望着无边的夜空，月明星稀，或是朦朦胧胧，不见半颗星星。然而，所有的一切并不影响自己的心情，反而会让自己瞬间感受到另一种惬意。往近处看，窗外的枝枝叶叶让我充满了无限遐想，好像自己又到了一个神奇的童话王国。这一切，只允许片刻，因为我得躺下入眠。妻子常对我说，可能是人到中年，晚上总会失眠。而我，感觉有书为伴，内心踏实，入眠安然。

在这样的阳台"小天地"里，一本接一本的书被我细细品读，一篇又一篇文章在笔尖欢悦地流淌。我知道，这一切都是因自己不断汲取才能不断产出的结果。只是，这汲取的过程是一种享受，这产出的过程也是一种享受。你们说，如此享受的过程是不是人生中最浪漫的时光呢？

享受最浪漫的事，能让自己站得更高，看得更远。阅读是让自己站在巨人的肩膀上向前走。长期阅读，尤其是阅读古今中外一些优秀的经典作品，能让自己开阔眼界，增长见识，提升素养；能让自己看到别人看不到的，想到别人想不到的。部分教师习惯于低头做事，不能抬头望天。整天让自己囿于一个狭窄的空间里，两耳不闻窗外事。面对自己的思考，面对自己取得的小小成果，常常是沾沾自喜。教师的一叶障目，让自己变得盲目自大，自以为是，不知天高地厚。要改变这样的现状，就得让教师从阅读开始，养成阅读优秀作品的习惯，让他们及早意识到自己曾经的所思所考、所疑所困，许多优秀教师早已遇到过，早已思考过，早已有了解决问题的方法与策略。阅读可以让教师站得更高，看得更远，能欣赏到更为曼妙迷人的景致。

享受最浪漫的事，能让自己谈吐儒雅，富有内涵。有人说，你一开口，就知道你是不是当老师的。为什么？师者，为人师表，谈吐儒雅。是什么原因才能让一名教师变得谈吐儒雅，富有内涵呢？我想，只有坚持不懈地阅读。歌德说："读一本好书，就是和许多高尚的人谈话。"一本本经典之作，总是作者高尚人格和高超作品的有机融合。当手捧中国古典名著《水浒传》，细读"景阳冈武松打虎"的章节时，会被武松勇敢无畏、豪爽真性情而感染，甚至对他心生敬意。读者会在心底里暗暗告诉自己，要以武松为榜样，学做真英雄。生活中若是遇到恶霸强权，就会表现出英勇无畏的气概。自己从师范学校毕业至今从教二十七载，曾经的同学都觉得我变化太大，变得谦逊，变得温和，变得能够宽人善己。我想，这跟自己阅读了许多书籍是分不开的。因为阅读时，我就会不自觉地把自己跟作品中的人物进行对比，自己是强于作品中的人物，还是不如作品中的人物。这正是好作品对一个读者潜移默化的感染力量吧！

享受最浪漫的事，能让自己变得更有智慧，应变自如。所谓智者，大凡是有过大量阅读而通晓一切的人。换而言之，通晓一切的人，完全是因他有着大量的阅读、大量的积累。古人形容一个人聪慧，往往是强调这样的人学富五车。阅读让自己变得聪慧，谈的更多的是自己在教育教学中经历的故事。学习"倭"字，教师让学生利用词语"倭寇"进一步识记。当教师引导学生理解"倭寇"就是日本侵略者时，学生质疑：为什么说日本侵略者就叫倭寇？美国侵略者或英国侵略者等能叫倭寇吗？课堂上，教师向学生娓娓讲述原因时，学生不仅明白，还对教师陡生敬意。其实，只不过是教师曾读过一些记载"倭国"的书而已。课堂上，当学生对一句话读得很糟糕时，教师不是责备学生朗读水平差，也不是说"请坐下，听听同桌是怎么读的"，而是巧妙且耐心地引导学生从不会读到会读，赞赏着学生点点滴滴的进步。教师娴熟的教学策略从哪儿来？教师引导学生的那份真诚、那份耐心从哪儿来？其实都是自己大量阅读许多教育名家、名师的专著后，渐渐地将书籍中阐述的优秀教育教学理论转化为自己的教学行为而已。

也许我这个人，正如妻子所抱怨的：永远是生活中的"矮人"——不懂得浪漫，工作中的"高个儿"——追求教育教学中的浪漫。这小小的一方阳台，自然成了自己所有教育浪漫的源泉地，因为小阳台是自己专心阅读的小天地。

我的教育情怀

1

我是江西婺源人，出生在婺源县江湾镇洪村村委会汪家村。全村四十余户人家。小山村四面环山。要不是高速公路经过村子附近，用了村里的山和地，有了一条通往我家的水泥路，过去从我家到能够坐上班车的地方，要足足走上六里的小路。所以，对于1992年我考取了江西省万年师范学校，我的家人、我的整个村子里的人都极其高兴。父亲杀了一头猪，邀请了所有亲戚、朋友。我想告诉大家，我很在乎这份工作，我很珍惜这份来之不易的工作。

我的名字叫汪智星。许多人看到我的名字就会脱口说出"智多星"。我的名字是父亲给取的。父亲是一名老教师、老校长。即使在今天，他退休了，也是退而不休。他依然很开心、很充实地坚守在教育岗位上。有一天，我问那一向严肃的父亲："给我取名'智星'到底是何意？真是如大家所说希望我成为'智多星'吗？"父亲郑重地说："不，我十八岁高中毕业，成为村里的民办教师，后来从民办教师转为公办教师，再后来干了十几年的校长。四十三年的教学生涯，我在教育行业越干越觉得有滋有味。给你取名'智星'，意为'发挥聪明才智，培育希望之星'。我希望你子承父业，成为一名优秀的人民教师，成为一名受人敬重的好教师。"

这就是我的父亲，这就是我名字的真实寓意。我因父亲也深深爱上了教育。从教的这些年，我对待工作认真的态度一天都没有变过，这也是我父亲对我提的要求；我遇到了许许多多好领导对我的提醒、鼓励、鞭策，遇到了许许多多好同事对我的真心、真诚的帮助；我幸福地成长着；我的许多称呼被大家叫开了："拼命三郎""书痴""智多星""得奖专业户"。

2

2010 年 8 月，我离开了自己热爱的故土，来到了东湖区这片多情、重义的土地上。我来这里为的是什么？是想来这里当官吗？不！不！不！在我的字典里，至今还没"当官"这个词。是为了我的女儿有更好的读书环境吗？不！不！不！老家婺源素有"书乡"之美誉，那里教风纯，学风浓。那你汪智星来这里干什么？我来这里求学。向东湖区、向南昌教学能力比我强的许许多多专家、学者、名师学。这就是我来南昌、来东湖区最真实的目的。因为这边比我强的老师，尤其是小学语文学科教学方面比我强的老师多。这些年来，省教研员徐承芸，原市教研员胡助金、王玲湘，现任市教研员赵水兰、刘荔，区教研中心语文教研员肖贤、黄莺、王露，还有学校的熊婷、彭岚等优秀教师，我不断地向他们学，有时从他们的课堂里学，有时从他们发表的论文里学，有时从与他们的交流谈话里学。总之，我抓住一切机会向他们学。

同时，我不断地向书本学。在南昌市东湖区工作期间，我每个学期坚持读四五本教育专著，坚持天天阅读，天天写作。

3

我在邮政路小学工作期间，从担任一个班的班主任兼一个班的语文学科教学教师，到担任教导处副主任兼一个班的语文学科教学教师，再到担任分管教科研的副校长兼一个班的语文学科教学教师。看着我忙碌的身影，妻子常问："你不累吗？"说不累是骗人的，但我可以告诉大家，虽然有点累，但内心是开心的，是愉悦的。为什么？因为我所从事的教育工作，是自己喜欢做的事。做自己喜欢做的事，所有的付出都是一种享受。试想，我以这样一种真实的心态来对待自己所从事的这份工作，我的心会累吗？身体上的累，睡上一觉，就彻底地消失了。

尤其是自己被评为江西省特级教师后，我告诫自己：特级教师不是自己教育人生的终点，而是自己教育人生中的一个崭新的起点，一个更高的起点。就在这时，我尊敬的时任东湖区教科体局党委书记舒小红在我的手机信息里留下了一句话："智星，你的生命力在课堂，你的根在课堂。"这一刻，我瞬间再次明白了自己来南昌、来东湖区是来干什么的——求学！因此，无论自己的角色如何变换，不管自己如何忙碌，我始终承担着一个班的语文教学工作。既然带了一个班，就得对这个班上的每个学生负责到底。可是一个班57名学生的作业你能改得完吗？这些作业批改你可马虎不得！不马虎，次次、回回、篇篇、天天认真地批改，你哪来的时间和精力？不改，你这名特级教师就是对这个班的学生极不负责任，有愧于"特级教师"这个光荣的称号。于是，我决定把中午十二点半至下午两点这段老师们都在休息的时间充分利用起来。天天如此，一个半小时的中午时间的有效利用，使得我这些年来没有落下一次学生作业的批改，没有耽误学生的一次学业。也因如此，这些年来，我在中午没有休息过一次。日子久了，我也没有了中午休息的习惯，反而到了中午，我的工作精力特别旺盛。

备课上课、作业批改、工作布置、各类会议，几乎占据了我白天的所有时间，我拿什么时间来学习？于是，我又给自己规划了一段时间。每天晚上九点至十二点，整整三小时，成了我雷打不动的读书、写作的时间。在邮政路小学工作的七年间，我读过几十本教育专著和几百本教育杂志，就是利用了这一个个夜晚的三小时实现的。我喜欢阅读，每每阅读，就觉得自己处在一种很享受、很充实、很满足的状态中。对我而言，一天不阅读，就感觉内心空落落的，好像缺了什么没有做似的。这三小时，我除了阅读还坚持写作，写教学论文，写散文，写小说，写诗歌，写对联。当自己阅读到一定的时候，就会自然而然地产生一种写作的冲动与欲望，就会立即在电脑上将其写下来。我常常告诉自己，再晚也不能超过十二点，因为第二天还得工作。但有许多次，尤其是当我写作到了那种欲罢不能的状态时，就会一气呵成，来一个痛痛快快，来一个酣畅淋漓！记得写教学论文《当下语文课堂的"乱象"及策略思考》时，一直写到了凌晨近三点，近两万字的文章大功告成。那一刻，内心的成就感、幸福感，只有自己才知道。那样的夜晚，虽然睡眠时间不长，但睡得很甜，很香，很沉！

因为自己有了合理的时间安排，加上自己始终有着一种不怕吃苦的品质，所以我总能出色地完成每一次工作与任务，我也从不推托各级领导要求我完成的每一项工作与任务。即使感觉某项任务完成起来有点困难，我也会先承担下来，再想办法。因为我始终认为，办法是想出来的。

4

我的工作室成立不到四个月时，我接到了区教研中心的来电。东湖区将承办江西省义务教育均衡发展现场交流会，希望我的工作室在交流会上展示一次主题研讨活动。接到任务后，我在想，如果我自己来上一节课，再做一个主题报告，不难！但是，这样一来，我的工作室全体成员参与不进来。他们不能参与进来，就意味着他们得不到历练；得不到历练，就意味着他们不能在活动中提升自己的教研能力。自然，我工作室的成立就失去了本来的意义。

我开始了构思与谋划。最终我提出了一种崭新的教研模式，即"上课＋辩课"的教研模式。这也区别于过去的"上课＋评课"的模式。尤其是过去的评课，评课环节中往往是一个人唱独角戏，说好话多，说问题少。然而，我提出的辩课是，当听完上课老师的课后，由工作室导师就课堂提出两个具有可争辩的话题，然后把全体成员分成红、蓝两方，对这两个话题进行有针对性的争辩、思辨。这样一来，在工作室导师的逐步引导下，话题越辩越明朗，越辩越清晰。从定方案到最后展示，我们工作室的每一名成员都积极参与其中，最终以精彩的一面在全省义务教育均衡发展现场交流会上展示。其活动形式、活动效果得到了省、市教科研部门领导的高度评价与称赞。在那一次活动中，我也发现了在我的工作室里有许多成员好学求上进、工作顾全大局的可贵品质。邮政路小学年轻老师舒雅在活动中承担的是上课任务。为了上好这节课，她虚心请教了工作室里的好几名成员，还和另外一名年轻成员熊佳在夜晚近九点时，在教室里一个当教师、一个当学生进行着模拟试教。青桥学校年轻教师陈玲在整个活动从准备到展示持续近一个月时间，直到展示完的那一刻，才跟我请假。她悄悄地跟我说："汪老师，我为了参与并完成这次工作任务，把自己在老家请的结婚酒，一推再推。今天结束了，我得马上赶回老家请结婚酒。"她跟我请假的时候，天已经快黑了。

5

当教师，当一位人民教师，得有德。所谓的德，即德行、德心。我以为，一个有德之人就是内心所思是善的，外在行动也是善的。无论是对待自己所教的每一个学生，对待自己所相处的每一名同事，还是对待自己身边的每一位领导、朋友、亲人，都应做一个有德之人。

有的教师一生只为荣誉而来。有了荣誉，他会拼命地工作。一旦荣誉归于别人，他的教育观、人生观就马上扭曲，变得面目狰狞。全忘了自己是教书育人的人民教师，全忘了自己身上那份厚重的责任。

有的教师一生只为职称而来。一旦职称到手，就马放南山，开始了自我放纵，做一天和尚撞一天钟。全忘了自己是教书育人的人民教师，全忘了自己身上那份厚重的责任。

有的教师一生只为金钱而来。有钱我就干，没钱莫找我。凡是做了事就有相应的报酬的，他就乐此不疲。否则，任何工作安排到他手上，他总会找出千百种借口来推托。全忘了自己是教书育人的人民教师，全忘了自己身上那份厚重的责任。

有的教师一生只为当"官"而来。干着干着，觉得自己有希望，就继续干下去；干着干着，觉得希望渺茫，就开始在工作上出现懈怠。全忘了自己是教书育人的人民教师，全忘了自己身上那份厚重的责任。

我也常想，教师们向往荣誉真的错了吗？向往职称真的错了吗？向往金钱真的错了吗？向往官位真的错了吗？的确没错，但这一切都应建立在自己对教育事业充满信仰的基础上。一位人民教师，如果对自己所从事的教育事业没有了信仰，你再一味地去追求荣誉、职称、金钱、官位，就会出问题。

对于教育人而言，信仰是最重要的。首先，我告诉大家，我对教育是充满着信仰的。因为我喜欢她，我热爱她，我敬畏她。在我的这一生中，我会为她而痴、而疯、而癫、而狂、而迷、而念。今天，当你走进我的名师工作室时，你会看到镌刻着的一行醒目大字：做有教育信仰的人。在工作室里挂着这样的一幅字，是想表达我个人对教育的无比热爱与真挚情感，更希望我的工作室全体成员真正读懂它，用自己的一生去读懂它，去实践它。

6

2016 年，南昌市教育局面向全体教师征集教育誓词。当时，我也以小诗的形式写了几句。其中最后两句是这样写的"向天再借四十年，立德树人终不悔"。意思是，我是 1976 年生的，到 2016 年整整四十岁。我二十岁开始工作，到 2016 年整整工作二十年。按这样计算，再工作二十年，我就退休了。但我不想因退休而退出教育的舞台。退休后，我想再为教育事业贡献二十年，直到八十岁。因此，前半句，我写下了"向天再借四十年"，后半句"立德树人终不悔"，如果是当下再写，我还想改一改。因为"终不悔"三个字让人听着总感觉你这一辈子是在干着一件自己不想干的事，是别人逼着你在干一件事似的，因此，你的内心觉得挺后悔的。因此，我想改成"立德树人享人生"。因为我是在干着一件自己喜欢干的事情。我工作，我快乐；我工作，我幸福；我工作，我享受。

第二章　教学思悟篇

"双减"背景下的素质教育内涵研究

"素质教育"于广大教育工作者而言，显然不陌生。然而，即使是习以为常的概念，教育工作者也很难、很全对其阐得清，叙得明。什么是素质教育？素质教育提倡什么？在倡导素质教育的育人环境下，需要教育主管部门、学校、教师思考什么，践行什么？素质教育是相对怎样的特定因素而提出来的？素质教育的对立面是什么？1999年，中共中央、国务院颁布了《关于深化教育改革全面推进素质教育的决定》(以下简称《决定》)。《决定》的颁发标志着素质教育在我国开始进入全面推进的新阶段。然而，从全面推行素质教育至今，遇到"双减"政策，又应赋予其怎样的新内涵，才能彰显其时代意义与价值呢？从提出素质教育，到全面推进素质教育，再到全面发展素质教育，所涉及的"素质教育内涵"等相关问题，都需要教育工作者去思考，去研究，去实践，去丰富。

"双减"背景下素质教育内涵的"刨根"

说是"刨根"，其实就是作为教育工作者对素质教育有一个清晰的认知与判断，不能模棱两可，不能含含糊糊，要明白素质教育是什么、怎么样、为了什么。

（一）素质、素质教育的概念确立及本质

1994 年 6 月，李岚清在全国教育工作会议上提出："基础教育必须从'应试教育'转到素质教育的轨道上来，全面贯彻教育方针，全面提高教育质量。"这是首次使用"素质教育"概念，同时，也指明了素质教育是相对"应试教育"提出的。时任教育部总督学的柳斌在《柳斌谈素质教育》（1998年，北京师范大学出版社）一书中指出，素质"是指人在后天通过环境影响和教育训练所获得的稳定的、长期发挥作用的基本品质结构，包括人的思想、知识、身体、心理品质等"。可以认为，素质教育就是要通过良好的育人环境和优质的教育资源对学生的思想、知识、身体、心理品质等进行影响或教育。良好的育人环境和优质的教育资源的衡量标准是什么？可以通俗地说，就是"好教育"的标准。换而言之，素质教育就是要努力打造一种教育者追求"好教育"，受教育者享受"好教育"的教育生态体系，而"好教育"的本质就是要让学生全面发展，要全面提高教育质量。

在全面推进素质教育的历程中，素质教育的内涵始终随着教育发展与改革不断得以丰富。1997 年 9 月，江泽民在中国共产党第十五次全国代表大会上指出："重视受教育者素质的提高，培养德智体等全面发展的社会主义事业的建设者和接班人。"2001 年 3 月，第九届全国人民代表大会第四次会议批准的国家"十五"计划明确指出："着力推进素质教育，重视培养创新精神和实践能力，促进学生德智体美全面发展。"2019 年 6 月，中共中央、国务院在印发的《关于深化教育教学改革全面提高义务教育质量的意见》中指出："发展素质教育，培养德智体美劳全面发展的社会主义建设者和接班人。"从"德智体"到"德智体美"再到"德智体美劳"，其内容的逐渐丰富就是阐明了全面发展素质教育需要教育工作者思考要把学生培养成"怎样的人"。

（二）"双减"政策的提出背景及意义所在

2021 年 4 月，教育部办公厅发布了"五项管理"通知，即加强中小学生作业、睡眠、手机、读物、体质管理。同年7月，中共中央办公厅、国务院办公厅联合印发《关于进一步减轻义务教育阶段学生作业负担和校外培训负担的意见》(简称《双减》)。《双减》的目标指向清晰明确：减轻学生过重的作业负担和过重的校外培训负担。导致这两项负担日益加重的根本原因就是学校教育（学生本该享受的"好教育"）出现了问题。主要表现在：一是学校教育自身的问题，尤其是课堂教学质量不高和评价体系不合理。长期以来，教师的课堂教学缺乏改进，很少革新，导致课堂教学效率低下。再加上在以"分数为王"的应试背景下，教师几乎是借助大量的、机械的、题海式的作业来提高学生成绩（分数），而这一做法却是完全违背学习规律的。二是课外培训"左右"甚至"绑架"了学校教育，尤其是校外培训机构疯狂宣传鼓吹，让家长陷入社会焦虑的大陷阱。校外培训机构不强调学科育人的理念主张，而是强调通过对学科知识点大量重复的学习，强化训练效果，在短期内提高分数。一旦分数略微趋好，就无限放大，自吹自擂，使得整个社会面学生参加校外培训以提分形成了一张无法撕扯的剧场效应网。

《双减》作为一项利国利民利千秋的国家政策正式出台，在规范、整顿校外培训机构的同时，把关键指向学校，要求学校教育自我革新，强化学校教育教学的重要性，把提高教师的课堂教学效率放在首要地位。同时，严格规范学生作业时长，提高作业的质与量，以寻求提升课堂教学质量的突破口。

"双减"背景下素质教育内涵的"实践"

在习近平新时代中国特色社会主义思想的指导下，作为教育工作者对全面发展素质教育不仅要持之以恒地实践与探索，更要赋予其新内涵。

（一）全面发展素质教育须基于"立德树人"

2014年，教育部印发了《关于全面深化课程改革落实立德树人根本任务的意见》（以下简称《意见》）。《意见》指出，教育的根本任务就是立德树人。要落实立德树人的根本任务，其关键是要全面深化课程改革。《意见》强调，立德树人是发展中国特色社会主义教育事业的核心所在，是培养德智体美劳全面发展的社会主义建设者和接班人的本质要求。当下学校教育，尤其是义务教育阶段的学校教育在国家设置的课程的落实上不到位，甚至虚伪化，离国家课程校本化目标有一定差距。然而，学校层面却绞尽脑汁，推出五花八门的校本课程。试问，诸多校本课程的开发与设置科学合理吗？校本课程在落实中师资素养达标或有保障吗？学生在学校受教育的时间是定数，即关于某年级周课时数国家是有严格规定的，学校打算拿什么时间来完成诸多校本课程？殊不知，国家在中小学课程发展总体规划中已强调，在保证实施国家课程的基础上，鼓励开发适应本地区的地方课程，学校可开发或选用适合本校特点的课程。基于此，国家、地方、校本三级课程应运而生。我们要明白，三级课程从小学、初中、高中到大学，学段越低，国家课程占比越大（主导地位），地方课程和校本课程占比越小（辅助地位）；学段越高，国家课程占比越小（辅助地位），地方课程和校本课程占比越大（主导地位）。可见，在小学，要以国家课程为主；在大学，要以地方课程尤其是校本课程为主。全面深化课程改革，在义务教育阶段就是要实现国家课程校本化，校本课程特色化。因此，提出国家课程校本化及校本课程特色化的目的就是要有效落实立德树人根本任务。相反，如果全面深化课程改革和落实立德树人根本任务二者脱节，就违背了新时代"双减"背景下全面发展素质教育的初衷和旨意。

（二）全面发展素质教育须坚持"五育融合"

《意见》强调，坚持以习近平新时代中国特色社会主义思想为指导，树立科学的教育质量观念，坚持德育为先、能力为重、全面发展、面向全体学生，培养德智体美劳全面发展的社会主义建设者和接班人。这便指出了新时代全面提高义务教育质量是主要任务，而教育质量的全面提高，就必须坚持"五育"并举，实施素质教育，切实提高教育教学质量；就必须按照"好教师"的标准，全面实现教师队伍的高素质建设。在发展素质教育的当下，学校从"五育"并举深入实践与探索到"五育"融合育人体系的建构，在我国教育理论界和实践界达成了共识，实现了统一。德智体美劳，"五育"并举，没有孰重孰轻之分，而是在"五育"的推进与落实中，强调"五育"相互融合，相互促进，相互实现，彼中有此，此中有彼，实现了彼，成就了此。

（三）全面发展素质教育须实现"学科育人"

长期以来，教师关注的是学科知识的传授、学科能力的训练、学科教学方法的改革。当下，不是全盘否定教师昔日持有的学科教学观——知识观、能力观、方法观，而是要求教师必须意识到学科教学的一个重要功能就是育人——学科育人，即通过具体的学科教学实现育人功能。《义务教育语文课程标准（2022年版）》在"课程理念"中指出："立足学生核心素养发展，充分发挥语文课程育人功能。"同时，强调"义务教育语文课程围绕立德树人根本任务，充分发挥其独特的育人功能和奠基作用……提升思想文化修养，建立文化自信，德智体美劳得到全面发展"。可见，"双减"背景下全面发展素质教育就是要立足于学生核心素养发展的基础上，充分实现学科育人功能，彰显学科育人价值。也就是说，学科育人功能绝不能狭义地理解为是《道德与法治》课程的全部使命。

（四）全面发展素质教育须培养"核心素养"

中国学生发展核心素养的核心就是培养"全面发展的人"，分为文化基础、自主发展、社会参与三个方面，又综合表现为人文底蕴等六大素养，具体可以细化到人文积淀等十八个基本要点。"双减"背景下全面发展素质教育就是要全面培养中国学生核心素养。只有让学生在学校接受"好教育"，在教师的正确教育与引导下，拥有能够适应终身发展和社会发展需要的必备品格和关键能力，才是落实了立德树人根本任务。中国教育发展与改革进入"深水区"，不仅明确了学生发展核心素养，还确立了义务教育阶段及高中阶段各学科的核心素养，明确了学科教学的方向与目标。语文课程要培养的核心素养，是学生在积极的语文实践活动中积累、建构并在真实的语言运用情境中表现出来的，是文化自信、语言运用、思维能力和审美创造的综合体现。因此，"双减"背景下全面发展素质教育就是要发展学生的核心素养，培养其必备品格和关键能力，就是要在学科教学中培养学生的学科核心素养。

"双减"背景下素质教育内涵的再思考

（一）教育正处在一个新时代

当前，我国发展日新月异，综合国力日益增强，中国声音备受世界关注，世界格局也发生了翻天覆地的变化。这一切，对于当下中国教育发展方向的确立及质量的全面提升是一个巨大挑战。因此，怎样让教育真正促进国家现代化，真正能够为国家的繁荣富强发展提供源源不断的人力资源和智力支撑，是新时代国家发展、民族复兴给中国教育人出的"问卷"。素质教育在中国推行三十余年，一直在向前迈进。当下，国家层面已明确了要进一步"发展素质教育"，尤其是在"双减"政策的背景下，必须基于当下国情，基于新时代，基于新的世界格局，做出更有益的实践与探索。

（二）教育正迎来一个"深改期"

党的十八大以来，以中共中央、国务院，或中共中央办公厅、国务院办公厅，或是教育部联合多部委，或是教育部及教育部某司局名义印发的关于教育改革的文件密集出台。这也标志着全国教育改革已全面推进，且进入一个深度改革发展期。如果不思考、不践行、不落实、不落地，或把关键"文件"束之高阁，或高喊着"文件精神"，却依然走着"老路"，教育改革就注定低效，甚至失败。因此，在教育的"深改期"，面对密集的政策文件，教育工作者必须捋得清，看得明。所有出台的教育改革文件都是针对过去教育质量不高而全盘、周密考虑的。教育质量不高的根本原因除了教育体制、机制的不灵活，还有一个重要原因就是教师队伍整体素质及能力水平已难以适应新时代的发展需要，日益暴露出诸多弊端。因此，全面提高教师队伍素质素养及能力水平是发展的必然，是时代的呼唤。在全面提高教师队伍素质及能力水平的同时，更需要在课程、课堂、教材、育人方式、教育评价及高考等领域进行深度改革，寻求多元突破。任何一项改革都是对固有教育模式和陈旧育人理念的挑战，要求教师必须革故鼎新，必须做到思想、理念转得过来，方法、策略改得出来。

（三）教育正面对一个"新命题"

新时代，自然会面临新命题、新挑战。当下教育面临的新命题就是教育的发展改革、全面提升，能否让当下和未来的中国人更有能力与智慧成就伟大中国梦。当教育改革成为一种必然，作为教育实践者就理所应当成为教育改革中的先锋队，有自信、有能力成为教育改革的"弄潮儿"。新时代、新命题、新挑战，需要千千万万的教育工作者有担当，成为"双减"政策背景下全面发展素质教育的改革先锋和中坚力量。

基于"立德树人"，坚持"五育"融合，实现"学科育人"，培养"核心素养"，全面发展素质教育。为此，在全面落实"双减"政策背景下，更需要全面强化课堂主阵地作用，提升课堂教学质量。全面发展素质教育的本质就是让学生实现德智体美劳全面发展。

教师备课需有"三观"思维

教师要想上好课，制订出高质量的教学设计是关键。这就要求教师在备课时，琢磨、解读、处理文本不能片面，不能从单一的、浅层次的角度去思考、去琢磨、去设计。片面的思维方式，考虑问题就会片面化，就会不周全；从单一的、浅层次的角度去思考文本，往往只能读懂文本的内容（表象），甚至是内容（表象）的局部，无法透过内容（表象）去读懂文本的内涵及言语表达规律（本质），因此，这对解决实质性问题作用不大。同理，教师以片面的、单一的、浅层次的思维方式备课，教学设计就难以实现学生在教师的引导下真正的发展与成长的目标。我以为，作为教师需要用"三观"思维去备好课，做好教学设计。

宏观思维：明白教学是为了什么

针对一个文本的解读与处理，教师需要拥有怎样的宏观思维？我想，就是需要教师有儿童的立场，建立科学的儿童发展观。儿童立场就是要求教师在备课中时刻站在学生学习、发展与成长的角度去思考，学会换位思考，想学生所想，思学生所思，急学生所急，整个教学设计都应是为了学生的发展、成长而做出的。教师没有儿童的立场，没有科学的儿童发展观，备课时就会我行我素，一厢情愿，设计看起来"精彩缤纷"，实则一团糟糕。没有儿童的立场，没有科学的儿童发展观，教师心里的一切所想，所谓的精心构想与设计给学生带去的只是负担与累赘，吃力不讨好。教师心中有学生，以科学的儿童认知理念，从学生发展、成长的自然规律出发，去备课，去构思，呈现的教学设计对学生的发展与成长而言才是有意义的，教师的努力才会有价值。

教师备课时，常常会思考三个核心问题，即教什么、怎么教、为什么教。拥有宏观思维的教师，先要思考"为什么教"。"为什么教"可以有如下层面：一是针对这一课的教学，教师要思考"为什么教"；二是针对这个学科的教学，教师要思考"为什么教"；三是针对儿童的发展成长，教师要思考"为什么教"。有了这三个层面的宏观思考，教师教学的方向就正确，因为这些"为什么教"的背后都是教师拥有儿童立场的体现，都是教师基于科学的儿童发展观进行备课的主旋律。

中观思维：懂得教学需考虑哪些

教师备课时需要中观思维，也就是要求教师备课不能仅仅盯着一个文本，而是要通读文本所在的整个单元，甚至是思考教材前后册中的知识传授点、能力提升点及具体语文要素之间的内在关联。作为语文教师，面对当下的统编教材，就要通过对单元导语页、单元相关课文篇目及语文园地内容的整体阅读，实现前后关联；在明白单元语文要素是什么的基础上，思考需要教师借助本单元文本的教学，如何让学生掌握单元语文要素。同时，要充分考虑编者的编写意图，编者安排一个单元的教学内容是为了达成怎样的目标。在这个单元里作者安排某一具体文本时，放在单元的首篇，或是放在单元的末篇，其顺序先后等意图又是什么。这些都需要教师在备课时考虑周全，弄懂悟透，做到心中有数。

到了中高年级，教师还要关注文本的文体特征，甚至在同一单元里相同文体的文本又会存在怎样的细微区别，都需要教师考虑周全。以统编教材五年级上册第五单元为例，教师在执教《松鼠》一课时，必须了解单元的语文要素是"阅读简单的说明性文章，了解基本的说明方法"。教学中，教师要借助文本落实这一单元语文要素。只有落实好这一语文要素，作为特殊单元（习作单元）中的另一语文要素（搜集资料，用恰当的说明方法，把某一种事物介绍清楚）才能有效落实。本单元里的两个语文要素的落实有先后，不可随意而为。有了第一个语文要素的落实，第二个语文要素才能有效落实。因此，这些内在的因素就是需要教师在备课时考虑到的。这个单元里的两篇课文依次是《太阳》《松鼠》，两个文本均属说明性文体，但语言表达风格截然不同，前者平实，后者活泼。不管哪种表达风格，作为说明性文体的文本，其描述事物时都要求做到准确、清楚、有条理，旨在帮助学生认识事物，获取知识，这一条是永恒不变的。有了中观层面的清晰认识与准确理解，教师进行备课时，就不会乱使力气，就不会乱弹琴。如上述的单元整体建构、语文要素、编者意图及文体特征等方面的思考都属于教师备课时需考虑的中观思维的范畴。

微观思维：知晓教学该怎么推进

教师备课时常常考虑，也习惯于考虑的往往是教学内容的选择，教学流程的设计，教学方法的确定，教学策略的优化，这些则是教师微观思维的具体呈现。微观思维是衡量教师能否有效推进课堂教学的关键。如，教师引导学生学习《松鼠》一文中的"松鼠是一种漂亮的小动物，乖巧，驯良，很讨人喜欢"一句时，没有引导学生对句子进行反复朗读，没有引导学生通过对课文的深入领悟，就要求学生把这种漂亮的小动物读出来。显然，教师设计的教学策略没有遵循学生学习认知的规律。其实，可以尝试这样设计：第一步，引导学生把句子读正确，读流利；第二步，引导学生对课文中具体描写松鼠某些方面的句子进行理解，体会松鼠的外形、生活习性等特征，借助文本语言深入感受松鼠的可爱，乖巧，驯良，讨人喜爱；第三步，基于第二步对松鼠的可爱、乖巧等特点的体会与感悟，再让学生试着读读"松鼠是一种漂亮的小动物，乖巧，驯良，很讨人喜欢"一句。

学生读后，教师学会追问"说说你这样读的理由"，以让学生自己明白"我是这样读的"，更明白"我为什么这样读"。教师在备课时需要微观思维，就是要求教师在教学内容、教学流程、教学方法、教学策略的确定或运用中，从学生认知和学习语言的规律出发，去思考，去备课。微观思维着眼于教学细节的设计与处理。优秀教师的课之所以"优秀"，就在于教师时刻关注细节，能够抓住细节，更能用好细节。可以肯定的是，好课是由一连串精彩的教学细节组成的。

教师拥有"三观"思维，就是要求教师既能站得高看得远，又能俯下身，想得细想得全，站在立德树人和学科育人的高度，时刻从学生健康发展与成长的角度去思考、去备课，让课堂教学更精彩、更有效，让学生学习更自信、更快乐，还权于学生，使其成为课堂学习中真正的快乐主人。

新课程的落地需破除培训形式化

教育部在颁布的《关于印发义务教育课程方案和课程标准（2022 年版）的通知》中指出："系统推进义务教育课程方案和课程标准（2022 年版）落地实施，有计划、有步骤地组织开展培训。"可见，要让义务教育课程方案和课程标准落地生根，有计划、有步骤地组织广大一线教师开展有质效的培训是关键所在。为此，开展怎样的培训，怎样开展培训，将是教培研部门亟须充分思考、科学谋划的问题。

经过前期的充分调研和培训实施，东湖区在创新培训方式让新课程标准落地方面积累了一些可行经验。在深入学校一线调研时，始终围绕着"开展怎样的培训"和"怎样开展培训"两个话题，倾听区属各中小学校和一线教师的想法。最终，找到了开启"开展怎样的培训"这把锁的钥匙——教师需求，也找到了破解"怎样开展培训"这个"老大难"的密码——去形式化。

开展怎样的培训——以教师需求为导向

《义务教育课程方案（2022 年版）》自颁布后，全国迅速掀起了一波强劲的培训热。专家、学者、名师纷纷解读，新课程里的新概念瞬间充塞了一线教师的大脑。原本，培训是要让教师越听越明白，解决教师阅读时的疑惑，有效地把新课程的理念内化，并最终外化为自己的课堂教学行为的。未承想，当我们深入学校和一线教师中调研时，竟发现一线教师更加迷惘。大概念、大单元、大情境、大主题，一线教师一知半解，甚至云里雾里。为此，我们在倾听了学校和一线教师的心声后，确立了以教师需求为导向的区域层面新课程标准的培训。

1. 培训主题方向的"双选择"。作为区域教培研部门及区域各学科教研员，对义务教育课程方案和课程标准的学习、理解必须走在前面。教研员必须读懂、吃透、悟深。在此基础上，各学科教研员结合自己学科的课程标准提出若干个以学期为周期的培训主题。这些培训主题必须围绕一线教师在学习、理解、运用课程标准理念时可能遇到的障碍或存在的困难。这若干培训主题是教研员站在一线教师学习、理解课程标准的角度去思考后而确定的。当教研员确立了具体的若干培训主题后，在有计划、有步骤地组织的培训中，一线教师是否参与到具体主题培训中不是"一刀切"的，他们可以根据自己的需求选择相关主题参与培训。培训中，一线教师参与培训实现了化"被动"为"主动"，变"任务式培训"为"需求性培训"。

2. 培训方式的"创新性"。教师培训的方式不需要大破大立，而是要立足于教师需要的角度做出创新性的改变，于求变中使之更有效。一是抓好骨干培训，带动更多。任何一种新的教育教学理念被一线教师理解、内化，都需要一个过程，不能寄希望于所有教师都能在具体的某一时间节点上完全做到。为此，我们抓好学校各学科骨干教师的集中培训，通过对学科骨干的重点培训，让他们先弄懂悟透，再通过他们在各自学校进行二次培训。学校层面的二次培训有集中解读，更有零散式、随时性、针对性的校内或组内交流、探讨。二是抓好主题培训，触类旁通。在系统推进区域的义务教育课程方案和课程标准培训中，通识培训是基础，但是，要让广大一线教师对课程标准的理念读懂悟透，实现内化，区域层面各学科教研员抓好抓实主题培训是重中之重。抓好主题培训，培训主题的确立是前提。培训主题必须来自一线教师的自我需求，一线教师需要什么、缺少什么，我们就提供什么、培训什么。抓好主题培训，培训方式的多元是关键。主题培训不能成为培训者的一言堂，要想方设法让一线教师参与到培训中来。参与到培训中来，就是要求培训者巧设、改变培训方式，让一线教师在聆听中能够主动思考、主动构建，在聆听后能够主动交流、主动探讨。通过一个主题培训，解决的往往不是某一个具体问题，而是与之相关的一类问题。

怎样开展培训——破除教师培训形式化

调研中，我们发现一线教师是希望自己能参加培训的，对于有质效的培训项目，教师乐于参与其中。然而，谈到当下接踵而来的培训，教师又似乎很抵触。根本原因就在于教师厌恶培训的形式化。培训的形式化不仅挤占甚至打乱了教师的工作时间，还收效甚微。我区在面对怎样开展好区域新课程标准的培训中，坚决破除培训形式化，创新培训方式与路径，尤其在城乡教师教学能力一体化提升方面进行了有益探索。

1. 以"习得"为目标。杜绝培训的形式主义，每一次培训的安排都得充分考虑四大因素：培训目标、培训内容、培训对象、培训方式。在制订培训方案时，必须周密思考四大因素，即培训目标的达成性、培训内容的合理性、培训对象的针对性、培训方式的科学性。一次培训不能以"完成"为目标，而是要以被培训者在培训中有所得为目标。

2. 以"实操"为关键。许多培训，尤其是专家、学者、名师对新课程标准的解读，更多地倾向于理论层面。对于一线教师，尤其是广大一线农村教师，他们需要一定的理论认知与理解，但更需要的是可行的"实操"。这种"实操"来自哪里？来自区域各学科教研员和学科骨干先行一步，亲身"下水"，先实践，再总结，后培训。东湖区小学语文、数学、英语三个学科的教研员带着学科核心骨干团队，在理解和实践大单元教学上就亲自"下水"，带着骨干团队边实践边总结。最后，形成了可借鉴、可复制的"东湖区小学语文、数学、英语学科单元整体备课及结构化作业设计清单"等阶段性实践成果。这为东湖区小学语文、数学、英语三科教师，尤其是农村教师在理解、实践、内化新课程标准理念上搭建了有益的"支架"。

3. 以"整体"为抓手。系统推进义务教育课程方案和课程标准的培训，需要不同层面齐心协力，即区域层面、学校层面、教师层面形成"三位一体"的培训推进样态。凡是只顾一头，或是只抓一端，培训最终都将事倍功半。为此，东湖区分别从区域、学校、教师三个层面提出明确的方向与目标。区域层面就是要求各学科教研员，先行一步，学懂悟透，在充分调研的基础上，确立区域各自学科的培训目标及主题方向；学校层面就是要求学校充分发挥好各学科骨干力量，加强学习与理解，保持与区域学科教研员确立的培训目标及主题方向一致，加强学校校本教研和培训，实现学校层面的深入交流和积极探讨；教师层面就是要求教师成为新课程标准的积极阅读者、主动实践者，学以致用，强调内化。我们以"三位一体"的培训样态有序推进，旨在让新课程标准在区域内真正落地生根。

学者成尚荣指出："要追求培训的实效性，就必须让培训成为一线教师的内在需求。"在落实新课程标准的过程中，我们始终坚持以教师需求为导向，破除培训形式化，从一线教师的实际情况出发，力求培训目标的精准、培训内容的科学、培训方式的多元、培训效果的高质。

增强"三大"意识，课程改革真不难

有教师说，新时代的教育改革趋势，应从最初的关注改变课堂，走向课题（项目）推进研究，到当下关注学校课程研发与提升。关注学校课程的研发与提升才能让学校真正实现内涵发展，是教育改革的"上位"，是教育改革的关键所在，但是，课程改革是有难度的，于学校和教师而言，是需要勇气与智慧的。也有专家提出：课程改革的关键是要实现"国家课程校本化，校本课程特色化"。上述观点，一定程度上让教师和学校对课程改革望而却步，往往畏难心理终止了改革步伐。回顾自己长期以来的课程改革思考与实践，个人以为，一名教师要是有着强烈的课程意识、行动意识、成果意识，课程研发与推进就不会"玄乎"，就不难。

强烈的课程意识让课程改革不再"玄乎"

往日的习作教学中，教师们常常为不知道指导学生写什么而烦恼。造成不知写什么的根本原因是教师缺乏素材意识。这也是我起初教习作遇到的困惑。后来，当阅读到特级教师于永正发表在《小学教学·语文版》2008 年第 1 期上的一篇题为《语文老师要有素材意识》的文章时，我瞬间明白其中秘妙。"素材意识来自责任感。培养学生的写作兴趣和写作能力是我们语文老师的责任。有了这种责任感，就留神了，心就细了，心眼儿也就多了，目光也就敏锐了。"于永正老师的观点给了我很大的启发。从此，生活中的所见所闻都成了指导学生习作的灵动素材。

同理，教师进行学校课程研发与推进时，首先需要的是课程意识。有了强烈的课程意识，教师就会留神，就会有心，就会思考。当走进南通市通州区实验小学时，教师们都被校园中间的"蕊心园"所吸引。大家惊讶于学校里居然有一个如此精美，胜过苏州园林的地方，也为学校的教师和学生感到幸运。闲暇时可以到园中走走看看，满是惬意。可当校长同我们侃侃而谈时，我及同行者都万分惊愕。原来，园中的每一处景，花、石、水、鸟、木、桥、路，即便是半截枯木，在校长的眼中都是课程。这位校长有着强烈的课程意识，所以在我们眼中看到的一截枯木，在她眼中却是一门很好的关于"生命"教育的课程。

东湖区学校虽然没有像这所学校一样，在校园中间有一个偌大的"蕊心园"，但是若有强烈的课程意识，又有何困难呢？邮政路小学旁是滕王阁景区，百花洲小学旁是百花洲公园，南京路小学旁是贤士湖公园，育新学校旁是人民公园，等等。这些本地文化不正是我们进行课程研发的最佳素材吗？

强烈的行动意识让课程改革渐趋"成功"

光说不练假把式。教师在研发与设置课程时，总是想着如何更好地谋划，却没有大胆地尝试着边谋划边践行，在践行中总结反思，从而更好地推进课程的研发。

从教之初，我教语文和体育学科，一周内三分之一的课时是语文课，三分之二的课时是体育课。农村小学操场很小，且是泥土夯实的。因此，大部分的体育课都是教师带着学生在校外进行：带着学生到田野里摔跤、奔跑；带着学生到小河边掷石子或在浅水区抓虾；带着学生在山坡上玩"抓敌人"的游戏；带着学生沿着崎岖的小道奔跑、跳跃；等等。这些极大地丰富了教师的体育课教学内容，也丰富了学生的校外体验。在愉悦中，学生的体质得到了锻炼，生活经历得到了丰富。奔跑、跳跃、俯卧撑，于山村学生而言不在话下。教师也意外地发现学生在习作训练时完全改变了过去无话可说的局面。现在回想，原来刚刚从教时我就已经进行了课程研发。我想，这可以称为"拥抱大自然"课程，或是"活动体验习作"课程。但是，当下的教师为什么越来越不懂或不敢进行"课程研发"？我想，原因有二：其一，总想规划好了再做。殊不知"一夜想去千条路，次日清早还是做酒卖豆腐"。规划是为了确定正确的研发方向，方向定好就得行走在路上。否则，左思右想，瞻前顾后，追求完美，往往导致教师裹足不前、思维僵化。其二，总担心难以达到预期目标。教师求"成"心切，只许"成"，不许败。事实上，课程改革允许教师在摸索中推进，在推进中总结，在总结中反思，在反思中完善，在完善中改变，最终走向课程改革的正轨，探索出一条迈向课程改革的成功路。

强烈的成果意识让课程改革常添"动力"

课程改革中，教师不能没有方向，没有目标，那种漫无目的、没有"诗和远方"的课程改革注定走向失败。课程改革虽不是为了"'成果'而成果"，但必须要求教师有着强烈的成果意识，要把课程研发中的收获和心得及时进行总结，形成经验成果。如此，能让课程的实施者时刻处于一种清醒的课程研究状态，实现不断向前迈进之效。成果可以表现在三个方面：其一，课程改革经验成果的获奖与发表。借助各级教育主管部门或教科研部门的论文评比来检验课程改革成果是否具有价值，可以借助各级各类期刊发表课程改革经验成果，让其经验成果在更大范围内得到推广，产生影响。其二，课程改革研发的优秀课例参与各级竞赛。借助各类课例展示或竞赛，使课程改革中形成的理念、观点、主张得以呈现。总结优秀的课程，分析其呈现理念，形成鲜明且独特的教学主张与风格。其三，教育科研成果及教学成果奖评比。这类成果评比对成果的质量要求很高，这也要求教师及其团队在课程改革中，要经过系统践行、总结、提升，且必须是一定周期的深入改革与研究的成果。

　　课程改革成果的获得在一定程度上可以有效激发教师进行课程改革的动力与热情，就像长跑运动员之所以能取得好成绩，就是因为他时刻都能看到阶段性的终点在哪里。当他在预定的时间内超越了阶段性的终点，就是一种阶段性的成果获得。这种成果获得又能更好地助推他奋力向前奔跑。教师有着强烈的成果意识不是功利思维的具体表现，反之，这是一种课程改革工作推进的有效策略。教师能始终以饱满的热情和积极的状态行走在课程改革的路上，肯定将离成功越来越近。

　　课程意识、行动意识、成果意识，三者需要成为教师在进行课程改革中的自觉状态。而教师的"自觉状态"将让课程研发之路成为教师迈向成功的必然之路。课程改革不"玄乎"，用心而谋，用智而推，用情而为，难也不难。

常思语文教学"三问"

——兼评《草船借箭》《景阳冈》两节语文课

在长期的语文教学实践与研究中，作为教师的我们，要有追根溯源的研究意识。于语文学科教学而言，就要思考"教什么，怎么教，为什么而教"三大核心问题。下面，以陈玲、肖志清分别执教的《草船借箭》和《景阳冈》为例，谈三个方面的思考。

单元的"语文要素"落实了没有

统编小学语文从一年级教材在全国推广至今，大家都谙知统编教材的最大特色就是大部分单元由人文主题和语文要素双线结构组成。相比之下，人教版义务教育实验教科书的人文主题很明显，而语文要素却是零散甚至是模糊的。也就是说，在过去的语文教学中，一篇课文在手，教师对"用教材教"到底需要教会学生什么是模糊的。在一定程度上，教师解读教材、处理教材的能力决定了教师会教什么、能教什么。但是，统编教材让每一名教师都能清楚自己进行单元教学时到底要教什么。这让我想到还是处在统编版教材的编写时期，苏教版小语教材核心编写者、全国著名特级教师高林生发表的题为《"教什么"比"怎么教"更重要》的文章。后来，全国小语会理事长陈先云也在《小学语文教学》杂志上发表题为《语文教学：教什么比怎么教更重要》的文章。不难发现，过去很长一段时间，教师拿到一篇课文，都在思考怎么教，而忽视了教什么的重要性。也有教师狭隘地把"教课文"理解为"教什么"。这种理解就是教师过去长时间乐此不疲地陷在"教教材"的误区所致。因此，专家们意识到问题的严重性，提出了从"教教材"向"用教材教"转变。

统编版五年级下册第二单元的语文要素是"初步学习阅读古典名著的方法"。针对"教什么"，相信老师一目了然。陈玲执教《草船借箭》时，肖志清执教《景阳冈》时在这方面做得都很好。她们充分利用"教材"这个例子将单元的语文要素有效进行落实。陈玲在课堂上借助资料，联系前文，链接材料，让学生对教材中人物的特点理解很全面。肖志清在课堂上引导学生学会遇到不懂的词语，可以联系上下文，或借助插图来猜一猜；遇到一些比较难理解的句子，不用反复琢磨，大概了解意思就行。两位教师在课堂上引导学生通过对课文的学习，掌握了初步学习阅读古典名著的方法，有效落实了单元语文要素。学生掌握了具体方法，今后自主阅读古典名著就容易多了。当然，从课堂上也能看到，这些方法不是教师的直接灌输，而是教师发挥教学智慧，巧妙地"用教材教"的结果。

教师的"文体意识"体现了没有

统编版五年级下册第二单元是中国古典名著单元，《草船借箭》《景阳冈》以及后面的《猴王出世》《红楼春趣》两篇文章，分别节选自我国四大古典名著。也就是说，四篇节选的课文都属于小说类文体。不同的文体，教师解读教材、处理教材的角度断然不一样。全国著名特级教师周一贯在20世纪80年代就出版过一本书名为《文体各异　教法不同》的专著。近几年，周一贯老先生又主编了《小学语文文体教学大观》一书。对于语文学科教学，教师要有强烈的文体意识，什么样的文体，还它什么样的味道。是散文，就得教出散文味；是诗歌，就得教出诗歌味；是童话，就得教出童话味；是小说，就得教出小说味。正所谓"文章有体，依体而教"。《草船借箭》《景阳冈》是小说类文体的文本，那么，小说类文体的文本到底怎么教呢？我们都知道，小说创作往往是源于生活，又高于生活。因此，解读教材时，教师就要沿着小说的故事情节，通过文中描写环境、人物动作、心理、神情等方面的语言来读出人物的鲜明特点。课堂上，我们能看到两位上课教师是有着一定文体意识的。陈玲引导学生抓住文中对诸葛亮、周瑜、鲁肃、曹操等人物的语言、神情描写，读出了诸葛亮上知天文，下晓地理，神机妙算的人物特点；读出了周瑜的心胸狭窄；读出了鲁肃的值得信赖；读出了曹操的过于谨慎，聪明反被聪明误。肖志清引导学生重点抓住喝酒、上冈、打虎三个部分中人物语言、心理、动作的描写，读出了武松的豪爽、机智、勇敢、武艺高强。这样的教材解读与处理，说明教师有着强烈的文体意识，深知小说类文本，就得教出小说的味道，即学生阅读了小说文本后，小说里的人物形象与特点能够"立"在他们的眼前，栩栩如生，个性鲜明。也就是说，《景阳冈》里的武松就是武松，他不可能是鲁智深，也不可能是李逵，他就是唯一的武松。这才是小说的魅力所在。

文本的"核心价值"定位了没有

谈这个话题，让我想起了一件事。那时我刚到邮政路小学当教师，区教研中心的小学语文教研员王露陪我到市教科所向王玲湘老师请教相关问题。我把要执教的《乡下人家》的教学设计请王玲湘老师看。记得当时她问了我一个问题："你觉得这篇课文的核心价值是什么？"当时，我有点不以为意，心想，把课教好，教出彩来就行，问文本的核心价值是什么有啥意义？后来，我听两位王老师深入交流，终于明白，教师如果对文本的核心价值不能准确定位，一切的教就没有意义。文本的核心价值其实就回答了"为什么教"的问题。《乡下人家》一课的教学，就是通过学生对文本的学习，体会、感悟乡下人家那种独特、迷人的风景，进而激起学生对"乡下人家"的赞美与向往。我们发现，对一篇课文的教学，必须解决三个核心问题：教什么？怎么教？为什么而教？有学者认为，一切学问的最高层面是哲学。我想，教育探索的最高层次也是教育哲学问题，即教什么？怎么教？为什么而教？关于为什么而教，也就是谈及的文本核心价值的话题。读人民教育家于漪的文章《以生为本，着力语文素养的整体提高》时，她的教育观点再次让我对文本核心价值有了进一步认识。她指出，教育就是培养人，任何学科的教学都要为培养学生成长、成人、成才服务，教"文"要育"人"。教语文必须牢牢把握两个基本点：一是树立培育现代新人的大目标，二是把握语文学科的性质与功能，以此来指导自己的教学行为。可见，于老师的学科教育观点，正是对教师应准确把握文本核心价值的一个很好回应。陈玲教《草船借箭》，引导学生借助文本语言读懂周瑜的人物特点，学生读出的是周瑜的心胸狭窄，忌妒心强。如，引导学生借助课文语言读出周瑜的特点后，教师出示资料。

> 周瑜曾谏言孙权让诸葛亮的哥哥——诸葛瑾——去招安诸葛亮，并非妒忌诸葛亮才能，相反，他很欣赏诸葛亮的雄才伟略、聪明机智。但是诸葛亮是西蜀刘备的军师，不能为吴国所用，周瑜就非常担心诸葛亮会壮大西蜀，对东吴不利。

教学中，教师巧妙借助资料，让学生明白周瑜也是一个特别爱才、惜才的人，只因周瑜没法让诸葛亮为东吴所用。他深知，诸葛亮不除，将来对东吴必是大患。我想，若站在身为东吴都督的角度来看他的所为，不但不是忌妒，而是真正的爱国之举。周瑜深知，此"人"不除，后患无穷。

肖志清教《景阳冈》，学生读出武松的固执、多疑。教师则引导学生明白固执的背后是武松勇者无惧的表现，多疑的背后是武松心思缜密的表现。总之，教师需要对文本的核心价值准确定位，才不会把武松读成"一介武夫"，才不会把周瑜读成"小人一个"。

课堂教学的"难"与"易"

每每听完一些一线语文学科教师的课堂教学，内心总有着许多忧虑。语文学科教学真的很难吗？一堂课中，总觉得上课教师内心战战兢兢、如履薄冰，嘴里滔滔不绝，却不知所云。语文学科教学真的很容易吗？一堂课里，教师一味地按部就班、照本宣科，俨然一副"我的课堂我做主"的样态。近期，我先后观摩了整整二十节教学课例，发现课堂教学质效的高低取决于教师对教育教学规律的理解，对教材文本特点的把握，对具体学情的了解及把控，等等。基于此，我也来谈谈课堂教学的"难"与"易"。

先说说"难"吧。

难——刚从教的教师根本不知道从何开始

新入职的语文教师初登讲台，手中除了仅有一本教科书和一本教参书外，其他任何跟教学相关的书籍都没有，试想，这能把语文学科教好吗？教师进行教学没有过多的借鉴，没有过多的思考，不知道课堂教学不是只有教师"一厢情愿"地传授，还得考虑学生是不是进入学的状态，是不是听得懂教师所讲。这个阶段，教师的教没有什么方法和策略可言，他们只知道把教科书上的知识原原本本地告诉学生，若教师对教科书上的知识不能理解，就借助教参书上的分析与注解，把知识再告诉学生，显然教师成了知识的"二传手"。至于教学方法、策略如何多元实施，如何在优秀教学理论指导下组织教学，如何在自己的教学实践中体现优秀的教学理念，对新入职教师而言，也许从未思考过。这就是新入职教师之所以觉得课堂教学"难"之所在。难就难在教师对学科教学一知半解，难就难在教师不知如何从更多的优秀教学经验案例或文章中去汲取营养。

难——从教十几年的教师还是找不着门径

实在奇怪！为什么从教十几年的教师对课堂教学还是找不着门径，摸不清门道？其实从教师的课堂教学状态就能一目了然。十几年的教学经历，教师没有对教材进行深入解读，不是在"用教材教"，而是十几年如一日地"教教材"。这种"教教材"的可怕后果就是教师对教材从未进行深入思考与解读。教师在课堂上的唯一任务就是确保将教材里的知识点讲透讲全，以不遗漏任何一个知识点为目标。这样的教师在从教生涯中，他不关注一堂课能给学生成长带去什么，而是考虑一堂课上所教的内容能否为学生的考试提分。"苦教苦学"成了流行语。可怕的"分数观"导致教师教了十几年书，思想还是极其狭隘，理念还是极其滞后，最终导致教学行为永远跟不上课堂教学改革的步伐。课堂教学改革的步伐越慢，跟同行的距离就拉得越大；距离越大，越看不到自己的不足，同样，也越看不到别人的改变与进步。

难——教了一辈子书的老师依然没弄明白

有人会质疑，怎么可能呢？不直接从事课堂教学实践，就是常听别人的课堂教学，也不会这样。正如你所言，这样的教师就是故步自封的典型，就是那种"躲进小楼成一统，管他冬夏与春秋"的典型。工作一辈子，只埋头于自己的三尺讲台、一间教室，从未进入其他教师的课堂。教师对自己的课堂教学效果还沾沾自喜，陶醉其中，总以为自己的才是最好的，不舍得与别人分享。这样的教师往往也不屑于从别人的课堂里汲取优秀的教学经验，极度排斥他人的好做法、好经验；在这样的教师眼中，世界就是自己，世界只有他的那间教室一般大；这样的教师一辈子的教学经历，平淡无奇，朝出暮回，"骡子拉磨"周而复始地转着圈。

对于上述三种类型的教师而言，把课教好实在"难"。难就难在这些教师不懂学习，也不善于学习；缺乏思考，也不善于总结；不会交流，也不善于在交流与分享中实现能力、经验的互补与提升。

再说说"易"吧。凡是在课堂教学中能够灵活地驾驭课堂的教师，都始终遵循教育教学规律和学生成长规律，以及对教材、学情有着全面、到位的理解与把握。

易——始终遵循教育发展规律

何谓遵循教育发展规律？就是一切的教育思想、教育理论及教育理论指导下的教育行为都应该是为儿童的发展，甚至是为儿童的终身发展服务。只有这样，我们的教育思想、教育理论才是先进的，才是优秀的；教育策略、教育手段才是优化的，才是灵动的。在《梅花魂》一课的教学中，教师引导学生先后读懂了外祖父吟诗落泪、珍爱墨梅图、思国伤怀、赠墨梅图、送梅花手绢五件事。教学过程既是知识掌握的过程，也是能力训练的过程。读懂文中五件事情是知识掌握的过程；引导学生读出这五件事以及用小标题把五件事进行概括，便是能力训练的过程。这样一举两得的过程正是教师遵循教育发展规律而进行的巧妙设计。再看教师引导学生对课题的理解，这"梅花魂"不仅指的是梅花的精神，还是一位身在异国他乡的华侨老人坚守爱国情怀的精神，更是指中国人坚贞不屈的精神与秉性。要不是课堂教学中，教师始终遵循教育发展的规律，学生又怎么可能理解到这深层的内涵？反之，课堂上学生的成功"习得"，靠教师一味地分析、灌输是不可能实现的。

易——始终遵循学科教学规律

语文学科教学的规律是什么？全国著名特级教师于永正曾说："学语文其实很简单，就两个字：读、写。如果想表述得复杂点，再加两个字：多读多写。如此而已。"山东省名师韩兴娥提出"课内海量阅读"，对全面提高学生的语文素养效果明显，在全国影响很大。这些都说明语文学科教学要遵循学科教学的规律，其核心是什么呢？就是要遵守语文学科特点。有人说，语文不是靠教师讲懂，也不是靠学生听懂，而是靠学生自主读懂的。但是，光读也不够，还得动笔。就学生学习语文而言，读是吸收，通过大量阅读，甚至是海量阅读，大量积累语言，汲取经典文章中的"文字财富"，是读之功能，读之目的；写是表达，因有了大量语言的汲取、存储，写自然而然成为学生把自己积累、存储的语言进行内化，再表达运用的过程。这一过程实现了学语文是为了用语文之目的。《成长》习作指导课中，整节课的流程依次是"出示主题—审题指导—内容构思—佳作引路—学生练笔—习作点评"。这节课的教学流程，步步夯实，层层递进，一个环节的结束巧妙地成为下一个环节的开始。课堂动笔练写时，学生便能用自己存储的语言来表达理解、思考与感受。

易——始终遵循学生成长规律

教师设计一节课，如果仅聚焦于教材解读是不够的，因为那是"单相思"，师生间无法产生最佳的"情感共鸣"。教师要是把对教材的所有解读都在课堂上一股脑儿地教给学生，结果定会事倍功半。那样的教学就会成为"剃头挑子——一头热"。要想有效达成课堂教学目标，教师不仅要做好解读教材之功，还得在充分考虑具体学情的基础上处理好教材，对课堂教学流程进行有效设计。具体学情一般指以下三个方面：首先是学生的认知规律。儿童对一切事物的强烈好奇心和探求欲是与生俱来的。正因为如此，教师在进行课堂教学设计时，要给学生一种"陌生感"。切不可教师还没有开口，学生就知道教师会讲什么。其次是学生的年龄特征。小学六年时光，每个年级的学生因年龄的不同，对事物的理解和认知的能力与水准是不同的。如，"倭寇"一词教学，五年级的学生只要教师一点拨就懂。因为在一至四年级的学习生活中，学生可能已对"寇"或"日寇"有一定理解。此时，只是对"倭"不太明白。教师只要点拨"日本"在历史上就叫倭国，由此，学生很容易就联想到"倭寇"之意。这样的教学设计，教师充分考虑了学生的年龄特征，要是在低段，教师越解释学生可能越糊涂。最后是学生思维发展特点。我们都知道，人的思维是从形象思维向抽象思维发展的。儿童时期，以形象思维的发展与训练为主。正如学生对图片、事物、视频的感知特别感兴趣，对文字的理解、品味就感觉乏趣。这也是低年级教学中"绘本教学"特别吸引学生学习兴趣的原因。当然，我们不是说只关注学生儿童时期形象思维的发展，而放弃抽象思维的发展。相反，随着小学阶段儿童年龄逐年增加，由低段至中段再到高段时，就要对学生的抽象思维加以发展与训练，即加强学生逻辑思维、逆向思维、创新思维、审辩思维等的训练越来越有必要性。

课堂教学中的"难"与"易"，其实就取决于教师是否遵循教育发展的规律、学科教学的规律、学生成长的规律。一切按规律进行，教师教得才轻松，学生也学得轻松。"大道至简"之理！道是什么？即规律。夸美纽斯认为，"教学以自然为鉴，教学要遵循自然的秩序，教学要根据儿童的天性、年龄、能力进行"。教学要遵守自然规律，就是说教学既要遵循儿童心理发展的年龄阶段特征，不能逾越，又要遵循知识本身的形成顺序，一步一步由易到难地进行。

也谈教师的"群文阅读"

1

聊及"群文阅读"的概念，我不由得想起 2009 年台湾的赵镜中教授在描述台湾课程改革后阅读教学的变化时曾提及"群文阅读"这个词："学生的阅读量开始增加，虽然教师还是习惯于单篇课文的教学，但随着统整课程的概念推广，教师也开始尝试群文的阅读教学活动，结合教材及课外读物，针对相同的议题，进行多文本的阅读教学。"后来，浙江省特级教师蒋军晶经过深入的课堂实践与研究，给"群文阅读"做出这样的定义：在较短的单位时间内，针对一个议题，进行多文本的阅读教学。

不管是教授赵镜中，还是特级教师蒋军晶，他们所提的"群文阅读"均指向学生，是指课堂上学生在教师的指导下围绕一个议题，进行多个文本的探索性学习。其作用是什么？"群文阅读"能更好地增加学生的阅读量、训练学生的阅读方法、培养学生的阅读兴趣与自主阅读的习惯。

2

学生在教师的指导下进行"群文阅读"，其成效比传统的单元教学，即一篇接一篇地教学要更明显。那么，针对当下教师阅读面不广、阅读效率不高的问题，是否可以提倡教师也进行"群文阅读"呢？即让教师选择一个教育议题或教育观点，通过百度、知网或教育杂志等途径，寻找并选择全国知名学者、教授关于某个具体教育议题或教育观点的文章，进而让教师通过"群文阅读"对某一教育议题或教育观点读深、读全、读透。

如，关于学科育人的教育观点。读成尚荣的《学科育人的意蕴》[《教育研究与评论（中学教育教学）》2018 年第 5 期］一文，可以明白"注重学科育人，则强调育人必须落实在具体的学科教学中，否则有可能虚空，不能落实"。读柳夕浪的《从课堂改革走向学科育人》(《中国教师报》2018 年 6 月 6 日第 5 版）可以明白学科育人是当前课堂教学最主要的风向标，且更明确了学科育人"是什么"，即学科育人是以学科知识为载体，深入挖掘学科本身内在精神价值的过程，是让学生像学科专家那样思考解决问题，是从学生年龄特征和思想实际有效育人的过程。读王磊、张景斌的《学科育人的理论逻辑、价值内容与实践路径》[《教学与管理（理论版）》2019 年第 10 期］，可以明白学科育人的理论逻辑是"学科与育人本然统一"，学科育人的价值内容强调"百鸟齐鸣"，学科育人的实践路径以"爱"为起点（学科育人之源），与"魂"对话（学科育人之路），以"美"为宗旨（学科育人之本）。读贾俊苓的《从"学科教学"到"学科育人"》(《中国教育科学》2018 年第 11 期），可以明白学科育人背景下培养小学生语文核心素养的路径。

教师进行"群文阅读"既能让教师通过阅读某个教育议题或教育观点的系列文章来拓宽自己的教学视野，也能让教师针对具体的教育议题或教育观点进行反复的、深入的、全面的思考，从而看得更全，悟得更深，思得更透。

3

提倡教师"群文阅读"，或者说经过阅读实践让教师养成"群文阅读"的好习惯，其意义是什么？

可以解决"单篇阅读"导致的阅读"碎片化"问题。对比美国、德国、日本、以色列、新加坡等国家，中国人阅读量很少。于教师而言，也存在着同样的现象。细细观察会发现，不是教师不阅读，而是他们习惯于"碎片化"阅读。教师阅读的随意性强，"拿来主义"的现象较严重，很多情况下阅读成了教师的一种生活消遣。除了备课、上课、批改作业外，他们更多的时间被用来不停地刷手机。尽管在不同的网站或公众号里能读到一些脍炙人口的作品，但遗憾的是读时激动、冲动，读后却"一动不动"。为什么？首先是这类单篇的文章确实较全面地阐述某一个观点，但是因读者与文章之间只是短时间"对话"，过后易淡忘。长期"碎片化"阅读，读者接受的都是一些相对独立的教育议题或教育观点，无法将它们形成内在联系。时间一久，这些即使让读者瞬间怦然心动的教育议题或教育观点也会被快速遗忘。

可以解决"整本书阅读"导致的"难取舍"问题。读完一本书，不是三五天就能完成的事。一般来说，选择一本教育专著把它通读一遍，在保证阅读质效的情况下，约莫半个月时间，甚至需要二十天或一个月。那种几天读完一本教育专著是不倡导的，因为"走马观花"式阅读，或"囫囵吞枣"式阅读，或"跳跃"式只择精彩处的阅读都不可取。半个月甚至一个月的持续阅读，必然会被工作或生活的繁杂事务或突如其来的事情羁绊。有些时候，一本教育专著断断续续读上两三个月都有可能。这种"难取舍"的现象往往会让读者对一本教育专著的阅读兴趣锐减，或是出现对专著里的内容"读了后面章节，却忘了前面章节"的现象，难以把整本书描述的内容进行前后关联，从而导致"整本书阅读"走向一种"新碎片化"阅读趋向。

4

教师阅读中，我们之所以倡导"群文阅读"，是因为教师"群文阅读"方式的养成可以有效解决"单篇阅读"时对于一个教育议题或教育观点读不全、读不透、读不深的问题，也可以改变"整本书阅读"时常常遇到

"难取舍"而导致对整本书没法进行全面通读与理解的尴尬现状。同时，教师在一定时间内阅读质量得以保证，阅读效率得以提升。

教师的"群文阅读"，还需注意以下三个方面。

一是要学会针对性地选择教育观点。如，学生核心素养、学科核心素养、课程育人、学科育人、儿童立场、教学评价等。教师选择的是在某一具体教育领域自己不曾涉及，或是自己听闻过却没有进行深入、系统思考与研究，反映新时代教育发展观，有探究价值的议题或观点。

二是要选择正确的渠道去寻找"群文"。可以通过百度或知网，输入关键词，选择性地收集全国教育学界的知名学者撰写的同类文章，这类文章阐述观点深入、全面，不会造成"没看有点糊涂，看了更糊涂"的状态。可以选择教育杂志里的专题文章阅读，因为专题文章是围绕一个具体教育议题或观点，由若干位全国各地的教育专家从不同角度撰写的文章。寻找"群文"的路径很多，教师要用心去发现。

三是需要审辩思维。围绕一个主要的教育议题或观点，不同的学者可能会站在自己的立场去论证，去阐述，常常是"公说公有理，婆说婆有理"。这就要求我们的教师不能被学者"牵"着鼻子走，而是要去深入阅读，去发现不同文章关于相同教育议题或观点的共性阐述，以及他们对议题或观点的独特解读。总之，教师"群文阅读"的目的，是要让自己对某一教育议题或观点越读越明朗，越读越清晰，越读越能使自己的思维变得丰满而有厚度。

课堂教学中的"假如"

　　青年教师甘甜执教《游子吟》时，介绍了古代吴越民间有一种习俗，即子女或丈夫出门，母亲或妻子缝衣时针线定会很细密，这样出门的人才会早早回家。而后，教师面向学生提出了假设：假如你就是这个孩子，假如你明天就要出远门，假如你就是孟郊，身上穿着母亲连夜为你缝制的衣服，你心里会有什么想法呢？显然，教师提出这三个"假如"的意图就是让学生在教师创设的这样一种课堂情境下，再去思考，再去体悟，进而更好地体会孟郊母亲对儿子的浓浓爱意。然而，部分教师在教学中提出的"假如"往往是让学生"进退两难"，让学生"不知所措"。下文，我将对课堂教学中的"假如"进行具体阐述。

教师提出"假如"的意义所在

　　教师提出"假如"的意义是什么？在课堂教学中，教师提出"假如"往往是通过创设一定的情境，让学生换位思考，把自己当成文本中的"具体人物"，去思考，去体悟。因此，课堂上，教师提出的"假如"不可能是一种随心所欲的假设，而是教师为了实现课堂教学的预期目标而精心设计的具体教学环节，绝非可有可无。上述青年教师甘甜在教学中提出三个"假如"，提出前是有教学铺垫的。教师对古代吴越民间习俗及诗人孟郊的介绍，于教师提出三个"假如"而言就是一种铺垫，就是一种情境的创设。

在这样的情境下，教师提出三个"假如"，让学生入情入境地思考与体悟。如此，学生对孟郊之母对孟郊的那份感情就有着更加真切的感受。

教师提出"假如"的可行策略

1. 从教学具体内容处提。课堂教学中，教学内容是一个总量，它可以细化为若干个具体的教学内容（教学点）。针对具体教学内容的学习，教师根据具体学情提出"假如"，也能达到更好的教学效果。例如教《梅花魂》一课，教师在引导学生学习"送梅花手绢"具体内容时提出："假如此刻你自己就是即将开动的船上的'我'，你将看到前来送别的外祖父是一种怎样的情景？你和外祖父之间可能会说些什么，做些什么？"如此，有了教师提出的"假如"，这个场景描写的现场感会更强，会使学生进一步地感受到"我"和外祖父之间的别离情愫，会更好地体会到外祖父的那份坚定的爱国情怀与精神。

2. 从词句内涵品味处提。对词句的理解不能仅仅停留在内容上，即表层的理解与感知，还需要引导学生通过对词句的反复品读，感悟语言文字所表达的内涵。为了让学生更好、更快地品味课文中关键词句表达的内涵，教师在教学的关键处提出"假如"，定会事半功倍。例如教《乡下人家》一课，教师引导学生对课文末句"乡下人家，不论什么时候，不论什么季节，都有一道独特、迷人的风景"时，城市学生对句子中的关键词"独特"与"迷人"的理解与品味是有难度的。此时，教师提出"假如"：假如作者这样表达——"都有一道独特的风景"，你觉得可以吗？或是"都有一道迷人的风景"，你觉得可以吗？教师提出的"假如"，能很好地激起学生对"独特""迷人"两个词语的理解、推敲与辨别。学生经过更加主动的理解、推敲与辨别，会发现"独特"指的是乡下人家呈现出的一种与众不同的美，这种美只有乡下人家有，城里人家是没有的；同时，发现"迷人"指的是乡下人家美的程度之深，之所以"迷人"，是因为乡下人家的美，让人流连忘返，让人如醉如痴。

3. 从语言表达形式处提。例如教《父爱之舟》一课，教师引导学生对句子"虽然姑爹小船上盖的只是破旧的篷，远比不上绍兴的乌篷船精致，但姑爹的小渔船仍然是那么亲切，那么难忘……"理解后，出示了"姑爹的小渔船亲切、难忘"一句。教师提出"假如"：假如作者不是像文中原句一样描写，而是写成了后面这个短句，虽然表达的意思一样，但效果有什么不同呢？这种从语言表达形式的角度引导学生用"假如"的短句跟文中原句对比，学生很快就透过原句中"远比不上"一词，发现作者巧妙地运用了对比的方式衬托情思，让情感表达得更强烈。借助文本语言表达的形式，教师提出"假如"，引导学生对比探究，能将作者在文本语言表达的精妙真正读出味、品出道来。

4. 从作者情感体悟处提。文本语言饱含着作者一定的情感，一定意义上说，文章就是作者表情达意的载体。教学中，教师就是要引导学生借助对文本语言的理解、体会、感悟，进而读出作者所表达的深深情感。教学中，教师也会发现学生难以体会出对运用语言具体描写的特定事物或人物表达的深层情感。例如教《父爱之舟》一课，教师引导学生体会"我和父亲住小客栈，半夜被臭虫咬"这一情景描写时，透过"父亲动心"关键词体会到了父亲对"我"的心疼，正如文章所描写："他平时节省到极点，自己是一分冤枉钱也不肯花的。"但见"我"被小客栈里的臭虫咬成这样，父亲心疼"我"，所以动心了。教学中，只是引导学生体会到父亲对"我"的心疼之爱是不够的，还有另一层情感得体会到位。教学中，教师提出"假如"：假如被臭虫咬得极其难受的"我"，见父亲动心，一副喜出望外的样子，你将怎样评价文中的"我"呢？因为教师在适宜的时候提出"假如"，学生很快顺着文本中的语言——"我年纪虽小却早已深深体会到父亲挣钱的艰难""我反正已被咬了半夜，只剩下后半夜，就不肯再加钱换房间"，体会到小小年纪的"我"对父亲的那份理解之爱。这才是"父爱之舟"。这舟里载的不仅仅是父亲对"我"的心疼之爱，也载着"我"对父亲的理解之爱。

教师提出"假如"需考虑的"三因素"

1. 提出"假如"的时机。教学中，教师提出"假如"在某种程度上，相当于教师在教学中提出的具体问题，因此，就要考虑"假如"提出时间的适宜性，提早或提迟了都实现不了教师在教学设计中确定好的意图与目标。例如教《游子吟》一诗时，教师在让学生对诗的内容有了整体感知后就提出上述三个"假如"，学生对具体情境下要如何去思考与体悟自然会一脸茫然。反之，教师若在整首古诗学完后再提出三个"假如"，其意义就不大了，因为在古诗学习的过程中，学生在教师的层层引导下，对诗的内容、诗的内涵、诗的情感都有着深入的体会与感悟。若在结课时提出三个"假如"，显然有"狗尾续貂"之嫌。

2. 提出"假如"的关键。这里所说的"关键"，就是教师提出的"假如"基于什么思考，预判能达到什么效果。在课堂教学中，提出"假如"不是教师个体的想当然，要结合整堂课的教学目标全盘考虑与构思。教师提出的"假如"教学环节是为整节课教学目标的达成服务的。教师在《游子吟》一诗的教学中，提出这三个"假如"意图何为？就是希望学生在教师的指导下，通过品读诗句对诗中孟郊母亲的那种慈爱、伟大充分感知后，设身处地去体悟，假如自己就是即将出门远游的人，假如自己就是诗人孟郊，又会是一种怎样的感受呢？这种"入情入境"的理解比"隔岸观火"的理解要更真切、更真挚、更强烈。

3. 提出"假如"的必要。许多教师提出的"假如"跟学生的实际是相距甚远的。作者撰写的文章往往是"过去时"，读者在读到文章时，因时代不一样，许多因素都会随之变化。如，唐代的习俗跟当下的习俗就有区别。唐代孟郊笔下的习俗是"临行密密缝，游子身上衣"，而当下就呈现出多元化的习俗，最起码"临行密密缝，游子身上衣"已是罕见，可能是"临行声声嘱，游子身上钱"，可能是"临行声声嘱，游子卡中钱"，可能是"临行声声嘱，游子箱中物"，等等。新时代背景下学生面对教师提出的"假如"，还真能入情入境，设身处地去思考、去体悟吗？因此，教师提出的"假如"必须是经过深思熟虑的结果，是教师对整堂课教学设计通盘考虑的结果。总之，课堂教学中，教师提出的"假如"是对课堂教学的"锦上添花"，而不是课堂教学中的"画蛇添足"。

喜欢我，就先了解我

——喜欢语文的我真了解语文吗

"喜欢我，先了解我。"这是电影《天将雄狮》中的一句台词。也许是自己有着较强语文意识的缘故，因此，看到或听到令人深思的语句就会下意识地把它跟语文进行关联。二十七载从教经历，我从起初的被动教学到主动教学，再到喜欢，甚至达到痴迷语文的程度。然而，我常常会对语文是什么、语文教什么、语文怎么教等系列关于"语文"的话题进行追问。如果不了解，或者说只是知其浅表，又谈何喜欢，谈何痴迷？下面，我就对上述三个问题做如下阐述。

语文是什么

中华民族文化源远流长，什么时候才有"语文"这一概念之说？在没有"语文"概念之说前，这门学科所学的内容称作什么？为什么后来改成了"语文"？"语文"到底是什么？等等。对这些问题必须有一个清晰的解读。关于这些，我通过查阅资料进行了梳理。

1949 年，叶圣陶先生主持华北人民政府教科书编审委员会工作，建议把旧有的"国语"和"国文"一律更名为"语文",从此开始了"语文"一词广为使用的时代。

1950年6月,国家出版总署编审局编辑出版了全国统一的以"语文"命名的教材。这套教材的《编辑大意》指出:"说出来的是语言,写出来的是文章,文章依据语言,'语'和'文'是分不开的。语文教学应该包括听话、说话、阅读、写作四项。因此,这套课本不再用'国文'或'国语'的旧名称,改称'语文课本'。"

1978年4月22日,吕叔湘先生在以"中小学语文教学问题"为题的讲话中说:"语文这门课,是老办法小学叫国语、中学叫国文好呢,还是想法统一起来?当时有一位在里头工作的同志提议说,我们就叫它语文行不行?语也在里头,文也在里头。后来就决定用语文这个名称了。"

1979年5月,张志公先生在《说"语文"》一文中说:"原来的'国语'和'国文',经过研究,认为小学和中学都应当以学习白话文为主,中学逐渐加学一点文言文;至于作文,则一律写白话文。总之,在普通教育阶段,这门功课应当教学生在口头上和书面上掌握切近生活实际、切合日常应用的语言能力。根据这样的看法,按照叶圣陶先生的建议,不再用'国语''国文'两个名称,小学和中学一律称为'语文'。这就是这门功课叫作'语文'的来由。这个'语文'就是'语言'的意思,包括口头语言和书面语言,在口头谓之语,在书面谓之文,合起来称为'语文'。"

中国社会科学院语言研究所词典编辑室编的《现代汉语词典(第7版)》对"语文"一词有两个解释,一是"语言和文字",一是"语言和文学"。该词典在解释"语言"一词时称:"'语言'一般包括它的书面形式,但在与'文字'并举时只指口语。"这就是说:"语言文字"专指口头语言和书面文字。吕叔湘认为:"语文这两个字连在一起来讲,可以有两个讲法,一种可理解为语言和文字,也就是说口头的语言和书面的语言;另一种也可理解为语言和文学,那就不一样了。

中小学这个课程的名字叫语文，原来的意思可能是语言文字，但是很多人把他理解为语言文学。"吕叔湘先生这里虽然也将"语文"理解为"语言文字"，但仍然是指"口头的语言和书面的语言"。

1980 年 7 月 14 日，叶圣陶在小学语文教学研究会成立大会上解释说："一九四九年改用'语文'这个名称，因为这门功课是学习运用语言的本领的。既然是运用语言的本领的，为什么不叫'语言'呢？口头说的是'语'，笔下写的是'文'，二者手段不同，其实是一回事。功课不叫'语言'而叫'语文'，表明口头语言和书面语言都要在这门功课里学习的意思。'语文'这个名称并不是把过去的'国语'和'国文'合并起来，也不是'语'指语言，'文'指文学（虽然教材里有不少文学作品）。"

从 1949 年，叶圣陶先生建议把旧有的"国语"和"国文"一律更名为"语文"至今，对"语文"的定义与解读始终没停，但是就是在不停的解读甚至观点争鸣、争辩中，语文是什么也越来越清晰。什么是语文？我以为，语文就是语言。语就是口头语言，就是指嘴中表达的话；文就是书面语言，就是指纸上呈现的话。把口头语言和书面语言合在一起，就是语文。语文就是指导学生学习祖国语言文字的，就是培养学生听、说、读、写能力的，就是要把人真正培养成全人、完人的一门基础且重要学科。

语文教什么

语文课程是一门学习语言文字运用的综合性、实践性课程。义务教育阶段的语文课程，应使学生初步学会运用祖国语言文字进行交流沟通，吸收古今中外优秀文化，提高思想文化修养，促进自身精神成长。工具性与人文性的统一，是语文课程的基本特点。语文课程性质决定了语文学科的特点具有多功能性，也明确了语文在培养学生听、说、读、写能力的同时，还得进行认知教育、情感教育、审美教育和人格教育等。

很大一部分教师的教学中，只重视知识的传授、技能的训练，而忽视了对人的培养，只教"文"，不育"人"。为什么会出现只教"文"而不育"人"的现状呢？一是不知语文教什么。对于这部分教师而言，所谓的教书，就是把教材上的知识先弄通弄明，然后再全盘传授给学生。这种教书，就是常见的"教教材"，死教书，教死书，教师没有明确的教学目标，没有科学合理的安排，一味跟着教材转，把整篇课文乃至整册书上的所有知识点传授给学生，就以为完成了教学任务，实现了教学目标。二是不知语文为谁教。这部分教师不知语文教材只是一个文本载体，有效的教学是需要教师借助教材这一文本载体让学生的学习真实发生。全国著名特级教师于漪在《我和语文教学》一文中指出，教学，教学，"教"要在学生身上起作用。教语文的任务是指导学生学祖国语言文字，培养他们听、说、读、写的能力。这个任务必须与把学生培养成为有理想、有道德、有文化、有纪律的社会主义一代新人，能为振兴中华，为现代化建设大业艰苦奋斗，积极贡献聪明才智的大目标结合起来。由此可见，语文要教什么就更加明确、清晰。另外，于漪老师在《把握语文学科特点，促使学生主动、生动地发展》一文中再次明确指出，教语文必须牢牢把握两个基本点。一是树立培育现代新人的大目标，二是把握语文学科的性质与功能，以此来指导自己的教学行为。当教师时刻牢记自己要清楚地知道在语文教学中要教什么时，教学的意义与价值就开始存在了。

语文怎么教

如果说"语文是什么"是概念问题，"语文教什么"是方向问题，那么"语文怎么教"则主要是指具体的策略问题。语文究竟怎么教，我认为可以从以下三大方面思考。

1. 从学生学习语文的好习惯养成角度去教。对比数学、英语、体育、音乐等学科，大部分学生对语文学习的兴趣要淡得多。主要原因就是教师教语文的过程中，往往不要学生主动思考、主动动笔，更多的是喜欢或习惯于把一个个具体的知识要点或结论告诉学生。课堂上，学生成了知识的存储器，完全处在被动接受的状态。这样的语文教学中，教师往往只要求学生带好耳朵和纸笔就行。"带好耳朵"是要求学生认真听老师是怎样分析和告知的；"带好纸笔"是要求学生在当场记不住的情况下，就把老师告知的具体答案或结论抄下来。教师的这种教学行为是无法让学生养成学习语文的好习惯的。教育家叶圣陶曾说："什么是教育？简单地说，就是养成良好的习惯。"学生学习语文需要养成哪些好习惯呢？一是要培养学生主动读书、天天读书的习惯；二是要培养学生积极思维、善于思维的习惯；三是要培养学生持之以恒、把书读深读透的习惯。上述学习的好习惯需要教师引导学生在具体的学习活动中去习得，去实践，久而久之，形成伴随他们成长的好习惯。

2. 从学生在学习中训练、提升思维的角度去教。学源于思，思源于疑。朱熹曾说："学贵有疑。小疑则小进，大疑则大进。"教师在进行语文教学时，如果不借助具体的文本内容去训练、提升学生的思维，学生学习语文时就会枯燥乏趣，甚至厌之、弃之。在语文教学中，教师要有意识地引导学生爱思、会思、多思、深思，对具体的知识、疑难要常问"为什么""怎么样"，要有敢于质疑的精神，要有能够质疑的能力。只有经过长期的语文学习实践，学生潜心思考、独立思考的好习惯才能养成，思维品质、思维能力才会形成，才会不断提升。"学"是接收和储存信息，"思"是分析、判断、处理信息。遵循学思结合求知规律，通过"思"，学生才能理解得深刻，才能把所学知识内化为自己的财富。教师在教学生具体语言时，坚持做到语言训练和思维训练相结合，这样学生进行语言训练时就不会感到单一、枯燥。学生在思考时，要借助语言，没有语言，思想无法表达，因为语言和思维始终是相依相存的。北京市第二实验小学张蕾老师指出，教师应通过结合文体特点和语文要素挖掘学科素养目标，依据思维训练点设计问题与相应的教学活动，训练和提升学生思维品质的深刻性，激发学生的阅读期待，在阅读实践活动中巩固和锻炼学生的思维。我以为，在语文教学中，教师有意识地、巧妙地训练学生的思维能力，让学生形成良好的思维品质是落实语文"怎么教"的重要策略之一。

3. 根据语文学科的特质和学习语文的规律去教。歌德说过："内容人人看得见，涵义只有有心人得之，形式对于大多数人是一秘密。"于语文而言，这"秘密"就是指课文作者的语言表达形式，如，遣词造句、段落结构、篇章布局等。教语文的任务是指导学生学习祖国语言文字，培养学生听、说、读、写能力，因此，绝不仅仅是让学生一味地背记、积累词句，更重要的是在教师的引导下发现语言表达的秘密，习得语言，运用语言。正因如此，语文学科的特质就是理解和运用祖国语言文字的能力。那么，学习语文的规律是什么？借助文本中的字、词、句、段、篇，通过听、说、读、写四条路径，去训练、提升学生听、说、读、写的能力。简而言之，用语文，教语文；学语文，用语文。如果教师在思考、处理语文"怎么教"的过程中，时刻考虑到语文学科的特质，时刻从学习语文的内在规律出发，教师和学生就能成为学语文的赢家。

教语文是教师的一种职责，喜欢教语文则是对语文教学的热爱，是一种境界，是一种追求。喜欢教语文，教师就会持续对语文是什么、语文教什么、语文怎么教等一系列关于"语文"的问题或话题进行思考、琢磨、研究。对语文思考得越多，琢磨得越深，研究得越透，教师教语文就越能得心应手，学生在教师的引导下学习语文的兴趣就越浓，效率就越高。喜欢我，先了解我；同理，喜欢语文，喜欢语文教学，先了解、思考、琢磨、研究语文和语文教学吧。

教师教学要"眼中有人"

年近古稀的全国著名特级教师于永正在一次教学时，对学生说："同学们，请认真看于老师板书课题。"话音刚落，他转过身高高举起握粉笔的手，同时把自己的身子尽量往下蹲。这时，他在黑板上书写课题，每一个字、每一笔的书写过程都清清楚楚地展现在学生眼前。课后，我问："师父，你为什么要这样板书课题？这么蹲着不累吗？"师父微笑地对我说："智星，这才叫示范！这才叫教师'眼中有人'！"师父的话语让我顿感羞愧。试想，课堂教学中怎么做才能做到"眼中有人"？我将从以下三方面来阐述。

要"眼中有人"，就要遵循事物发展的规律

人是自然界的产物，在理解自然界中的其他事物时，都要遵循事物的特点与事物自身具有的内在发展、成长的规律。同理，教学中教师引导学生认知、理解、内化某个词语，就得遵循学生的认知规律，就得准确把握词语本身具有的特点及内在构成规律。青年教师陈玲执教五年级下册《草船借箭》时，在学生初读课文后，出示"妒忌、青布幔子、水寨、擂鼓、弓弩手、呐喊"六个词语。怎么教？是读一读、背一背、抄一抄而已吗？如果这样做，自然达不到教学这六个词语的预期目标。要使课堂教学有效，

要实现预设教学目标，就得要求教师"眼中有人"，立足学生的认知规律，立足学科教学特点，琢磨好每个词语自身具有的内在构成规律后再引导学生学习。教"妒忌"一词时，教师抓住本课生字"忌"字引导："忌"字是心字底，可见跟心有关，所以"妒忌"的意思就是指别人比自己优秀而产生忌恨的心理。教师抓住汉字构成的特点，言简意赅，学生学得轻松、扎实。教"青布幔子"一词时，由于"青布幔子"表示的是一种物品，若教师不去思考词语自身的内在规律，这样的词语教学是没什么可教的，也教不出味道来。没想到，教师抓住本课生字"幔"字进行引导："幔"字是形声字，左边为巾，表示布制品，右边的"曼"指"延展的"意思。"幔"的意思就是可以延展的布条。再结合课文中的句子"船用青布幔子遮起来"，教学过程自然而然，水到渠成。教"水寨"一词时，教师引导学生明白"水寨"的意思是指水边用于防御的栅栏、营垒。接着，教师出示形象直观的水寨图片以求学生在视觉上得到进一步的感识后，把"擂鼓、呐喊、弓弩手"三个词语和"水寨"一排呈现，引导学生想象，脑子里会出现一幅怎样的画面？六个词语的教学过程，教师遵循了学生的年龄特征和认知规律，多角度发掘了词语自身的内在构成规律，让学生的学习兴趣更浓厚，教学效果更明显。这就是教师"眼中有人"的真实体现。

要"眼中有人"，就要有强烈的倾听意识

作为教师，我们常常要求学生在课堂上用心听老师的指导，用心听同学的发言，遗憾的是，教师自身倾听意识却不强，常常面对学生的交流、表述，听而不闻。课堂上，学生对具体问题或话题的阐述、表达不到位或存在的问题，教师不能及时做出准确判断或进行有效引导，根本原因就是教师缺乏强烈的倾听意识。因为没有认真倾听，所以教师的思考不具备针对性，自然没法及时地对学生的阐述、表达进行有效引导。

曾见过一名年轻教师在课堂上的表现。在"初读课文"环节，教师要求学生把课文完整地读完后，概括地说说课文写了什么内容。当一名学生

站起来讲述时，只听学生对课文所讲内容作着无休无止的表达，几乎等同于复述课文。此时教师在哪里？他没有靠近这个学生，也没有仔细听这个学生的表达，而是站在讲台前，眼光在飘移，神情表现出思考的状态。当那个学生费时好久表达完后，教师只是说道："请坐。还有哪个学生再来说一说。"课后我问年轻教师："学生在表达时，你为什么不站在学生面前，为什么不仔细倾听，对学生表达时出现的问题作及时引导、点拨？"年轻教师的回答是他当时忘了教学设计中下一环节是什么，正在想教案里的内容。"眼中没人"怎能不让人哭笑不得呢？怎能不让课堂教学尴尬呢？

年轻教师当时执教的是作家杏林子笔下的《生命 生命》一文。那个学生在读书时因没有抓住文中具体的三件事，故表述课文内容时不会概括，而呈现出复述课文的状态。如果教师做到了倾听学生的表达，当学生以复述方式在讲课文中讲的第一件事时，就要及时做出引导。教师可以这样引导："请停一下。发现了没有，刚才你所讲述的内容就是课文第2自然段讲的事情。这第2自然段所讲的事，如果用一个短句表述出来，可以怎么说？"在教师及时且有针对性的引导下，学生自然会表述出"飞蛾求生"之类的大意。如此，课文第3、4自然段所讲的事，因有了教师对第2自然段所讲的事的概括指导就不难了。课堂上，学生会表达出"瓜苗生长""静听心跳"之类的大意。也许学生的语言组织及表达不完全相同，但表达的意思相同即可。这时，教师再引导该学生概括地说说课文写了什么内容便容易了。学生可能会概括：《生命 生命》一课先后讲述了飞蛾求生、瓜苗生长、静听心跳三件事。这样的"眼中有人"的教学过程，学生能真正懂得什么叫概括内容，并学会怎样概括内容。这个教学过程，看似只在教师和这个学生之间发生，其实这样的指导、点拨与交流，也会让其他学生处在倾听与思考中，并使学生明白并学会概括内容。相比年轻教师来一句"请坐。还有哪个学生再来说一说"这样的教学指导要强出百倍。教师"眼中有人"，才会有着强烈的倾听意识。养成强烈的倾听意识，才能让教师的倾听能力不断得到提高，学生也会在这样的教师指导下，学会倾听，懂得倾听，提高能力，学会学习。

要"眼中有人"，就要让学生成为学习主人

当下，很多教师都知道教学过程中教师与学生的角色定位：教师是教学的组织者、引导者、点拨者；学生是课堂学习的主人，教师要让学生站在课堂的"中央"。但是，一旦走进课堂，教师的专横、霸道、独断、"唯我独尊"的一面还是会充分暴露出来。"我教你学，我讲你听"依然成为许多教师课堂教学的主旋律。原因有二：第一，习惯使然。长期的"唯我独尊"的课堂教学实践使得大多数教师养成了这样一种"非这样教不可，不这样教反不适应"的习惯。第二，分数倒逼。教师的教学往往只定位于一个学期最后的那场期末检测。教师害怕所有的知识点，若不讲到，不讲清，不讲透，学生必然会吃亏。一句话，讲了总比不讲好。造成这些的原因，其根本就在教师"眼中没人"。教育的根本目的是什么？育人。进一步追求：育怎样的人？"把学生培养成为有理想、有道德、有文化、守纪律的社会主义一代新人……能为振兴中华，能为现代化建设大业艰苦奋斗，积极贡献聪明才智。"（选自于漪的《我和语文教学》）"教师胸中有了育人的大目标，思考问题就能登高望远，就能教在今天，想到明天，以明日建设者的素质要求、德才要求指导和促进今日的教学工作。"（选自于漪的《以生为本，着力语文素养的整体提高》）要想学生成为课堂学习的主人，教师必须让学生主动思考，主动探究，主动交流，主动学习，在思考与学习中求得更好的发展与提升。教六年级下册《鲁滨逊漂流记》一课，教师引导学生读故事"梗概"，思考：课文先后写了哪些内容？在教师的引导下，屏幕上先后出现了"流落荒岛、建房定居、养羊种麦、救'星期五'、回到英国"五部分内容。紧接着，教师又把这五块内容依次板书。课堂教学中，教师的这种"重复"做法就是"眼中没人"的一种具体表现。要让学生珍惜课堂学习的时间，教师首先要珍惜课堂教学时间的每一分每一秒。要知道，课堂上教师的一切所作所为都是为教学质效的提升服务，最终是为学生的成长与发展服务。课堂教学以学生为中心，就是要让学生成为课堂学习的主人，让学生时刻站在课堂的"中央"，而教师扮演的角色应是高超的组织

者、智慧的引导者、用心的服务者。

教师"眼中有人"既是一种"以生为本"的教育教学理念，也是教师从事教书育人工作必须担起的一种责任。只有教师"眼中有人"，学生才能学有所获，学有所成，学有所乐。教育就是培养人，语文学科的教学更要为培养学生成长、成人、成才服务，在教好"文"的同时，更要育好"人"，而育好"人"的前提就是教师要"眼中有人"。

提高语文课堂有效性的三条实践路径

一堂语文课好坏的评价标准就是其有效性的高低。谈及课堂教学的有效性，并非片面地理解为教学过程能提高学生的多少分数，而是指在一堂课上，学生对知识的掌握程度、学习能力的提高效果、学生学科素养提升、人格塑造与精神丰腴等方面。我走进一线教师的课堂，发现要提高语文课堂的有效性，可以从下面三条实践路径进行尝试。

链接资料，扩大阅读面

课堂学习中，由于学生的知识面不够广，生活经历和体验也不够丰富，对于教材中的一些教学内容难以深入且全面地理解与体会。要解决这类问题，就需要教师了解学生学习的"难处"，提供学生学习的"支架"，给学生"搭梯子"，让学生借助学习"支架"或"梯子"，获得更深更全面的学习理解。青年教师陈玲执教统编教材五年级下册《草船借箭》一课，引导学习"诸葛亮说'怎么敢跟都督开玩笑？我愿意立下军令状，三天造不好，甘受重罚'"一句时，让学生思考：诸葛亮为什么明明知道是一个陷阱，却如此果断地答应周瑜？学生借助课文的具体语句，能读出诸葛亮不害怕周瑜的陷阱，能读出诸葛亮的胸有成竹，能读出诸葛亮敢立下军令状的厉害之处。但是，课堂教学若仅如此，你会发现学生的这些理解只是浅表的，就算没有教师的指导，学生把课文多读几遍，也能理解到位。然而，要让学生针对这句话深入学习理解，教师还需要如何再指导呢？教师在课堂上讲述着"三国形势"，即故事发生在曹操打败刘备后，准备进攻孙权。而这时，正值孙权与刘备处在联合共同抵抗曹操的特殊时期。当学生明白故事是发生在这样的特定历史背景下，再思考"诸葛亮为什么明明知道是一个陷阱，却如此果断地答应周瑜"后，就能读出诸葛亮顾全大局的胸襟与气度。为了引导学生进行深度学习，教师在充分考虑具体学情下，巧设学习"支架"或"梯子"，学生就能理解体会到更深、更全的层面。

结合前文，加强整体读

课堂教学中，常常发现学生对课文的学习，只会盯着一处。此处之外的内容很少涉及，很少关注，缺乏联系课文前后内容的学习意识。这样的学习现象也将导致学生阅读理解的碎片化、思考的局限性。青年教师陈玲执教统编教材五年级下册《草船借箭》一课，引导学生理解"这时候大雾漫天，江上的人连面对面都看不清。五更时分，船已经靠近曹军的水寨。诸葛亮下令把船头朝西，船尾朝东，一字摆开，又叫船上的军士一边擂鼓，一边呐喊。鲁肃吃惊地说：'如果曹兵出来，怎么办？'诸葛亮笑着说：'雾这么大，曹操一定不敢派兵出来。我们只管饮酒取乐，雾散了就回去'"一段时，学生体会到诸葛亮的厉害。但是，这厉害到底是一种什么程度的厉害？如果教师直接告诉学生，诸葛亮能通晓天文，意义就不大。课堂上，教师巧妙质疑：这大雾漫天的日子，是诸葛亮碰巧遇到，还是三天前就算准了的呢？面对这样的质疑，教师也不是等待学生不假思索后，脱口而出的肯定回答——"是算准的"，而是需要引导学生自己从文中找到充足理据，并阐述原因。课堂上，学生在教师的引导下，找到并联系前文中"第一天，不见诸葛亮有什么动静；第二天，仍然不见诸葛亮有什么动静；直到第三天四更时候，诸葛亮秘密地把鲁肃请到船里"一句思考。前后文句一关联，学生便能很好理解这场"大雾漫天"并非巧遇，而是诸葛亮对天文知识的精深通晓。

这样的教学实践策略在语文教学中是常常需要运用的。我执教统编版五年级上册《慈母情深》一课时，带领学生体会文中"我"和自己母亲的那一组对话时，引导质疑：母亲为什么要大声地问"我"？试想，学生的眼光只关注此处，不能学会联系前文去理解，学生的回答可能会是"怕'我'听不清"，教师再追问"为什么怕'我'听不清"，学生可能出现多元且无效的回答，如"这里太吵"或是"'我'的听力可能不好"等。即便当学生回答"这里太吵"，教师再追问"为什么会这么吵"，这种教师琐碎无味的提问，学生没有思维含量的应答，让教学过程变得乏味、无效。实际教学中，我说道："母亲为什么要大声地问'我'，请同学们联系前文想一想，找到依据，说说理由。"有了教师这样的"联系前文"的指导，学生很快能从"七八十台破缝纫机发出的噪声震耳欲聋"中体会到母亲的工作环境是如此糟糕，感受作者内心不禁产生的对母亲的理解与心疼。课堂上，还有学生有意外的收获，一学生惊喜地讲述着：我终于知道文中"'你找谁?'一个老头对我大声嚷"是因为这里的噪声太大，工作环境极其糟糕，要不然，我还以为这个老头子脾气坏，不耐烦。联系文本前后内容，让学生对文本有了整体的阅读感知与理解，学生对文本内容的学习理解，对文本语言的内涵感悟，对文本蕴含的情感体会能更深、更透。

联系生活，让理更透彻

教学中，让学生把课内学习与课外生活巧妙地联系在一起，可以让学生对文本的理解达到更佳效果。反之，课堂教学就不会丰富，就难以达到预期目标。青年教师涂娟在执教统编版六年级下册《鲁滨逊漂流记》一课，结课时小结道：这场世界上苦难最深重的经历告诉世人——把坏处和好处对照起来看，并且从中找到一些东西来宽慰自己。按照常理，课堂教学就可以结束，因为教师设定的教学目标已达成。但是，涂娟老师没有这样做，而是引导学生结合自己的生活体验，再次真切体会这"坏处与好处"对照中的秘妙。教师提出学习要求：最近你遇到什么困难和烦恼了吗？像鲁滨逊那样把坏处与好处列出来，再说说这样做对你是否有帮助。同时，出示表格。学生按教师要求填写表格。现撷取两个学生的表格（见表2-1与表2-2）予以展示：

表2-1　烦恼：父母工作忙

坏处	好处
父母没有过多时间辅导我学习	但是，培养了我的自主学习能力
亲子活动时间很少	但是，我可以找其他伙伴一起玩耍。这样就锻炼了我的社交能力
父母没有太多精力照顾我的日常生活	但是，这也让我生活的自理能力提高了

表2-2　独自坐公交车上学的烦恼

坏处	好处
独自坐公交车上学难免会有些无聊	可以自己背诗词、听音乐。如果遇到同学还可以聊聊天，不知不觉就到了

　　课堂教学中，教师引导学生联系自己的生活实际，借助表格表达出自己面对"坏处与好处"的客观而深入的再思考与再认识。联系生活，可以把课文中学到的"理"读得更透彻、更明白。如此，课堂教学自然也就更有效。

　　对于教师而言，让课堂教学有效是一个老话题，也是一个永恒的话题。在教学实践中，要让课堂教学有效，可运用的路径很多，远不止我在文中谈到的三种。因此，要让课堂教学有效，需要教师有强烈的琢磨与改革意识，不管是对教材深入解读，还是巧妙处理，都要为打造有效的课堂而努力，通过具体学科的教学实现"学科育人"的终极目标。

明确教学指向，提升教学效果

——以肖志清执教《景阳冈》为例

众所周知，做任何事情，指向明晰，目标明确，做事之人就会朝着既定方向使力，所使力量越大，事情达成效果就越好。对于课堂教学而言，亦如此，一堂课或课中某一具体教学环节，教学的指向越明晰，学生的学习效果越显著。我听青年教师肖志清执教统编版五年级下册《景阳冈》（第1课时）后，对教师怎样做到教学指向明晰有着更深的思考。下面，结合教学实际谈三点思考。

教学有效，需"设计指向性"更明晰

刘凤军在《打造高效课堂牢记"四性"很重要》一文中指出："指向性教学是一种必不可少的教学手段和方法，恰当地运用此方法，可以开启学生的心灵，增长学生的智力，诊断学生遇到的学习障碍，对学生进行引导，同时，对启发学生思维，活跃课堂气氛，提高课堂教学效果，有着重要意义。"对于一堂课或具体教学环节，具体的设计指向性明晰，能让教学过程有效，教学目标更好实现。以肖志清执教《景阳冈》（第1课时）中"导入新课"环节为例。课伊始，教师讲述：今天我们就来学习中国古典名著

《水浒传》中的一个故事《景阳冈》，去认识一位打虎英雄——武松。言简意赅，没有丝毫"余话"。教师要求学生伸出手跟老师一起抄写课文标题。教师提醒、强调"冈"字是本课生字，引导学生通过组词——山冈、井冈山，加强对"冈"字的识记与理解。之后，又拿和"冈"字字形相近的"岗"字进行对比。对比学习中，学生对本课生字"冈"的字形、字义有了更深的识记与理解。教学导入清晰简明，没有教师口若悬河的赘述，也没有教师枯燥乏味的条分缕析。我们发现，教师在"导入新课"环节中的教学指向就是让学生在预设的教学时间里清楚所学内容，在初读课文标题的同时，认识、学习、掌握本课生字"冈"。仅此而已。教学时，教师明确具体的教学指向，其预设的教学内容就能完成，教学目标就能实现。否则，多讲，多说，哪怕表达再怎么丰富，语言再怎么精美，都是狗尾续貂，都是画蛇添足。

教学有效，需"目标指向性"更明晰

在"初读课文"环节中，教师提出具体的"自读要求"。课件出示"自读要求"：1. 自由读课文，读准字音，读通句子，标好自然段；2. 圈出不懂的词语或句子，试着猜猜意思；3. 找出文中主要人物，试着说说故事的主要内容。不难看出，教师设计的"自读要求"就是学生在这堂课里的具体学习目标。整堂课的教学，就是学生在教师的引导下组织学习，进而实现"自读要求"中的三个具体目标。第一点"自读要求"是学生学习课文的基础，学生在自由读课文的过程中，把字音读准，把句子读通，标好自然段，教学目标就达成了。第二点和第三点"自读要求"，是课堂教学是否出彩的关键。因为只有学生在教师的引导下实现这两点，整堂课的教学目标才算达成，学习效果才算有效。

以"自读要求第二点——圈出不懂的词语或句子，试着猜猜意思"为例，探究教师具体实施的路径与策略。教学中，教师引导学生理解"踉踉跄跄"。先引导学生发现四个字都是足字旁，猜测词语描写的应该跟人走路有关；再出示文中句子："武松走了一直，酒力发作，焦热起来，一只手提着梢棒，一只手把胸膛前袒开，踉踉跄跄，直奔过乱树林来。"教师创设课文语境，学生对词语又有了针对性感知；最后引导学生回忆生活中喝醉酒的人行走的样态，"踉踉跄跄"一词变得形象，具有画面感。有了这"三部曲"，学生明白"踉踉跄跄"的意思就是指走路歪歪斜斜、跌跌撞撞的样子。再看，教师引导学生对文中"梢棒、店家、客家、印信、榜文"等词语进行理解时，是边描述边出示文中插图。有了直观的课文插图做"支架"，学生不仅感觉学习上述词语的难度降低了，还有了兴趣。教师教学含有"箸""筛一碗酒""这酒好生有气力""吊睛白额大虫""请勿自误"等词或短语的句子时，没有逐字逐词分析，而是引导学生抓住上述关键词语来理解，理解整个句子大致的意思。显然，第二点"自读要求"的落实，教师没有一味地讲解与分析，而是借助灵活多元的教学策略让学生学习文中难以理解的词语和句子。教学过程中，教师先后引导学生小结出学习中国古典名著的可行方法。如，遇到不懂的词语，可以联系上下文，或借助插图等方法来猜一猜；遇到一些比较难理解的句子，不用反复琢磨，大致了解即可。

教学有效，需要"方法指向性"明晰

邓海燕在《小学语文阅读教学方法略谈》一文中指出，教师在日常教学实践中，应加强自身素养的提升，改变传统灌输、填鸭式的教学模式，以学生为主体，深入地探究解读教材。选择科学合理的教学方法，激发学生对阅读的兴趣，从而提升阅读教学的有效性。的确，一个成熟的教学设计要实施好，选择好的教学方法自然成了关键；否则，教学效果必事倍功半。事实上，教师在课堂教学中灵活运用的具体教学方法并非教师的随意而为，而是教师根据具体教学内容进行精心设计的。肖志清执教《景阳冈》（第1课时）中的写字教学环节，教师重点选择并指导学生对"截"进行练写。要想让学生把字写好，关键在于教师怎么教。这就需要教师有着扎实、有效的教学方法。课堂上，教师出示本课要写且难写的生字"截"。方法不花哨，凸显一个"实"字。"截"字笔画比较多，也比较难写，正因如此，教师重点教"截"有了必要性。教师指导"截"字练写采取"'看—演—写'三步教学法"。第一步：观察。"截"字的左下角是一个"隹"字，有四横，写时特别注意，整个字最后一笔是"点"，千万别忘记。第二步：演示。为了让学生更直观看清"截"字的书写过程，教师利用汉字的动态书写演示，让学生边看边伸手一起写。第三步：练写。光说不练是假把式。教师如果只强调观察，只强调演示，没有动笔练写，"下水"试试，效果自然差得远。实际教学中，教师提出要求——请学生在本子上工工整整地写一个。一个"工工整整"，一个"写一个"，充分传达了教师的教学意图，强调"写好"，写好才是目的，反对多写、快写，为"写"而写，让生字练写真实发生。

课堂教学中，教师切莫为了"方法"而方法。"教学有法，教无定法，贵在得法，重在创法。""无法之法乃为至法。"教师在追求教学方法多元、灵活的同时，更需倡导在"方法"指导下，学生学得扎实、学得有效。否则，"摆设花瓶"一个，好看不中用，岂非笑话？李政涛指出："教学改革不仅意味着教学方法的改革，也意味着教学方法论的改革。教学方法论关注的重点不是教学方法，而是教学方法和教学对象的关系。教学方法论要探究教学方法背后的理论基础。"由此看来，围绕"教学改革"话题，我们不仅要思考、践行教学方法的改革，更要思考、实践教学方法论的改革。

从"武"字的教学说起

——谈小学语文教学中的识字、写字教学

新课标指出:"识字与写字是阅读和写作的基础,是第一学段的教学重点,也是贯串整个义务教育阶段的重要教学内容。"显然,在义务教育阶段,识字、写字始终是重要教学内容,地位不可撼动。因此,长期以来,教师只在低段教学中注重、强调识字、写字教学,而在中高段尤其是高段,淡化识字、写字教学,甚至直接舍去识字、写字教学环节是不符合语文学科学习规律的,是与新课标的精神与要求相违背的。我听了青年教师肖志清执教《景阳冈》(第2课时)一课,感受教师指导学生识记生字"武",不禁有了些许思考。

遵循汉字字理特点组织教学

基础不牢,地动山摇。识字、写字是阅读和写作的基础。因此,新课标把识字、写字确定为整个义务教育阶段的重要教学内容。汉字是表意文字。正因为这样,在识字、写字教学中提出了"字理识字"的主张。袁晓园指出:"世界上唯有汉字有字理。"叶连忠在《字理识字法的实践与运用研究》中指出:"字理识字就是依据汉字的构字原理,通过对象形、指事、会意、形声等造字方法的分析，运用直观、联想等手段，进行析形索义、因义记形的一种识字方法。"字理识字的主张及教学实施，不仅能让学生快速识记、理解汉字，还能感受到中华汉字文化的博大精深及精彩演变过程。肖志清执教"武松"的"武"字时，让我感受到识字过程的趣味及汉字演变的精彩。教师提醒学生注意"武"字斜钩上不能多了一撇，又或是以"武人不带刀"这样的趣味提醒进行指导。然而，教师却是通过视频展示"武"字从甲骨文—金文—小篆—隶书—楷书的演变过程，引导学生了解汉字的演变过程，让学生在步步对比中形象直观地感受汉字的丰富内涵及汉字文化的博大。汉字教学中，教师遵循汉字的字理及演变特点指导学生识记、理解，是可持续研究与实践的。

根据汉字形义规律组织教学

甘巧芳、罗琳在《分析汉字构形 改进识字教学》一文中指出："汉字数量繁多，结构复杂，有些笔画、结构上的差别很细微，难以辨认，且表音功能不强，但又有其内在规律，是音、形、义的组合体，是以表意为主的文字，所以掌握汉字的规律是识字的基础。"如何从字形中发现规律？教学中，教师根据汉字的字形特点组织学生学习，收到良好效果。《景阳冈》一课中，肖志清指导学生学习"饥、碟、俺、榜、杖、拖、膛"一组七个生字时，就充分利用了汉字的字形特点。教师把七个字同时呈现在学生面前，是要让学生发现这些汉字的字形有其相似性，都是左右结构，都是左窄右宽。同时，要写好这类字，不仅要注意左窄右宽，更要注意笔画之间的穿插与避让。因为汉字的字形特点，实际教学中教师教学字形相似的汉字时，不需要逐个进行"低效耗时"的教学，可采取对"这一类"汉字展开组织教学，实现高效的汉字教学。教师如何从字义着手？陈玲指导学生学习《草船借箭》中"青布幔子"的"幔"字时，指出"幔"是一个形声字，左边为"巾"，表示布制品，右边的"曼"是延展之意。如此解读，学生在教师指导下对"幔"字的意思理解为可以延展的布条就非常自然。对

"幔"字的教学，就是抓住了汉字的字义理解，由"幔"是形声字，左边表义，右边表声兼表意的特点进行设计。还有对"忌妒"的"忌"字的教学亦如此，"忌"字也是形声字，属下形上声，下面一个"心"字，跟"心"有关；上面一个"己"字，表示因别人比自己优秀而让自己产生忌恨心理。这样的汉字教学，教师从字义理解的角度进行精心设计，效果明显。

遵循学生识记兴趣组织教学

爱因斯坦说："兴趣是最好的老师。"教师让学生在饶有趣味的教学过程中学习汉字，进而培养学生对汉字主动学习的兴趣，正是汉字教学的目标。还记得小时候，同学之间进行猜谜语，一学生出谜面：一口咬断牛尾巴（打一字）。教室里同学们全围在一起，议论纷纷，都开动脑筋猜着。好几分钟过去，没有人猜出，最后出谜的同学公布谜底——"告诉"的"告"字。同学们恍然大悟，没想到谜底竟是这样简单，又是这样有趣。通过猜谜语对汉字进行识记就是抓住学生的识记兴趣而设计的。教学中，教师习惯通过"加一加""减一减""换一换"等方法指导学生进行汉字的识记。这些方法也是遵循了学生的年龄特征和识记兴趣的。当然，教师需要采取多元的教学方法，交叉着运用进行识字教学，切不可始终一个套路、一个模式组织教学，那样不但激不起学生对汉字学习的兴趣，还会让学生对汉字学习感到乏味，甚至讨厌。根据学生识记兴趣来设计识字、写字的方法需要常教常新，灵活多变，让学生猜不着摸不透教师的心思，时刻对教师的教学充满强烈的期待。同时，也要指出，识字、写字教学不能为了"兴趣"而兴趣，破坏汉字之美。曾听一位教师指导学习生字"照"时，这样指导：同学们，请仔细看"照"的字形，教师想出一句顺口溜——一个日本人，手持一把刀，杀了一口人，留下四点血。看到这个案例时，我心头不禁一颤。中国汉字之美被教师如此乱解，岂能为了让学生识记"照"字，这般"随心所欲"？在学习汉字时，常常会遇到一些结构复杂、笔画繁多的生字。如"赢"，要记住这个字，若一笔一画去数去记，常常会记前忘后，折学生。教师抓住这个字由五个部件组成的特点，让学生通过记住"亡口月贝凡"，不就成了。虽然谈不上规律，但这种通过背记汉字部件识记汉字的方法能激发学生对汉字学习的兴趣。这一类的字——羸（léi）、嬴（yíng）、赢（luǒ），识记起来就容易多了。

整个义务教育阶段，识字、写字的教学不可轻视，更不可漠视。识字、写字教学中，教师不仅要思考用什么方法去引导学生对汉字进行识记，更要让学生通过对汉字的识记，热爱中华民族优秀传统文化。作家田子馥指出："汉字乃中华民族文化之根。"因此，教师对汉字进行识字、写字教学责无旁贷。

用好"原著链接"，实践规定性堂外阅读

　　作家曹文轩在《语文教学视域下儿童文学阅读的若干关系》一文中阐述了许多关于"阅读"的观点，令我对语文教学有了更深入的理解。他指出："对语文课文的阅读肯定是规定性阅读，一个学生必须进行阅读，并且不是一般意义上的阅读，而是一种有明确指向、明确要求和明确任务的阅读。""我们现在谈论的规定性阅读，不是在堂内阅读的范畴内谈论的，而是在堂外阅读的范畴内谈论的。堂外阅读分为规定性阅读和非规定性阅读，所谓的规定性的堂外阅读，就是指那种与语文学习直接挂钩的阅读，具有明确的指向性。"由此，我想起南昌名师王露、北京名师张蕾分别执教统编版五年级下册《祖父的园子》一课的教学设计。

　　在王露的《祖父的园子》课堂教学中，教师通过引导学生对文本中"写景"和"叙事"部分中关键句段的品读与体悟，感受到"我"和祖父在园子里的开心、自由、快乐。

　　如，学习"写景"段落中的语句。

　　　　凡是在太阳下的，都是健康的、漂亮的。拍一拍手，仿佛大树都会发出声响；叫一两声，好像对面的土墙都会回答似的。
　　　　……
　　　　黄瓜愿意开一朵花，就开一朵花，愿意结一个瓜，就结一个瓜。

若都不愿意，就是一个瓜也不结，一朵花也不开，也没有人问它。

本单元的语文要素是"体会课文表达的思想感情"，因此，教师引导学生通过具体的文本语言体会作者表达的思想感情就成了教学的重点。面对上述两个句子，学生在教师的引导下分别抓住句中"仿佛""好像""愿意""就"等关键字或词，理解、体会到作者分别是运用直接描写作者的感受和采用重复的句式表达出人物的开心、自由、快乐。

又如，学习"叙事"段落中的语句。

祖父大笑起来，笑够了，把草拔下来，问我："你每天吃的就是这个吗？"

我说："是的。"

我看祖父还在笑，就说："你不信，我到屋里拿来给你看。"

我跑到屋里拿了一个谷穗，远远地抛给祖父，说："这不是一样的吗？"

祖父把我叫过去，慢慢讲给我听，说谷子是有芒针的，狗尾草却没有，只是毛嘟嘟的，很像狗尾巴。

这些语段中，作者描述了"自己把谷穗当野草，祖父教我如何区分谷穗和狗尾草"这一典型事例。教学中，教师引导学生抓住语段中"大笑、笑够了、还在笑、慢慢"等词语的理解与体会，想象祖父的样子，进而感受祖父的慈爱，体会祖孙二人的深深情感。显然，整堂《祖父的园子》的教学中，学生在教师的引导下，无论是从"写景"还是"叙事"的语段中，都能感受到"我"的开心、自由、快乐的情感。这也正是教材的文本语言所要表达的情感。如此，通过课堂教学，单元语文要素"体会课文表达的思想感情"得到了具体训练与有效落实。我想，在大多数教师的课堂教学中，课堂可以画上圆满句号。然而，教师却巧妙地利用了课后的"阅读链接"。

呼兰河这小城里边，以前住着我的祖父，现在埋着我的祖父。

我出生的时候，祖父已经六十多岁了，我长到四五岁，祖父就快七十了。我还没有长到二十岁，祖父就七八十岁了。祖父一过了八十，就死了。

从前那后花园的主人，而今不见了。老主人死了，小主人逃荒去了。

那园里的蝴蝶、蚂蚱、蜻蜓，也许还是年年仍旧，也许现在完全荒凉了。

小黄瓜，大倭瓜，也许还是年年地种着，也许现在根本没有了。

……

这一些不能想象了。

……

这个"阅读链接"的教学价值是什么？课堂上，教师设计甚巧，引导学生抓住"阅读链接"中先后出现的多个"了"字，进行体会与感悟。读着读着，学生读出了此时萧红内心的怀念、惆怅、忧郁。当学生再带着这样的情感去读句子时，内心就会质疑学习课文时体会到的开心、自由、快乐。心想，课后"阅读链接"的语段表达的情感与课文表达的情感怎么形成强烈的反差呢？教师早就意识到了这一点，没有让学生带着"矛盾"离开课堂，而是让学生在感受到"我"内心的怀念、惆怅、忧郁的情感的基础上，再回读课文中的句子。

祖父整天都在园子里，我也跟着他在里面转。祖父戴一顶大草帽，我戴一顶小草帽；祖父栽花，我就栽花；祖父拔草，我就拔草。祖父种小白菜的时候，我就跟在后边，用脚把那下了种的土窝一个一个地溜平。

……

黄瓜愿意开一朵花，就开一朵花，愿意结一个瓜，就结一个瓜。若都不愿意，就是一个瓜也不结，一朵花也不开，也没有人问它。玉米愿意长多高就长多高，它若愿意长上天去，也没有人管。

当再回读文中语段时，学生竟发现除了课堂上在教师引导下读出萧红的开心、自由、快乐的情感，还能读到萧红内心深处对昔日那种自由自在生活的向往与追求。试想，如果没有课文后的"阅读链接"，这一层面的情感是无法读出来的。我想，这正是作家曹文轩强调的规定性堂外阅读的价值与意义所在。

《祖父的园子》课文后的"阅读链接"是萧红自传体小说《呼兰河传》的尾声。小说这样的结局显然是在诉说着作者内心的怀念、惆怅、忧郁，而这种怀念、惆怅、忧郁与课文表达的开心、自由、快乐情感形成强烈对比。这种看似"矛盾"的对比能让学生对原著有着进一步的阅读期盼。从一定意义上看，课文后面的"阅读链接"可以成为教师引导学生有效走向原著的桥梁。张蕾执教《祖父的园子》时，根据课文教学需要进行了多处"原著链接"。

链接原著：

原著摘录（一）

祖母一骂祖父的时候，就常常不知为什么连我也骂上。

祖母一骂祖父，我就拉着祖父的手往外边走，一边说："我们后园里去吧。"

也许因此祖母也骂了我。

原著摘录（二）

等我生来了，第一给了祖父无限的欢喜，等我长大了，祖父非常的爱我。使我觉得在这世界上，有了祖父就够了，还怕什么呢？虽然父亲的冷淡，母亲的恶言恶色，和祖母的用针刺我手指的这些事，都觉得算不了什么。何况又有后花园！

课堂上，教师将这些原著节选依次穿插在第16和第17自然段的教学中，采取与学生对读的形式教学，教师说："作者挨骂之后到院子里发现那里的天空特别高，作者的童年是寂寞的，后园是她唯一的游乐场，祖父是她唯一的玩伴。"教学中，教师进一步追问："这个园子仅仅是充满自由的乐园吗？"学生的回答有"避难所""世外桃源"等不一样的理解。可见，学生在教师的引导下，对文本理解进入了高深层次。这种运用"原著片段"与课文穿插阅读的方法，对引导学生准确体会作者要表达的思想感情非常有效。

上述两位教师的课堂设计与实施，都能根据课文学习需要，链接原著片段，让学生对文本理解得更深、更透。显然，这不仅仅是简单的教学对比，而是让学生通过链接原著片段，对文本阅读形成一种立体的思维状态。可以肯定的是，没有规定性的堂外阅读，即没有对原著片段的链接，学生就不可能在教师的引导下从《祖父的园子》一文的语段中读出萧红内心的怀念、惆怅、忧郁、寂寞等丰富的情感。这也正如曹文轩所说："学习一篇取自萧红作品（课文节选自她的自传体长篇小说《呼兰河传》）的课文时，为了更好地学习，有必要让学生在堂外去阅读萧红的整部作品，只有阅读整部作品，才有可能完成这篇课文的学习任务。而且，不只是一般性的阅读，是带着若干问题来阅读的：老师要带领学生，首先搞清楚为什么节选了这一段而不是那一段作为课文，这一段作为课文的文字，在整部作品中处在什么样的位置等。"

猜读，让学习兴趣更浓

统编教材五年级下册第二单元的四篇课文全部节选自中国四大古典名著，其中《猴王出世》节选自《西游记》第一回。整篇课文全部以名著原文呈现，当下小学生长期进行白话文的口头和书面表达，读这类文章必然有难度，甚至是不习惯。然而，中华民族优秀文化中的经典作品是小学生的必读书目。因此，如何让学生在教师指导下能读懂、读好这类有着一定阅读难度的文章，并对其产生浓厚的阅读兴趣，是教师要去思考与琢磨的关键。教学实践告诉我们，引导学生大胆猜读，是可行且有效的路径。

"猜读"的意义

为什么要猜读？小学阶段，学生识字量依然有着局限性，同时理解能力也相对较弱。这种情况下，阅读白话文都有一定难度，更何况阅读中国古典名著的原文——古白话语体。试想，十几个字的一句话，学生竟有两三个或更多的字不认识、不理解。为此，学生须按部就班地去查阅工具书，逐个理解弄清。因此，教师指导学生猜读，就是不要因为少数字词的不认识、不理解就停下阅读，甚至放弃阅读，而是要通过联系上下文，或借助插图等可行路径读懂句子的大意。学生在阅读中，有时读前边的内容只能感知其大意，甚至一知半解，可读到后面的内容，由于受后面相关联内容的启示，对前面的内容便会有更好的理解与感悟。可见，猜读能让学生对有一定阅读难度的作品进行持续阅读，在持续阅读中提高阅读能力，增强阅读兴趣。

"猜读"的有效路径

提出一种可行的教学方式不容易，但要让这种教学方式巧妙而有效地运用到学生的具体学习中，则更为关键。因此，教师就得去分析具体学情，去考虑文本特点，建构出具体的实施路径。青年教师陈玲、肖志清分别在执教《猴王出世》和《景阳冈》两课中，均进行了有效探索。

1.联系生活进行猜读。无论是过去还是现在，作者进行作品创作时都是以一定的生活情景为素材和依据的，因此，引导学生在特定的学习中，联系生活进行猜读是可行的。教"拖男挈女"一词，学生对该词的理解肯定是有难度的，因为文中是描述猴群拖男挈女，呼兄唤弟。可以肯定，作者用"拖男挈女"时，是基于作者想到了生活中老老少少、男男女女前行的情景。从一定意义上说，作者的创作灵感及遣词造句均源于生活。因此，教师引导学生阅读时，就可以引导学生联系生活对文本进行大胆猜读。如此，"拖男挈女"是指父母带着子女一起行走，学生就清楚明白。联系生活进行猜读，能让学生在阅读中化难为易，增强阅读兴趣。

2.借助关键字词理解进行猜读。学习文中"喜不自胜、瞑目蹲身"等词语时，教师就是运用了此法，让教学效果更佳。对"喜不自胜"的理解，学生抓住了对"喜"字的理解，对整个词语的意思理解就能八九不离十。同样，对"瞑目蹲身"的理解，学生抓住了对"瞑"字的理解，也能猜出其大意就是闭上眼睛，蹲下身子。借助抓关键字理解来进行猜读，是阅读有一定难度作品经常采用的方法。同理，学生对句子的理解，就可以抓住对句子里关键词语的理解去猜读整个句子。如引导学生理解如下句子："众猴听说，即拱伏无违。一个个序齿排班，朝上礼拜，都称'千岁大王'。"教学中，教师引导学生抓住"拱伏无违"和"序齿排班"两个关键词的理解，就能对整个句子大意进行猜读理解。再看"序齿排班"一词，学生只要理解了"齿"的意思为年龄，就能猜出词语的大意。猜读在一定意义上是允许出错的，如果所有的猜测都不会错，都不能错，就没有必要定义为猜读了。正如有学生猜测"序齿排班"中的"齿"为牙齿的意思，然后理解"序齿排班"的意思为按牙齿排布的次序排座。这样的猜读显然不对。如此因"猜错"而思考，此处的"齿"不能猜测为牙齿，应该猜测为年龄更合适。猜读允许出错，因为发觉"猜错"后的再思考，让猜测的意义更大。

3. 借助课文插图进行猜读。统编教材中每篇课文的插图都是编者的匠心独运。教《景阳冈》一课时，青年教师肖志清引导学生理解文中"店家""客官""印信""榜文"四个词语时，依次出示文中插图。这种形象的插图与陌生的文字形成鲜明对照，学生就能猜出意思的大概。孩提时代，识字量很少，可当自己阅读连环画时，却能大致读懂，而且阅读兴趣随着对文字内容的理解愈加浓厚。分析原因：读者之所以能饶有兴致地阅读，靠的就是每一页的图画。借助图描画的内容，大胆猜测着文字的意思。正因为这种猜读，让自己从小对阅读有了兴趣。至今，我在阅读一些难度较大的作品时，还常常运用猜读的方法。

4. 联系上下文进行猜读。针对阅读时遇到的一些理解难度较大的词语，联系生活，借助插图都难以有效理解，使用工具书又会耽误时间。我们发现，引导学生联系上下文进行猜读是一条可行的路径。教师在教学《猴王出世》中的"盖自开辟以来，每受天真地秀，日精月华，感之既久，遂有灵通之意。内育仙胞，一日迸裂，产一石卵，似圆球样大。因见风，化作一个石猴"一段时，教师并未逐字逐句地分析，让学生明白整个句段的意思，而是先引导学生从"迸裂""石卵""石猴"三个词语入手来猜读理解，明白其大意是"石头裂开，石猴出世"；再引导学生对"内育仙胞"这一短语进行猜读理解，明白其大意是"石猴是从石头里孕育出来的"；最后引导学生从"天真地秀""日精月华""灵通之意"三个词语进行猜读理解，明白其大意是"石猴很有灵性"。教师引导学生联系上下文对这段话中相关词语的层层猜读理解，可帮助学生大致理解整个句子的意思。

5.借助影视作品进行猜读。当下，中国的许多古典名著都被拍成了电影或电视剧，这些影视作品把原著中的人物形象表现得活灵活现，所以，当学生阅读这类课文时，借助影视作品的情景再现对理解课文意思有很好的铺垫作用。《猴王出世》节选自《西游记》第一回，且以著作原文呈现。教师可以引导学生课前观看电视剧《西游记》第一集，让学生将电视剧里播放的情景和课文文字描写对照着猜读，其效果自然会更好。教师也可以这样设计：课堂上，教师引导学生学习课文第 1 自然段时，先让学生现场观看电视剧里相应剧情的片段。这种让学生将课文具体段落和对应的视频进行对照，猜读出文本段落大意，不仅效果明显，而且学生的学习兴趣也会越来越浓厚。

猜读作为小学生甚至是成年人的一种阅读方式，能够更好地拓宽读者的阅读面，增强阅读兴趣。特别是小学生，因识字量相对少，阅读能力相对弱，阅读兴趣相对淡，采用猜读的方式，学生可以多阅读一些自己喜欢的书籍，意义更大。一味地为了"阅读"而阅读，必须准确理解所读内容的意思，必须深入感悟所读文本的内涵，这种所谓的精准、精确的阅读，极可能让刚刚萌生阅读兴趣的小学生讨厌阅读，甚至放弃阅读。

老师，你的课堂教学"越位"了

——由一个"词句段运用"的教学引发的思考

课堂教学中，教师为什么常常会"越位"呢？究其根本原因，就是教师对教育教学之"道"依然没有把握准确。"方向决定力量"。就教学而言，只有教学的目标科学、合理、准确、明确，教师才能在付出一定气力的情况下，离目标更近。反之，结果断然糟糕。教学越位是什么？就是教师在课堂教学中，对整堂课的教学目标或是教学中某一具体教学内容的目标没有定位准确，在没有遵循语文学科教学之"道"的前提下，有意或无意地拔高，致使学生难以"消化"，学不明白。

我听了一位教师执教六年级下册第二单元中的"词句段运用"的教学。如下：

读下面的句子，说说加点的部分有什么共同的特点。再从后面的词语中选择一两个，发挥想象，仿写句子。

◇镇上的人排着队来到撒切尔法官家，搂着两个获救的孩子又亲又吻，……泪水如雨，洒了一地。

◇过了二十三，大家就更忙了，春节眨眼就到了啊。

◇住方家大院的八儿，今天喜得快要发疯了。

饿　　安静　　厚　　盼望　　喜欢

教学中，教师通过引导学生读这三句话，让学生明白了"夸张"这一修辞手法。然后，教师进一步引导学生分析、理解"夸张"的概念（夸，说大话；张，扩大。夸张就是指为了达到某种特别的表达效果，对事物的各方面刻意地进行夸大或缩小的修辞方式）和类型（扩大型、缩小型、超前型）。课堂上，凡是涉及"夸张"这种修辞手法的知识内容的出现，我感到惊愕。曾经，教师在课堂教学中一味地灌输语文知识，把语文教学弄得支离破碎，惨不忍睹。尤其是在修辞知识的教学方面，教师总担心学生理解不了，讲了又讲，析之又析。其结果呢？学生越学越糊涂，本来不糊涂的，变得糊涂；本来就糊涂的，更加糊涂。语文教学中，关于修辞知识方面的教学有着怎样的科学定位呢？其实，新课标已明确指出："语文课程涉及的语音、文字、词汇、语法、修辞以及文体、文学等知识内容，应根据语言文字运用的实际需要，从所遇到的具体实例出发进行指导和点拨。要避免脱离实际运用，围绕相关知识的概念、定义进行系统、完整的讲授与操练。"

只有对修辞知识教学有了准确定位，教师教学才不会随心所欲，随意拔高目标。关于上述"词句段运用"的教学内容可以怎么教？我提出这样的尝试。

第一步：读句子，体会表达特点。教师要心中有人，要学会换位思考，如果你是学生，会发现这三个句子有着怎样的表达特点？学生的理解可能是：都是作者故意夸大的描写。此时，教师可以进一步引导：这种作者故意夸大的描写，你觉得能达到什么效果呢？以第三句"住方家大院的八儿，今天喜得快要发疯了"为例，学生思考后的理解可能是："真有意思，明明是描写八儿高兴的样子，可读着这样的句子，我都有了一种高兴得要发疯的感觉。"教学中，教师顺势引导，让学生明白并初步感知，像这样的写法就叫夸张。

第二步：对比读，发现语言秘妙。课堂上，教师的设计充分体现了这一教学理念。教学中，教师把书中运用了夸张手法的原句和没有运用夸张手法的句子对比着读，引导学生从对比中发现运用了夸张手法的句子表达效果明显不一样。如："原句：镇上的人排着队来到撒切尔法官家，搂着两个获救的孩子又亲又吻，……泪水如雨，洒了一地。对比句：镇上的人排着队来到撒切尔法官家，搂着两个获救的孩子又亲又吻，……流出了泪水。"对比读中，不需要教师的分析、讲解，学生对原句自然有着自己真切的感受。对比是什么？对比就是引导学生经过比照发现作者语言表达的本质与秘妙。

第三步：借典型，落实运用目标。正如标题"词句段运用"，强调"运用"才是此内容教学的最终目的。因此，教师在课堂上要给学生时间，让学生自由练写。在学生练写中，教师关键是要能从学生的练习写作中发现彰显表达个性的好作品和存在表达不足的具有共性的学生作品。评点时，教师展示写得精彩的学生作品，旨在让学生明白如何写才能实现对夸张手法的运用，实现精彩的个性表达；展示写得存在不足的学生作品，旨在让学生发现表达中存在的共性问题，并通过学生的思考、修改，解决问题。

第四步：巧示范，实现表达多元。教学中，教师的"示范"始终很重要，关键是什么时候示范。过早示范，容易让学生的思维固化；过迟示范，效果殆尽，还会"画蛇添足"。课堂上，教师可以在展示个性表达和存在共性问题的学生作品后，"示范"教师写的句子。以选择"饿"字为例，教师展示结合自己的生活体验或所见所闻写出的三个句子：1. 我太饿了，肚皮都贴到后背上去了。2. 都两天整没有吃饭了，我的两条腿连半步都迈不出去。3. 再不吃东西，我就要饿死了。如此，学生不但能较好地运用夸张手法写话，还会发现夸张句非常有意思的一面。

课堂教学中教师是否"越位"不仅要看具体的教学内容，还要看教师的课堂语言表达。这种"越位"也可以定义为"错位"。课堂上，面对小学六年级学生，这位教师的指导是这样的："这种超越了客观存在的事实，就叫夸张"，"同学们，要学会理性地使用"，等等。试问，教师这样的语言表达，有站在学生的角度想过吗？如果教师的语言表达是在"为难"学生，就是没有遵循教育教学之"道"。教师可以这样说："原来小作者在把事实故意夸大呀！想不到，他一不小心就会夸张了。"课堂教学中，教师不宜用成人化的语言去与学生沟通交流，也不能用演讲式的语言去传递自己想要表达的信息，而是要学会用生活化的语言与学生进行交流、互动。

面对教育的对象——儿童，教师的语言为什么要生活化呢？

其一，生活化的语言更具有亲和力。教学中，教师不能给学生一种高高在上的势态，因为学生由于年龄的特点，喜欢具有亲和力的教师。教师的亲和力，除了借助神情、肢体等方面传递外，更重要的就是通过语言表达传递。也就是说，语言亲和力的大小在一定程度上决定了教师是否有魅力，是否深受学生的喜欢。课堂上，教师怎样的语言表达才具有亲和力？当然，演讲式的语言、过于深奥的语言、常常"为难"学生的语言、过于诗意追求唯美的语言等都不适宜教师用来在课堂上与儿童进行交流、互动。具有亲和力的语言不做作，是交流互动时教师为了学生的学习表达出的能起到最佳点拨、引导、评价作用的语言。这样的语言没有设计感，是教师倾听学生表达后，从心里表达出来的。学生说："我觉得'我家的茉莉花开了，万里飘香'一句中的'万里飘香'这个词用得不好，应换成'十里飘香'。"教师自然追问："'万里飘香'不是比'十里飘香'能让人觉得更香吗？你提出这样的疑问，相信一定有自己的想法。老师最想听的就是你的见解哦。"

其二，生活化的语言更彰显教师智慧。生活化的语言彰显教师智慧，是因为这样的语言表达不是教师提前设计或包装过的，而是教师倾听学生表达后思考出来的有温度、有厚度的"产物"。我在这里重点强调"教师倾听"一词。日常教学中，教师习惯于要求学生在课堂上要做一个善于倾听的学生。然而，教师呢？面对学生回答问题或表述观点，似听非听，一心二用。常常是面对学生的表达，没法做出准确到位的引导、点拨或评价。即使有，也常常是蜻蜓点水式、不疼不痒式的，流于形式。我执教《慈母情深》一课时，引导学生学习梁晓声和母亲的一组对话，有这样的教学实录：

师：这是文中母亲与我的一组对话。你们仔细读读，看看从这组对话中，能体会到什么。

生：母亲很忙。

生：母亲对拿钱给我买书没有半点迟疑。

师：同学们，这组对话的描写极其不简单！同学们可能会质疑：不就是一组对话吗？有什么不简单的？

师：请你来读读第一句。

生（读）：你来干什么？

师：母亲这是问什么？

生：来的目的。

师：你来读第二句。

生（读）：有事快说，别耽误妈干活！

师：母亲的这一处话语是说什么？

生：强调事忙。

师：母亲为什么这样说？

生：母亲争分夺秒地工作，只想多挣点钱。

师：从这第一、第二句，我们不仅读出了母亲问"我"来的目的，还看出母亲很忙。

师：你继续读第三句。

生（读）：要钱干什么？

师：母亲这是问什么？

生：要钱的目的。

师：你来读第四句。

生（读）：多少钱？

师：母亲这是问什么？

生：钱的数量。

师：发现了吗？母亲的这四处语言都是这么简单！但却能让人从中体会到眼前的这位母亲如何？

生：工作忙碌。

生：母亲为了多挣钱，没时间跟"我"闲谈。

生：母亲在"我"要钱买书上毫不犹豫，毫不迟疑，没有半个"不"字。

师：母亲的这四处语言，还有不简单的地方。你们发现了吗？

（学生半晌没有吱声，教师提示学生关注提示语）

生：只有第一处有提示语，其他三处都没有提示语。

师：这确实是一大发现。我想问问同学们，第一处可以没有提示语吗？

生：不行。这里的"母亲大声问"与前文的"七八十台破缝纫机发出的噪声震耳欲聋"是相照应的。从这里可以看出母亲工作的地方环境差，缝纫机发出的噪声震耳欲聋，所以"我"必须大声问。

师：其他三处需要加提示语吗？

生：不需要。

师：说说你的理由。

生：后边三句没有提示语，可以让人感觉到母亲只想多干一点活儿，多挣一点钱，没有时间跟"我"闲聊。

师：发现了吧！这又是这组对话不简单的地方。

（引导进行男女学生分角色读，师生分角色读）

师：的确如此，母亲问的话干脆利落，"我"的回答是吞吞吐吐，每一处回答的话里都有省略号。这是为什么？

生：母亲问的话干脆利落，是因为母亲工作太忙，为了多挣钱，没时间跟"我"说。母亲明白了"我"的来意就行。

生："我"的回答吞吞吐吐，是因为"我"看着母亲如此辛苦、忙碌地挣钱，太不容易了！真有一种开不了口的滋味，但又太想买到那本书了。

师：不简单吧！同学们，你们发现了这组对话的不简单，我内心不知有多高兴！这就叫读书！读书是需要用心思考的。只有用心思考，才能读出不一样的味道来。

教学中，教师和学生之间的交流、互动，是建立在教师时刻倾听学生表达、交流前提下的一次次引导或点拨，或评价，或追问中。教师的语言表达没有设计感，处处体现了生活化，生活味很浓、很真实，流淌着教师的智慧。

课堂教学中，教师是否"越位"，在于教师的自我角色定位是否准确。如果教师真明白了"学生是语文学习的主体，教师是学习活动的组织者和引导者。语文教学应在师生平等对话的过程中进行"这句话，我想，课堂教学中，教师语言生活化就不难。改变教学行为，从改变教学理念开始。综上所述，课堂教学中存在的教师"越位"，缘于教师对学科教学规律没有准确把握，对学生的年龄特征和认知规律没有充分考量。教师只有依"道"而行，方不逾矩。

"三只眼睛"学语文

青年教师李燕执教史铁生的《那个星期天》一文，引导学习句子："我现在还能感觉到那光线漫长而急遽的变化，孤独而惆怅的黄昏的到来，并且听得见母亲咔嚓咔嚓搓衣服的声音，那声音永无休止就像时光的脚步。"在教师的引导下，学生不仅读懂了作者所写景物的变化，还体会到作者内心的情感变化。正如李燕老师所说："会读书的学生，要学会用两只眼睛，一只眼睛看到文字，一只眼睛看到文字背后蕴含的情感。"言下之意，教师引导学生读课文，不仅要读懂作者写了什么，还要读懂为什么这么写。作为教师，能以这样的意识去解读并处理教材，引导学生学习确实值得肯定。

然而，语文教学仅仅如此，就到位了吗？歌德曾说过："内容人人看得见，含义只有有心人得之，而形式对于大多数人是一个秘密。"对于语文教学而言，每篇课文讲了什么，即内容，学生是能够在教师的引导下读出来的；课文语言表达背后的情感，即含义，没有教师的巧妙引导，许多学生就难以读到位；课文如何遣词造句、连句成段、布局谋篇，即形式，绝大多数教师不深度研读文本，学生是难以发现的。语文教学中，从内容到含义，再到形式，越往外语文味儿就越淡，越往里语文味儿就越浓。换言之，只关注内容，或仅关注内容和含义，语文教学的本质就难以彰显；反之，在关注内容和含义的基础上，更关注形式，就越能体现语文教学的独当之任。

我曾执教杏林子的《生命 生命》一课。课文不长，仅五个自然段，400

余字，其中第 2~4 自然段分别讲了一件具体的事情。教学中，教师要求学生朗读课文，读完后想一想，课文主要讲了哪几件事情。学生在读完课文后，很快总结出飞蛾求生、瓜苗生长、静听心跳三件事。关于课文的内容，即文中主要讲了哪几件事情对学生而言，学习难度不大，只要把课文通读一遍，概括一下，就能达成目标。关于课文的"含义"和"形式"这两个层面，是课堂教学的重点，也是课文教学成功的关键。以下是课文第 2~4 自然段：

夜晚，我在灯下写稿，一只飞蛾不停地在我头顶上飞来飞去，骚扰着我。趁它停下的时候，我一伸手捉住了它。只要我的手指稍一用力，它就不能动弹了。但它挣扎着，极力鼓动双翅，我感到一股生命的力量在我手中跃动，那样强烈！那样鲜明！飞蛾那种求生的欲望令我震惊，我忍不住放了它！

墙角的砖缝中掉进一粒香瓜子，过了几天，竟然冒出一截小瓜苗。那小小的种子里，包含着一种多么强的生命力啊！竟使它可以冲破坚硬的外壳，在没有阳光、没有泥土的砖缝中，不屈向上，茁壮生长，即使它仅仅只活了几天。

有一次，我用医生的听诊器，静听自己的心跳，那一声声沉稳而有规律的跳动，给我极大的震撼，这就是我的生命，单单属于我的。我可以好好地使用它，也可以白白地糟蹋它。一切全由自己决定，我必须对自己负责。

课堂上，教师质疑："你们发现这三段话在表达上有什么共同点吗?"教师进行这样的教学设计，就是要引导学生从课文"形式"入手，发现言语表达的奥妙，进行有效的语文学习。教学中，学生琢磨半天也发现不了"形式"的奥妙。教师将这三段话中部分文字变化为蓝色，引导学生再思考。

文字在色彩上有了对比，学生发现每段话的前一句或前两句都是讲述了具体的事情，每段话后面的文字都是讲述作者由具体事情产生对生命的思考。这样学生不仅读懂了每段话作者都写了什么，更明白了作者是怎样构思、组织每段话的。当然，课堂教学仅停留在这样的层面是远远不够的。教学中，我是如何进行教学设计的，请看下面的课堂教学片段。

师：我们先来看看，作者透过"飞蛾求生"这个事例对生命产生了怎样的思考？

出示语句：

只要我的手指稍一用力，它就不能动弹了。但它挣扎着，极力鼓动双翅，我感到一股生命的力量在我手中跃动，那样强烈！那样鲜明！飞蛾那种求生的欲望令我震惊，我忍不住放了它！

师：你们仔细看看这段文字，发现有什么不可思议的地方？

生：我从"只要我的手指稍一用力，它就不能动弹了"中体会到飞蛾的生命太弱小。

师：怎么体会到的？

生：从"稍一用力"和"不能动弹"两处描写体会到的。

师：请带着自己的理解读读这个句子。

生（读）：只要我的手指稍一用力，它就不能动弹了。

师：发现了吧。这就叫读书。借助句子中的关键词语去体会是一种好办法。谁还发现有什么不可思议的地方？

生：从"但它挣扎着，极力鼓动双翅，我感到一股生命的力量在我手中跃动，那样强烈！那样鲜明！"中的"挣扎着""极力鼓动双翅""在我手中跃动"等词语体会到这只小飞蛾巨大的求生欲望。

师：太好了！请你读读这个句子。把你的理解读出来。

生（读）：但它挣扎着，极力鼓动双翅，我感到一股生命的力量在我手中跃动，那样强烈！那样鲜明！

师：生命如此弱小的飞蛾，面对被困所表现出来的不可思议的求生欲望，"我"的表现又如何？

生（读）：飞蛾那种求生的欲望令我震惊，我忍不住放了它！

师：为什么？作者在抓它的时候可没有想到要放掉它呀！

生：我想，可能是作者意识到小飞蛾虽然只是一只小小的昆虫，但是它也是一个活生生的生命。只要是生命，就应该得到尊重。

师：教室里此时很安静，我想是因你的理解与表达而沉醉。此处应该有掌声。（生鼓掌）请齐读句子。

生（齐读）：只要我的手指稍一用力，它就不能动弹了。但它挣扎着，极力鼓动双翅，我感到一股生命的力量在我手中跃动，那样强烈！那样鲜明！飞蛾那种求生的欲望令我震惊，我忍不住放了它！

师：这是一只弱小的昆虫。一个非常弱小的生命，却有如此强烈的求生欲望。的确，凡是生命，都必须得到尊重。（板书：尊重）再看看从"瓜苗生长"中，作者对生命有着怎样的思考？

出示语句：

那小小的种子里，包含着一种多么强大的生命力啊！竟使它可以冲破坚硬的外壳，在没有阳光、没有泥土的砖缝中，不屈向上，苗壮生长，即使它仅仅只活了几天。

（齐读）

师：这一段话在描写上跟第 2 自然段有着相似的地方。你们发现了吗？

生：作者先写了一颗很小很小的种子，接着写了它极其坚强的生命力。

师：想一想，你觉得这是一种极其坚强的生命力吗？

生：顽强的生命力。

师：请再把刚才的话复述一下。

生：作者先写了一颗很小很小的种子，接着写了它极其顽强的生命力。

师：对，这一点跟第 2 自然段是相似的。第 2 自然段也是先写一个很弱小很弱小的生命，接着写出了它极其强烈的求生欲望。这叫对比着写。再问问你，你从哪看出了它极其顽强的生命力？

生（读）：竟使它可以冲破坚硬的外壳，在没有阳光、没有泥土的砖缝中，不屈向上，苗壮生长，即使它仅仅活了几天。

师：是的。这样的描述足以看出它的生命力顽强。你们思考过

"即使它仅仅活了几天"这个句子吗？说说自己的理解。

生：瓜苗虽然仅仅只活了几天，但它依然不屈向上，苗壮成长。

师：这瓜苗知道自己只能活几天吗？

生：不知道。

师：明知不可为而为之。这就是一个生命表现出来的力量。面对这样的生命，你的内心会是怎样的？

生：尊重。

师：仅仅是尊重吗？

生：敬重。

生：敬畏。

师：好一个"敬畏"！（板书：敬畏）这是一粒很小很小的种子，可它对生命依然充满向往，哪怕是只能活几天，哪怕是明明知道只有短暂的生命，也要活得精彩。这样的生命怎能不值得敬畏？请齐读句子。

生（齐读）：那小小的种子里，包含着一种多么强的生命力啊！竟使它可以冲破坚硬的外壳，在没有阳光、没有泥土的砖缝中，不屈向上，苗壮生长，即使它仅仅活了几天。

师：生命需要得到尊重，也需要敬畏。从"静听心跳"中，你感受到作者对生命怎样的思考？

出示语句：

那一声声沉稳而有规律的跳动，给我极大的震撼，这就是我的生命，单单属于我的。我可以好好地使用它，也可以白白地糟蹋它。一切全由自己决定，我必须对自己负责。

生：作者觉得自己必须好好使用自己的生命。

生：作者觉得自己得对自己的生命负责。

师：同学们，请回顾前面我们看到的作者简介，再说说你对作者的这番生命感悟的句子的理解。

生：我觉得这话表明了作者面对生命的态度。

生：我觉得这话写出了作者面对生命做出的正确选择。

师：从作者面对生命的态度及做出的正确选择，可以看出什么呢？

生：作者对自己生命的珍惜，不糟蹋，要负责任。

师：从"静听心跳"中，我们读懂了生命还需要如何？

生：珍惜。

生：爱护。

生：珍爱。

师：是的。我的生命是真实地存在着的，因为我听到了声声沉稳而有规律的跳动。好好使用它，还是白白糟蹋它，全在于自己的态度。（板书：珍爱）请齐读。

生（齐读）：那一声声沉稳而有规律的跳动，给我极大的震撼，这就是我的生命，单单属于我的。我可以好好地使用它，也可以白白糟蹋它。一切全由自己决定，我必须对自己负责。

师：一个极弱小的昆虫，却有着极其强烈的求生欲望！一棵极弱小的瓜苗，却有着如此顽强的生命力！一个从小被重病缠身的人，却因珍爱生命，取得如此巨大的成就！透过三个具体事例，引发了作者对生命的思考。生命需要——

生：尊重。

师：生命需要——

生：敬畏。

师：生命需要——

生：珍爱。

我执教《生命 生命》的课堂中，不仅引导学生读懂了课文主要写的三件具体事情，还引导学生从这三段文字中分别读出作者对生命的尊重、敬畏和珍爱，更大的价值是，学生明白了三段话作者是如何整体构思创作的，明白了每一段话里作者写自己对生命的理解与感悟又是怎样构思创作的。可见，强调语文学习需要教师引导学生用"三只眼睛"去理解，不仅能学懂内容，体味语言，还能掌握运用语言的能力。

也谈"诗眼"

1

统编版五年级语文下册第四单元古诗教学时，教师板书诗题后指出："题目是诗的眼睛。"听到这个表述，我不禁想起"题目是文章的眼睛"之说法。我想，教师应该是由这句话引申开来，才有了"题目是诗的眼睛"。按这个推理，"题目是诗的眼睛"就是说"题目是诗眼"。也就是说，"从军行"和"秋夜将晓出篱门迎凉有感"这两个题目分别是这两首诗的"诗眼"。显然，这个表述是有误的。

什么是诗眼？网名系"火神之歌"在《论诗眼》一文中指出："在古诗中，诗眼即句中眼，指一句诗或一首诗中最精彩传神的一个字。魏庆之《诗人玉屑》卷六中说到诗眼，也是指一首诗的眼目，即全诗的主旨之所在。后来，纪昀将李商隐诗《少年》的最后一句评为诗眼，可见诗眼不仅指句中传神的字，也指统领全诗主旨的诗句。"

教师进行古诗教学的一般流程：一是读题解题；二是指导读诗；三是读懂内容；四是读懂内涵。其中，"指导读诗"环节往往是引导学生把诗句读正确、读好节奏、读出感情；"读懂内容"环节往往是借助注释、借助插图、借助已有学习经验等实现对古诗内容的理解与把握；"读懂内涵"环节往往是借助诗人生平简介、诗人创作背景、诗中关键词句理解想象等实现对古诗内涵的品读与感悟。教师运用这个教学流程对古诗进行课堂教学处理是有效的。然而，我想说的是，作为教师如何引导学生抓住"诗眼"去理解、感悟古诗，进行更有效、更精彩的教学处理。

2

以《古诗三首》中的《从军行》和《秋夜将晓出篱门迎凉在感》为例，我们分析一下，诗眼应是什么。

从军行

王昌龄

青海长云暗雪山，孤城遥望玉门关。

黄沙百战穿金甲，不破楼兰终不还。

《从军行》一诗前两句写景，后两句表达了作者情感。后两句"黄沙百战穿金甲，不破楼兰终不还"，让我们感受到将士们杀敌卫国的英雄气概和坚强意志。有了这样的理解，不难看出《从军行》的诗眼是"终不还"。为什么"终不还"？前两句，西北边陲，环境恶劣，条件艰苦，将士们"终不还"；后两句，敌军强悍，战斗艰苦，将士们"终不还"。原因只有一个，将士们要戍边卫国，要杀敌于境外，要破"楼兰"，只有达成此目的，才算完成将士之使命，才能还。教师确定诗眼，抓住诗眼进行古诗教学，就能实现"牵一发而动全身"之效，就能起到提纲挈领的作用。

再看《秋夜将晓出篱门迎凉有感》一诗，诗眼是什么？

秋夜将晓出篱门迎凉有感

陆游

三万里河东入海，五千仞岳上摩天。

遗民泪尽胡尘里，南望王师又一年。

《秋夜将晓出篱门迎凉有感》在表达方法上同《从军行》有着相同之处，前两句写景，后两句表达了诗人情感。教师确定诗眼，要学会关注后两句："遗民泪尽胡尘里，南望王师又一年。"课堂上，教师出示了一则资料：陆游，南宋著名爱国诗人。南宋时期，金兵占领了中原地区。诗人六十八岁作此诗时，中原地区已沦陷于金人之手六十多年。可见，金人统治下中原地区的宋朝子民已望王师六十多年，每一年每一次盼望南宋王朝的军队前来收复失地，等来的只有失望，所以整首诗的诗眼是"泪尽"一词。为什么泪尽？想到气势磅礴的黄河水，想到巍巍高耸的华山等大好河山年年在金人的统治下，遗民们流尽了伤感之泪；想到中原地区无数宋朝子民被金人任意欺侮、无情压迫，遗民们流尽了痛苦之泪；一年又一年的期盼，一年又一年的落空，一年又一年的无果，遗民们流尽了失望甚至绝望之泪。抓住诗眼进行教学，可以让学生对古诗理解得更深入、更透彻、更全面。换言之，教师诗歌教学的文本核心价值，即"为什么教"便能准确理解与把握。

3

教学中，一些特级教师对古诗的解读及教学处理是值得大家学习的。举三个精彩案例，以便让老师们能产生更多思考。

1997年12月，我首次出远门听课学习，幸运地听了特级教师孙双金执教《泊船瓜洲》一诗。此诗系宋代诗人王安石乘船经过长江北岸的瓜洲，停船休息，望着江对面，想起了长江南岸的家乡和家乡的亲人，触景生情而创作的。孙双金老师解读这首古诗巧就巧在抓住了"诗眼"，课堂上紧紧围绕"诗眼"引导学生组织教学。教师引导学生读前两句："京口瓜洲一水间，钟山只隔数重山。"通过朗读和简笔画，学生很快发现，作者此刻身处瓜洲，跟长江南岸的京口只有一江之隔，而京口跟钟山也只有几重山距离而已，最关键的是作者王安石的家乡就在钟山。在教师的引导下，学生读懂了作者此时离家乡是比较近的，离得这么近，按照常理来说，应该回家走走，看看自己年迈的父母，看看久别的妻儿，看看家乡的亲戚好友。教师引导学生读第三行"春风又绿江南岸",抓住"又绿"让学生理解其意是"又一次吹绿了",进而明白"又绿"一次,说明时隔一年,而诗中的"又绿"何止是时隔一年。在教师的引导下,学生明白了一个离开家乡这么久的游子,此时乘船经过瓜洲,离家乡还这么近,是不是更应该回家走走看看。最后一句"明月何时照我还"的教学,教师引导学生从诗意理解:"明月呀,你什么时候才能照着我回到家乡?"作者思家心情的急切可想而知。但是,即便此时作者离家这么近,离家这么久,也不能马上回到家乡,只能把对家乡、对亲人的深深思念之情寄托给天空中那轮明月。孙双金老师其实是抓住诗眼——一个"还"字有效地展开教学,其教学层次是:离家近,应该还;离家久,更该还;思家切,不能还。抓住诗眼,处理教学流程妙不而言。

我曾听浙江省特级教师王崧舟讲述了一个关于古诗教学的故事及他对柳宗元《江雪》的古诗解读。在某所学校有一位老教师在执教柳宗元的《江雪》那天,正好碰到学校校长一行人在没有打招呼的情况下来到这位教师的课堂上听课。课堂上,教师比较顺利地把古诗《江雪》教完,看了看时间,不好,离下课还有十分钟呢。毕竟是有一定教学经验的老师,脑子里马上想起"学贵有疑"这样的教学理念。他对学生说:"同学们,学完了这首古诗,你们还有什么问题呢?可以提出来,我们共同思考解决。"最后,还特意借爱因斯坦的"提出一个问题往往比解决一个问题更重要"的话提醒学生提问的重要性。未承想,学生经历短暂思考后,真有学生跃跃欲试。第一个学生说:"老师,我觉得这首诗是假的。"瞬间,课堂上炸开了锅,同学们议论纷纷,教师也慌了神,心想,怎么也不能说这首诗是假的。毕竟是"老"教师,还是挺聪明的,顿了顿,对同学们说:"同学们,刚才这个同学说这首诗是假的。请同学四人一小组,围绕这个问题讨论讨论:说诗是假的,请讲清自己的理由。"就这样,教师把"球"抛还给学生。一阵热烈的讨论后,有学生说:"老师,我也觉得是假的,你看,天那么冷,雪那么大,这江面上早就结了厚厚的冰,这老翁怎么可能钓得到鱼呢?"这时,另一个学生马上反驳:"怎么不可以?老翁可以在冰上凿个窟窿。北方人不是常常有冰钓吗？"一波未平一波又起。一学生站起来说："老师，我觉得这位老翁可能是心情很不好。他这时候出来并不是真要钓鱼，而是出来散散心。"教师满脸疑惑，追问道："说说你的理由。"学生悄悄地对老师说："我爷爷和奶奶争吵后，经常是独自一人扛着钓竿去河边钓鱼，他说主要是出去散散心。"这样的一个教学过程看似热闹，看似主动，其实是无效的，因为教师忘却了"教什么"的根本。

王崧舟老师是怎样来解读古诗《江雪》的呢？王老师深入解读古诗，发现《江雪》一诗的诗眼应该是一个"钓"字。为什么是一个"钓"字？王崧舟有三个层次的理解：第一，他认为"钓"的是一种孤独。读着这首古诗，放眼望去，天上空空如也，山间空空如也，江面因结冰而静止，唯有一位老翁在垂钓，足可见诗人内心的孤独。同时，王老师引导学生把四行诗的开头字连起来读一读。"千万孤独"不正表达了"孤独"的意思吗？第二，他认为"钓"的是一种希望。整首诗描绘的是一幅冬天老翁垂钓的情景。试想，为什么作者柳宗元不描绘出一幅春天或夏天或秋天的老翁垂钓图，却偏偏是冬天垂钓图？大家就能体悟到：是呀，冬天来了，春天还会远吗？这一点，跟作者柳宗元的人生背景是息息相关的。在中国古代，像柳宗元这样的士大夫都有着相同特点，心系国家，一心想着报效祖国。宋朝诗人范仲淹在《岳阳楼记》里曰："不以物喜，不以己悲，居庙堂之高则忧其民，处江湖之远则忧其君。是进亦忧，退亦忧。然则何时而乐耶？其必曰'先天下之忧而忧，后天下之乐而乐'乎！"这就是对昔日像柳宗元这样的士大夫的最好写照。第三，他认为"钓"的是一种期待。作者笔下的这位老翁真是在钓鱼吗？我想，钓鱼并非真正意图。历史上，关于渔翁的形象是很丰富的。早在商周时期，就有一位年迈的渔翁叫姜尚，他在渭水边是用直钩垂钓。正所谓"姜太公钓鱼——愿者上钩"。可见，柳宗元诗里的这位老翁在这天寒地冻、漫天飞雪的日子里真是在钓鱼吗？当然也不是，而是表达了"期待、等待"之意。此时的柳宗元被贬到永州，而他却是满腔抱负，希望朝廷、希望君主能再次想起他，重用他。我想，王崧舟老师解读《江雪》，就是抓住了诗眼"钓"而展开，引导学生从"钓"字入手，反复品读诗句，感悟"钓"的是孤独，是希望，是期待。

我早些年执教王安石的古诗《梅花》，发现并抓住诗中"雪"这个诗眼来处理教学。初读这首诗时，我真想不出课堂教学最佳的切入点、创新点。恩师于永正曾告诉我："不能很好地解读、处理教材，说明你细读教材的火候还没到。一个办法就是，继续潜下心来读教材。"我对着四句诗反反复复读着，突然，心生疑惑：作者写梅，旨在赞美梅花不畏严寒的特点，同时，表达要像梅花一样面对困难不畏惧。假如作者表达的仅仅是这样，整首诗有前两句就够了，就已表达这层意思。经过反复读诗，我确定此诗的诗眼是一个"雪"字。如此一来，整首诗的教学层次就清晰了。前两句"墙角数枝梅，凌寒独自开"写出了梅不畏严寒、凌雪独开的特点，即梅不畏雪。第三句"遥知不是雪"，作者明明知道那墙角的梅花不是雪，为什么要"明知故问"呢？因为梅花与雪有着相似之处，色彩都是白色，即梅色如雪。第四句"为有暗香来"。第三句写出梅的色同雪一样洁白，但是二者还是有着本质的区别。梅花能时刻散发出淡淡的芳香，而雪却不具备这一点，正所谓："梅虽逊雪三分白，雪却输梅一段香。"如此，对《梅》这首古诗的解读就有了"不畏雪、色如雪、香胜雪"三个层次。其实，这也是作者王安石的人生及秉性的真实写照。

4

文有文眼，诗有诗眼。教师在进行古诗教学时，只要抓住诗眼，就能让诗歌教学层次更清晰，内涵更丰富，诗味更深厚。清代学者刘熙载说："揭全文之旨，或在篇首，或在篇中，或在篇末。在篇首则后必顾之，在篇末则前必注之，在篇中则前注之，后顾之。顾注，抑所谓文眼者也。"也就是说，文眼是文章的精神凝聚点，能点出文眼，就是读懂文章的一个标志。同理，进行古诗教学，教师能引导学生发现诗眼，读懂诗眼，古诗教学就能有效而精彩。

儿童写作的"技"与"真"

1

统编教材六年级下册第三单元为"习作单元"。我关注教师在处理本单元的教学时，无论是对单元中的两篇精读课文、两篇习作例文，还是习作（让真情自然流露），注重的都是写作方法的总结、提炼与指导。通过整个单元的学习，学生知道了"利用具体事例表达情感；通过动作、语言描写表达情感；借助内心独白抒发情感；直接发表议论、看法；借景物描写间接抒情"等具体的写作方法。当然，这些写作方法的指导并不是教师直接告知，而是借助单元里的精读课文、习作例文及教师出示的学生习作，引导发现、总结而得。因此，我不否定教师对本单元中教材的解读与处理。但是，我们会发现，教师在"习作单元"教学中，注重的是儿童写作在"技"这一层面的传授。

部分教师认为，习作教学中，教师有什么样的方法教"下去"，学生就有什么样的习作交"出来"。这样的观点，我是反对的，因为观点过于绝对，没有真正意识到儿童习作表达的精彩其根本是什么。原《小学语文教学大纲》指出："小学生作文就是练习把自己亲身经历的事情或把自己看到的、听到的、想到的内容，用恰当的语言文字表达出来。"人民教育家叶圣陶先生曾说："在作文教学中，首先要求学生说老实话，绝不容许口是心非、弄虚作假。"言下之意，就是要求学生把所见所闻、所思所感用自己的话真实地表达出来。可见，关于儿童写作，叶圣陶先生强调的是一个"真"字。这正是儿童写作的最重要特征：真人、真事，写真话，表真情。至于具体的写作方法，不是靠教师传授，而是需要儿童在大量的写作实践中自悟自得。正如叶圣陶先生所说："作文不该看作一件特殊的事情，犹如说话，本来不是一件特殊的事情。作文又不该看作一件呆板的事情，犹如泉流，或长或短，或曲或直，自然各异其致。我们要把生活与作文结合起来，多多练习，作自己要作的题目。久而久之，将会觉得作文是生活的一部分，是一种发展，是一种享受，而无所谓练习：这就与文章产生的自然程序完全一致了。"

2

日前，我听了教师窦昕讲的一节关于《三国演义》的大语文课。课中谈到关于小说和散文两种不同文体的区别。他指出：小说的特征就一个"假"字，因为小说是作者虚构的，其故事情节是源于生活，又高于生活；散文的特征就一个"真"字。小学生写的记叙文属于叙事性散文，强调写真人真事，说真话，表真情。事实上，小学生的生活体验不丰富，不真切，要完成教师布置的记叙一个人、一件事或一处景的任务，总觉得无从下手，即使写出一些文字，也会觉得无趣无味。相反，教师要是让学生去写小说、童话之类的作文，他们总能洋洋洒洒，一气呵成，因为小说、童话类文体可以虚构，任学生大胆想象，甚至天马行空。

儿童写作表达的核心是一个"真"字。要实现"真"，就得需要学生拥有真实的体验，收获真实的感受，充满真实的感情。我们会发现，有些主题的儿童写作表达，不是所有学生都有着真实的体验、感受和感情，需要教师为学生创设具体的体验情景，让学生在具体情景中真实体验、感受。如此，学生笔下就会流淌出真文字，流露出真情感。

小语名师管建刚和著名主持人崔永元合著的《儿童作文与实话实说》，

封面上有句醒目的话："一说真话，儿童就会写作文！"此处强调"说真话"，就是指让儿童说实话，让儿童说真话，让儿童说心里话。对于这个观点，我十分赞同。在小学语文教学中，大部分教师一直渴望寻求作文的"技"，而忽略了儿童写作里最重要、最核心的一个字——"真"。

3

我的小侄子洪安珂读四年级，写了篇《我的家乡》的作文给我看。这是一篇记叙文，描写的是小作者家乡一年四季的美景。小作者随爸爸妈妈到城里读书，每年回家次数变得少了，但是小作者对家乡四季美景的赞美和想念之情依然流淌在每一行文字里。

我的家乡叫什么？先不告诉你，她坐落在依山临水处的一个小村庄，风景优美，四季如画。

春天，鲜花盛开。田野里、菜地里，金黄的油菜花在碧绿的叶片的衬托下，分外耀眼迷人。微风轻轻吹拂，油菜花扭动着婀娜的身姿，像无数身穿金色衣裙的少女在自由起舞。蜜蜂飞进飞出，正忙碌着汲取甜甜的花蜜。院落里、小河边、茶树林里的桃花也赶趟似地怒放着。火红色、粉红色、淡粉色交融在一起，放眼望去，又是一片仙境般的花海。沿着小河边整齐站立的垂柳长出了嫩绿嫩绿的新叶。你瞧，她们正对着清澈的河面欣赏着自己长长的秀发呢。五彩缤纷的鲜花，碧绿碧绿的树林，再加上家乡独特的粉墙黛瓦，简直就是一幅天然水墨画。

夏天，绿树成荫。知了在树上拼了命似地欢唱。池塘里，碧绿的荷叶衬托着粉红的荷花，如亭亭玉立的少女舞动着轻盈的身姿。成群结队的青蛙在荷叶下嬉戏打闹。夏天的晚上是最有意思的，神奇的萤火虫背着银黄色的小灯笼在村口处，在小河边，在竹林里，在庭院里自由飞舞。地上无数萤火虫的亮光，似乎跟天空中闪烁的点点星光遥相呼应。站在家乡门前的小院里，我常常注视着那一只只飞动的萤火虫的亮光独自发呆，也常常仰望着天上的星光，情不自禁地喃喃自语。

秋天，田野里的稻穗谦虚地低下了头。远远望去，像铺上了满地黄金。村里的大人们，望着这沉甸甸的稻子，脸上乐开了花。院子里，爷爷在我还没出生时就栽种的桂花树就像一个大香包。站在院子里，不需要片刻，你就会满身带香。难怪奶奶常常亲着我的小脸蛋儿说："我家珂珂长得又白又香。"我笑着对奶奶说："奶奶您也香，爷爷也香，我们整个屋子都香。"奶奶不明白地问我："怎么说？"我没有回答，用手指了指院子里的那棵桂花树。这时，只见奶奶呵呵地笑了。

冬天，只要下大雪，家乡是最美的，因为你一定会对雪后的小山村迷恋。你可能不会相信，我也不想解释。但有一点，请你记住，我的家乡叫"龙宅"。听着这名字，你就会想象着大雪飘飞下的"龙宅"会是怎样的人间仙境。

我慢慢长大，随着爸爸妈妈去城里读书，一年里回到家乡的机会少了许多，但我常常在自己的梦里见到她——我的家乡"龙宅"。

我的老家和小侄子的老家不到两里之距，都是坐落在大山里。当我读着《我的家乡》一文时，文中描写的处处景色如同放电影般在脑海里一一呈现。因为所有的描写都是真实的，真实就会让读者有一种身临其境的感觉。我问小侄子："你是怎样把家乡写得这么好的？能说说用了什么方法吗？"小侄子就回了一句话："我也不知道自己用了什么方法，家乡在我的印象中是怎么样，我就怎么写。"小侄子哪里知道自己所言，就是儿童写作的"大法"：是怎么样，就怎么写，即写真话，表真情。其实，当细读习作《我的家乡》后，会发现文章里面有着许多写作方法的运用。文章的开头与结尾运用了首尾呼应的写法；文章第2~5自然段按一年四季的时间顺序来写，同时四个季节的描写做到有详有略；对家乡四季的描写抓住了具体季节里最典型的景物描写，运用了比喻、拟人等方法；等等。我们会发现，小侄子在作文中运用的写作方法根本没有进行有意识的琢磨与运用，而是因自己坚持"写真话，表真情"后自然实现了运用。

面对儿童写作的"技"与"真"，教师怎么去科学对待？不妨先看看两位一线语文教师的观点。

青年教师饶岚认为：教儿童写作，特别是在小学阶段，应该更着重鼓励儿童写出真情实感，鼓励儿童去关注生活，去思考生活中的真实，因为技巧可以慢慢磨炼，只要有话说，愿意说。如果对儿童的真心不给予积极评价，儿童就不愿意去写或写出千篇一律的东西。

特级教师赵红英认为：如果不贴近儿童生活，技巧就成了套路；不讲究写作技巧，缺少剪裁、取舍，真实的生活可能就成了流水账。

儿童写作中，教师不能排斥写作方法的指导，只是要在"技"与"真"之间找到最佳的融合点。

4

青年教师刘余在习作指导课《让真情自然流露》中，引导学生列提纲。如下：

> 开头：妈妈给我买了一只心爱的小狗，我非常喜欢。（开心）
> 中间：小狗丢了，我回处寻找。（焦急）
> 结尾：小狗终于找到了。（喜出望外）

教师又出示学生习作《寻狗记》。我们发现，学生习作的表达挺精彩，习作内容跟提纲是一致的。此时，内心不免有些许隐忧。为什么？担忧在今后的儿童写作中类似《寻狗记》的复制品会大量出现。听课过程中，我就在思考：寻狗，首先是丢狗，丢狗的心情只有焦急吗？发现丢了，应该是难过；到处找，找不到，应该是焦急；边找边回想起自己和小狗共处的情景，应该是更难过；找了好久，还是没有找到，心想再也找不到，应该是害怕且伤心。再看结尾，一定是找到了小狗吗？如果是找到了，定是喜出望外；如果是最终都没有找到，则是失望、难过；如果是找到了，但见到狗儿的尸体，则是难过、伤心；如果是找到了，但狗儿已是浑身受伤，则是难过、心疼。因此，儿童写作强调一个"真"字，用真实的语言去描述真实的情景，表达真实的感情，儿童习作才能精彩。否则，学生即便拥有一脑袋的写作方法，于儿童写作而言，也无济于事。再次强调，我不否认写作方法的指导，正如叶圣陶《落花水面皆文章——叶圣陶谈写作》一书的腰封上写道："写作不是一件顶难的事，找到方法，提笔就可作文。"我以为，写作是一件熟能生巧的活儿，但是，强调儿童写作之"真"才是根本。

弱水三千，只取一瓢饮

——兼谈青年名师林通《青山处处埋忠骨》课堂教学

1

教学中，我常常会发现课堂教学容量太大，别说是学生，就是让听课教师都有一种喘不过气来的感觉。面对太多太多的解读，太多太多的"精彩"，教师没有取舍的勇气与智慧，想面面俱到，其结果往往是"面面不到"，浅尝辄止，"重点不重"。如何改变这样的课堂教学局面，就需要教师有着"弱水三千，只取一瓢饮"的解读及处理教材的智慧与意识。竹霞飞在《教材无非是个例子——浅议课文的取舍》一文中指出，能对教材做取舍，确立上课的重点，是语文教师应该具备的能力。语文教师在做具体的教学设计时，一方面要钻研课标，把课标中规定的知识点、能力要求落实到每个教学环节之中去。另一方面要钻研教材，把握教材的知识体系与人文体系，浓缩、提炼课文内容，确定教学内容，形成自己的教学语言。作为教师，如何用智慧取舍教学内容，就要求教师能够创造性地使用教材，确立新的教材使用观，把"教教材"改为"用教材教"。

2

青年名师林通执教《青山处处埋忠骨》一课，给大家提供了可行范例。

"导入新课"环节，教师板书课题，引导学生读课题。为了让学生把课题读好，教师先范读，结合课题特点提醒学生要读出停顿，读好节奏。整个环节，清简有效，没有绕圈，没有余话。

"初读课文"环节，教师出示要求：自由朗读课文，把课文读正确，读流利，读完思考：课文的两个部分分别写了什么内容？教学中，教师的教学指向明确，学生就能在具体要求下，带着具体问题去读课文，去思考。在交流反馈中，教师引导学生对本课生字新词进行扎实有效的学习后，进一步引导学生理解、概括出课文中两部分具体所讲内容。

"细读课文"环节，教师非常有智慧，只选择"第一部分"作为本节课的重心来进行设计与教学。教师再次明确学习要求：默读课文，找出描写毛主席动作、神态、语言的句子，体会人物内心世界。具体的教学中，教师又重点选择第4自然段中的部分句子引导学生学习。

岸英是毛主席最心爱的长子，毛主席在他身上倾注了无限的父爱。当年，地下党的同志冒着生命危险找到了岸英，把他送到毛主席身边。后来岸英去苏联留学，回国后毛主席又亲自把爱子送到农村锻炼。那一次次的分离，岸英不都平平安安回到自己的身边来了吗？这次怎么会……"岸英！岸英！"毛主席用食指按着紧锁的眉头，情不自禁地喃喃着。

也许你会质疑：第一部分中彭德怀总司令的信还没有学呢？为什么不学呢？原因有二：其一，本单元的语文要素是"通过课文中动作、语言、神态的描写，体会人物的内心"。教师从这些句子中选择的"'岸英！岸英！'毛主席用食指按着紧锁的眉头，情不自禁地喃喃着"一句组织教学非常具有典型性。其二，教师知道清楚定位课堂教学的"起点"。正如特级教师薛法根提出的阅读教学"三不教"：学生已懂的不教，学生能自己学懂的不教，教了学生也不懂的暂时不教。也就是说，教师要"教"在学生知识能力的发展点上，要"教"在学生思维的最近发展区。

课堂教学中，林通是怎样有效组织教学的呢？第一步：重点出示"'岸英！岸英！'毛主席用食指按着紧锁的眉头，情不自禁地喃喃着"一句，引导学生从毛主席的语言"岸英！岸英！"同时结合"情不自禁地喃喃着"进行理解与体悟。毛主席反复喊着爱子的名字，而且是连续不断地低声喊着名字，足可见他听闻儿子牺牲时内心的无比悲痛。第二步：引导学生从毛主席的动作、神情去理解、体悟。一个"按着"，一个"紧锁的眉头"，足可见毛主席内心的悲痛、伤心，甚至痛不欲生。当学生在教师的引导下，抓住文中对毛主席语言、动作、神情的描写，体会出他内心对儿子的爱，对失去儿子的无比悲痛，再进行朗读，其效果是必然的。第三步：教师引导学生联系前文——"岸英是毛主席最心爱的长子，毛主席在他身上倾注了无限的父爱。当年，地下党的同志们冒着生命危险找到了岸英，把他送到毛主席身边。后来岸英去苏联留学，回国后毛主席又亲自把爱子送到农村锻炼。那一次次的分离，岸英不都平平安安回到自己的身边来了吗？这次怎么会……"想象着毛主席的内心。我们会发现，毛主席可能在想，以前去留学，去农村锻炼，都回来了，怎么这次就回不来了；可能在想，岸英从小吃了很多苦，自己一直没有尽到父亲的责任。如此，教师引导学生联系前文的语言描写，对毛主席内心的体会就变得更丰厚、更饱满。同样，有了教师引导学生联系前文体会毛主席的内心，学生在朗读文本语言时，情感就能充分流露。

青年名师林通的课给我们最大的感受就是轻松而扎实，灵动而智慧。试想，在课堂教学中，教师对教材进行这样智慧的取舍并组织教学，学生怎能不对课堂充满期待呢？

3

无独有偶，特级教师王崧舟在解读《匆匆》一课时，让我们见证了他的智慧与格局。

统编版六年级第三单元是"习作单元"，《匆匆》是这一单元中的一篇精读课文。无论是统编版教材，还是昔日人教版教材，教师对《匆匆》的教学大同小异，特别是在教材内容"取舍"上总是难以"逾矩"，不敢越雷池半步。《匆匆》全文5个自然段，段段必覆盖，必涉及，在教师眼中，这是朱自清的经典之作，哪一段不组织学生学习都觉得是一种遗憾。

王崧舟是一位智慧型教师。他巧妙地抓住课文第1、第4、第5自然段，引导学生抓住其中的每一处"问"来理解、来体会、来感悟。

……但是，聪明的，你告诉我，我们的日子为什么一去不复返呢？——是有人偷了他们吧：那是谁？又藏在何处呢？是他们自己逃走了吧：现在又到了哪里呢？

……

在逃去如飞的日子里，在千门万户的世界里的我能做什么呢？只有徘徊罢了，只有匆匆罢了。在八千多日的匆匆里，除徘徊外，又剩些什么呢？过去的日子如轻烟，被微风吹散了，如薄雾，被初阳蒸融了。我留着些什么痕迹呢？我何曾留着像游丝样的痕迹呢？我赤裸裸来到这世界，转眼间也将赤裸裸地回去吧？但不能平的，为什么偏要白白走这一遭啊？

你聪明的，告诉我，我们的日子为什么一去不复返呢？

前前后后十一次问，有作者的设问，有作者的连问，有作者的疑问，有作者的追问，等等。在一次次的疑问中，有表达了作者内心的不安，有表达了作者内心的紧张，有表达了作者内心的害怕，有表达了作者内心的后悔，等等。为什么王崧舟能从这十一个问句里读出隐在的文章表达"秘妙"——体会文章是怎样表达情感的呢？这就需要教师在准确定位单元功能后对文本进行深入解读及处理。其实，课文后的"练习2"，已反映出编者的意图："课文中有两处使用了一连串的问句，找出来读读，说说表达了作者怎样的内心感受，体会这样表达有什么好处。"面对"练习2"，大部分教师依然习惯于过去解读《匆匆》一课的思维定式，即引导学生感受时间匆匆而过，一去不复返；感受一个人拥有时间的微乎其微，一滴水滴在大海里；感受时间匆匆而过之快，稍纵即逝。教师始终跳不出固化的思维模式，自然能看到、能看清的也就是大家熟知并习以为常的"东西"。

4

"删繁就简三秋树，领异标新二月花。"教师进行教材解读，需要智慧与勇气，而这种智慧与勇气必须建立在教师对单元功能的准确把握与定位的基础上，否则，一切文本解读不能服从、服务于单元功能的实现，教学就会低效甚至无效。华东师范大学崔允漷博士说："教学有没有效率，并不是指教师有没有教完内容或教得认真不认真，而是指学生有没有学到什么或学生学得好不好。如果学生不想学或者学习没有收获，即使教师教得很辛苦也是无效教学。同样，如果学生学得很辛苦，但没有得到应有的发展，也是无效或低效教学。"我们的教师若能像王崧舟、林通一样进行教学，学生定会对学习兴趣浓厚，充满期待，教学就能有效甚至高效发生。

第三章　真情体悟篇

故事何止一箩筐

　　妈妈躺在床上，微闭着双眼，我则在旁边写着一件又一件和她之间的故事。

　　小时候，一到夏天，妈妈就要开始计划着给一家人做新布鞋。七八月，妈妈中午是不休息的。外面太阳炙烤，她就在家里搓着纳布鞋底的小麻绳。没过一段时间，妈妈搓的小麻绳便挂满了整面墙壁。妈妈搓绳的时间里，我也没闲着。要么注视着小麻绳在妈妈大手的搓动下一点点变长，要么替妈妈反反复复地数着挂在墙壁上的小麻绳的根数，要么在一旁学着妈妈的样子一本正经地搓起来。搓这种小麻绳要把细小的麻条放在大腿上，手上沾点水，再在大腿上来回搓动。我尝试了才知道，没有几个来回，我小腿上的皮肤就渗出许多小红点。妈妈怕我伤到了手和腿，劝我不要再搓。可我总是疑惑，为什么妈妈的大腿却像没事儿似的。后来才知道，妈妈是搓久了，搓小麻绳的大腿处早已长起了厚厚的茧。

　　妈妈给一家四口人做布鞋，相比于搓麻绳，纳鞋底才是最吃力的。每一双布鞋底都是用许多布头、布条层层叠铺起来，厚厚的，都在十厘米左右。就是这样厚的布鞋底，妈妈要一针一针地穿透它，让小麻绳一次一次地穿过布鞋底，再死死地捏紧鞋底。四双鞋底全部纳完，要花去整个冬天的每一个夜晚。许多次在我半夜醒来时，依然看见妈妈在昏暗的灯光下纳着鞋底。当你细瞅那一双双刚纳完的白布鞋底，就能看到留在上面的一处处浅浅的血迹。那都是妈妈在用针穿过鞋底时，用力过猛，被针刺到手，或是用力拉小麻绳时手上渗出的血迹。

过年了，全家人都穿上妈妈做的新布鞋，在乡间的石板路上行走、奔跑或跳跃，既舒适无比，又洋溢着浓浓的幸福感。对于妈妈做的布鞋，我们都很珍惜。即便等到次年过年再穿上妈妈做的新布鞋，我们都舍不得丢弃头年的旧布鞋。

慢慢地，我也长大了，一到暑期，就会随着妈妈到田间地头干农活儿。暑假开始后十天左右，迎来农村的"双抢"时节。烈日炎炎，我和妈妈在离村子不远的秧田里拔着秧苗。整整一上午，我们各自拔了满满一担秧。我家的田在大山里，离秧田有七八里的路程。吃过中饭，我就和妈妈每人挑着一担秧前往田里。为了让妈妈稍微轻松点，就悄悄地把妈妈担子里的秧拿了五六捆放在我的担子里。妈妈看见了，硬是拿回去，还从我的担子里多搬了几捆。就这样，我和她争来抢去的。村里人经过看着我们母子俩，都一个个笑了。

前往自家田的路上，由于我个子不高，挑满满的一担秧苗经过下岭时，就发现担子前面的秧苗已悬空，后面的秧苗还抵着岭上的台阶。我就这样踉踉跄跄、跌跌撞撞地从岭上下来。一路上，妈妈挑着担，直着膀子走在前面；我弓着背，吃力地紧随其后。

妈妈插秧可是一位好手。她能一次插八行，一手拿秧苗，一手插秧。整个左手握秧、分秧，右手取秧、插秧的过程，她几乎不用看，完全是凭感觉完美地做着一切。我毕竟比不得妈妈，就插六行。即便这样，没过一会儿，我就被妈妈甩得老远，而且六行秧也是插得歪歪扭扭的。妈妈看了看，鼓励着我，指导着我。为了赶上妈妈，我一鼓作气，根本不再关注秧苗插得直不直，一味图快。就算如此，妈妈开始插第二个回合时，我的第一回合还有四分之一没有完成。可恶的牛蝇在我的身边嗡嗡飞蹿，突然感觉它停在我的背上。我竭尽全力猛拍下去，牛蝇便一命呜呼。

到了八月，我又随着妈妈去挖茶山。有农谚："七月挖金，八月挖银，九月十月不挖就不是人。"因此，八月的婺源乡村，漫山遍野都是挖茶山的身影。八月酷暑，挖茶山的确不是一般人能做得下来的。我们扛着锄头，去离得较远的茶山，顶着烈日步行走七八里路。来到杂草没腿的茶林中，挥起锄头一锄下去，就感到汗水从身体里涌出来。片刻，身上的衣服已被汗水浸透。妈妈看到我热得难受的样子，不停地用嘴对着天空呜呜地叫着。这是农村里老辈人呼唤风的一种传统做法。说来也怪，妈妈的几声长长的呼叫，空中果然吹来了阵阵凉风。虽然风里含着热量，但也是够舒爽的。

来到一处，我们总要把这一处的茶地挖完才会回家。因此，每一次为了让妈妈少干点儿，我就拼命地挖。我想，只要我多挖些，妈妈就会少挖些。为了图快，我挖茶地的质量就明显差了些。妈妈教我怎样更好地挖地、整地。我嗯嗯地点头，但还是把挖得快放在第一位，宁可等自己全部挖完再去整理一番。妈妈常常对我说："干农活儿，就是用汗水换命呀！"每到一处茶山挖地，我们不知要喝多少水，也不知要出多少汗。即使这样，那样的日子，我们也觉得苦中有甜。

后来，妈妈由于干农活儿时出的汗太多，又常常是汗水浸湿着眼眶，导致她眼角的息肉慢慢地向黑眼珠处延伸，影响到她的视力。起先，她被安排在县人民医院手术，可是手术后没有很好地恢复。我决定带着她到南昌大学第二附属医院（简称"二附院"）诊治。那时候，我自己都没有到过南昌，一附院（南昌大学第一附属医院）、二附院根本不知道在什么地方。

下了汽车，我们走在八一广场上。印象最深的就是那两幢并排而立的高楼大厦。我一路走，一路问。走了好久，才找到一附院。后来，在朋友的带领下，我们又到了二附院。当时，天已很晚，我和妈妈找到了离二附院不远的一个酒店入住。我们订了一个标准间。晚上，妈妈翻来覆去，始终没有入睡。她坐起来，悄悄地对我说："儿呀。像我们这样一男一女住在同一间房子，警察会不会抓？"我望着妈妈，笑着说："老妈呀，我们是母子呀！放心吧！"见我这般解释，妈妈才放心地躺在床上入睡了。

有人说，你和你妈妈之间的故事，足有一箩筐。我幸福地说，何止一箩筐？于我而言，那是自己永远的回味与记忆。

智星像妈妈

　　那天，当我打开手机时，我看到南昌市东湖区教科体局党委书记给我发的一条短信。内容是这样的："智星像妈妈。像妈妈好！"我猜，一定是书记在博客里看到了我和妈妈的合影。的确如此，从遗传的角度来看，我的相貌更多地像妈妈。妈妈也常常对我说："儿子像娘，挣钱大王。"这话总让我偷着乐。

　　妈妈是个文盲。儿时的她只读过几回夜校，便弃学到生产队里挣工分。虽是文盲，但她总希望自己的子女长大后成为读书人，凭借知识立足于社会。如今，当她看到自己的子女有了出息，成为有文化的人，内心不知有多自豪。

　　我像妈妈，绝非仅仅长得像妈妈，更是因为自己从小在妈妈潜移默化的影响与教育下，逐渐成长为像她一样的人。

　　妈妈的孝顺是出了名的。在农村，没有几家婆媳是不争吵的，妈妈却从来没有跟自己的公婆红过一回脸。爷爷、奶奶在世时，逢人就夸我的妈妈是一个打着灯笼都找不到的好媳妇。奶奶十几年前就去世了。奶奶去世前大小便失禁，即使是这样，妈妈也从未有过半点嫌弃。每一回，妈妈把奶奶换下的一盆盆衣裤端去池塘边洗时，村里的人都说："这么脏的衣裤你也洗呀！可以让她的女儿回来洗呀！"面对村里人的话语，妈妈只是笑着，没有丝毫理会。奶奶大小便失禁近两年，妈妈就这样默默地洗了两年。奶奶在去世前的日子里，握着妈妈的手说："我家这个媳妇胜似亲生闺女！好人有好报！你也会幸福的！将来你的子女也会像你一样孝顺你的。"奶奶慈爱地望着妈妈，妈妈也会心地望着奶奶。

妈妈在奶奶的心里像亲生闺女，在爷爷的心里更是如此。去年上半年，耄耋之年的爷爷双脚难以独自行走。卧坐的时间越久，爷爷的反应表现得越迟缓。爷爷素来是个特讲究的人，即使这般，依然是白衬衫、黑长裤、黑皮鞋，腰间总严严实实地系着皮带。到了后期，爷爷这边自己解着皮带，那边大便就拉到了裤子里。那回，妈妈从池塘里洗衣回来，脚步刚迈到大门口，就听到堂厅里的爷爷在喊妈妈的名字。妈妈三步并作两步地跑进家门，迅速把爷爷的裤子一条条脱去，为爷爷擦洗得干干净净。起初，爷爷似乎觉得有点难为情，毕竟是自己的儿媳妇。可妈妈附在他的耳旁喊："没什么的，您就把我当作自己的亲女儿吧。"听妈妈这么说，爷爷那双慈爱的手不停地摸着妈妈的脑袋，那样子像是一对亲切无比的父女。爷爷在妈妈的精心照顾下，舒舒服服地躺在木椅上后，满脸笑盈盈地说："我家的好闺女。找不到了！找不到了！像这样对长辈丝毫不嫌弃的媳妇，十里八乡都找不到了。"妈妈只是乐呵呵地说："这是我们应该做的！"

妈妈就是这样的人，她没有教我们要如何孝顺、如何尊重，却用自己的言行深深地影响着我们，感染着我们。现在，每每看到我的女儿在生活中表现得特别孝顺的样子，我想，妈妈的言行不仅影响了我，还影响了她的孙女。这时候，我的内心总会漾着浓浓的幸福感。

早些年，家里还种了田。爸爸因一次意外，导致两处腰椎错位，不能挑重担。离家七八里外的一亩多田的播种、收割重担就落在妈妈和我身上。天蒙蒙亮，妈妈和我就开始在村边的秧田里拔秧。吃过中饭，妈妈和我又顶着烈日各自挑着满满的一担秧苗前往大山里插秧。为了让我少挑点，妈妈特意从我的担子里搬过去许多捆秧。一路上，妈妈肩上的扁担都被压弯了。七八里崎岖不平的山路，再加上重重的一担秧苗，等到了那里，妈妈浑身已被汗水湿透。

歇了片刻，妈妈手把手地教我插秧。她插八行，我紧跟在她的右边插六行。妈妈插得很快。只见她左手握着一捆秧，同时左手食指"踢"秧，右手顺势接秧、插秧，整套动作甚是娴熟。插着插着，妈妈就把我甩得老远了。妈妈抬起头，笑了笑，鼓励说："星仔，插得挺好的！"其实，我知道，自己不仅插得慢，还都是歪歪扭扭的。而妈妈的每个纵行和横行都像是打了方格一样，齐齐整整的。妈妈告诉我："做任何事情，只要不放弃，在做的过程中，边做边想就能成功。"直到太阳完全落下西山，我们才插完那一亩多田。伴着满天的星光，我们一路返家。回到家，我累得像堆泥巴瘫坐在小竹椅上，可妈妈又在厨房里忙碌着。过了不久，我吃到了香喷喷的晚饭。妈妈不管在什么时候，不管做着什么事情，不管遇到什么困难，总是乐呵呵的。

打小，对于我而言，妈妈就像是一本绝妙的经典。她的孝顺、勤劳、乐观，还有许许多多的好品质都影响着我。"智星像妈妈。像妈妈好！"读着这条短信，我从内心深处露出笑颜。

永远的思念

2015 年 10 月 2 日早晨 8 时左右，这是一个令我无法忘却的日子，因为这是我最亲爱的爷爷永远离开我们的日子。跪在爷爷的床前，深情凝望着爷爷慈祥的面庞，眼泪迷住了我的双眼。然而，再多的泪珠，再多的哭喊，也无法让我有丝毫机会听到爷爷那慈爱的声音了。

成长的世界里，爷爷对我的影响极大。爷爷从小跟着自己的父亲学医。《药性赋》《本草纲目》上的中药名称、各种药理、各种药方他都能倒背如流。爷爷告诉我，这种背记的功夫是他打小在他父亲的引导下练出的"童子功"，小时候记得牢，终身不忘。爷爷一辈子行医，热爱医业。遇到疑难杂症，他总要不断思考，不断琢磨。许多在大医院里都无法医治的病，到了爷爷的手中，经过一番望闻问切，居然能够药到病除。这一切，你要是走进我叔叔的家，那满堂的红色锦旗，那锦旗上的"妙手回春""华佗再世"管叫你信服。

爷爷没有念多少书，只是从小跟着自己的父亲四处行医，在自己父亲的直接引导与教诲下，成长为一名乡间郎中。然而，爷爷这一乡间郎中，却是名声在外，经他医治过的各种重病患者真的是太多太多。这可不是我在夸爷爷！

读初中时，家里贫穷，我的母亲便给我煎了六个荷包蛋，让我从周一到周六每天吃一个，补充营养。万万没想到，这油煎荷包蛋一旦过了夜，就会有毒，尤其是过了几天的，毒性就更加厉害。到了星期四那天早上，我发现自己左手腕没有力量拿碗了。为了不丢掉学业，我熬到了周五。此时的我已是双眼圈发黑发紫，左手腕极其疼痛，不肿不红，浑身发烫。班主任看出了事情的严重性，打电话叫来了我的爸爸。爸爸把我接到家里，村里好心的老人见我疼痛难忍，便送来了可治百毒的乡间神草——七叶一枝花，据说是可治百种虫蛇之毒的神奇草药。把碾碎的七叶一枝花的粉末和着水，再用鸡毛轻轻地涂在左手腕处，疼痛便锐减，但片刻之后疼痛重新席卷而来。父亲见状，迅速请来了附近的乡村医师。乡村医师左看看，右看看，实在拿不住病症，最后，猜测着对我父亲说："极有可能是得了骨髓炎，必须到县城的医院进行手术。"蜷缩在父亲怀里的我，一听是要手术，还得切开骨头进行治疗，差点儿吓晕过去。整个晚上，虽然是躺在母亲的怀里入睡，但恐惧感无时无刻不充满了我幼小的心灵。

次日，爷爷从安徽黄山那边一路看病回家，路过江湾，正巧遇见了我的班主任。班主任向我的爷爷讲述了病情。从江湾到老家十六里路，爷爷几乎是一路小跑赶回来的。爷爷的到来，让我有了些安慰。爷爷给我把了一阵子脉，又望了望我黑得发紫的双眼圈和那不红不肿却极其疼痛的左手腕。爷爷肯定地告诉家里人，这不是骨髓炎。爷爷开出了药方，让我的父亲去江湾买了六剂药。

浓浓的药汁被我喝到嘴里，瞬间，一股又苦又腥的味道直冲鼻孔。我强忍着把药喝了下去。第二天、第三天下来，我明显感到自己的左手腕处的疼痛轻了些。母亲也告诉我，我那黑中透紫的双眼圈也退了许多。直到要煎第六剂药时，爷爷悄悄地打开了第六剂药，将里面的什么东西挑了丢掉。这一切，他好像是故意不想让我察觉似的。后来，我的病痊愈了。爷爷告诉我，他在给我的药里下了几味"猛药"。每一剂药里都有两条大蜈蚣，最后一剂，他丢掉的是两条蜈蚣的头。爷爷告诉我，我是因为吃了过夜的鸡蛋才中了毒。而这种毒在我的身体里，最终从我的左手腕内侧的脉门处表现出来——不红不肿，疼痛异常，这属内科中的阴毒。

其实，在我们家族里，小孩子身上有许多病痛是很少去医院的，因为爷爷治疗小孩子的病痛方面更是奇崛。许多病痛到了他手中，一剂见效，两剂好转，三剂根治。

对我而言，爷爷是一本永远读不完的活书！

在爷爷身上，我读懂了孝顺的真义。爷爷是整个村子里有名的孝子。爷爷的父亲是五十岁时才生下他的，属老年得子。因此，父母对他也是百般疼爱，但他对父母的孝顺是堪称楷模的。村里人常常拿爷爷小时候如何对他的母亲的孝顺作为榜样来教育自己的孩子。

在爷爷的身上，我读懂了勤劳的内涵。爷爷中年时，上有老母亲健在，下有妻子、儿女共九人。一家十一口人的生计几乎全靠爷爷一个人。那些年，村里的壮汉为了挣钱，要到十六里外的乡里挑柴油。一担柴油前一桶、后一桶，共两百斤。许多年轻的壮汉一天挑两担已是很不错了，但爷爷一天要挑四担。听大姑姑描述，爷爷当年挑担时，上身一件白色汗衫，下身一条灰色平腿短裤，肩上挂着一条毛巾。

那些年，爷爷是怎样孝顺自己的母亲的，是怎样勤劳地劳作的，我也只是听村里人和大姑姑说起才知道。后来，在我成长的记忆里，爷爷正如我听说的那样，一样的孝顺，一样的勤劳。

老家门口有一块田，约八分地。早年是由爷爷负责耕作的。这八分地，爷爷在这里先后种过稻子、豌豆、甘蔗、生姜、柑树、桃树、梨树。就在这八分地里，哪一种作物更能丰产，似乎都让爷爷试了个遍。印象最深的是那年种豌豆。那豌豆苗被爷爷种得非常茂盛，似乎是铆足了劲告诉爷爷："您对我们这般照顾，我们不快快长大，不结出丰硕的豌豆，都对不住您这位老者。"谁料，直到豌豆苗都长到了齐膝盖高，也不见一朵豌豆花。最终的结果是，爷爷从种子店里买回的是一些公豌豆种子。这一结果，令奶奶及全家人都有些失望、泄气，唯独爷爷一人在静静地思考着。过了几天，爷爷将所有的豌豆苗全挖掉，说是拿来肥地。再过几天，爷爷又在地里种下了甘蔗。不用猜测，爷爷的甘蔗在次年获得了大丰收。

爷爷的智慧不得不让我们折服。顺境，他不卑不亢，与人为善；逆境，他冷静应对，从容不迫。

泪滴顺着脸颊落在了手背上、键盘上。只是这泪滴再多，也无法让我再次见到爷爷，也无法让我再次听到爷爷的问候叮嘱。

永远想念着您的孙儿——和您留着一样发型的孙儿！

心头那份清凉

大暑已至，天气实在是热。吃个早点，遛个菜场，或在太阳底下走上半脚路程，浑身都会冒汗。当然，要是走在阴凉处，再吹来一阵风，那份爽心也是无以言表。

农谚说："六月六，田埂上蒸猪肉。""好汉不挣六月钱。"这些都在讲述着夏季的酷热难耐。我从小在农村长大，能完全体会到农民生活的不易。即便是如此酷热的大暑，农村的田头、地间、河边、山坡、林间，都能看到农民劳作的身影。他们不会因为天热而停下劳作的脚步。对他们来说，时令是要赶、要抢的，收获是最重要的。

在这大暑天里，除了想起乡村农民们顶着烈日辛勤耕作的情景，更想起了昔日在这个时节里割取蜂蜜的往事。在乡村，农民割取蜂蜜是有时间讲究的，一般是在大暑和冬至的时间段。即便一年里的这两个时间段都是割取蜂蜜的好时节，但是更多的还是选择夏季的大暑时节来割取蜂蜜。曾听爷爷说，冬季割取蜂蜜，容易导致蜜蜂因没有蜜吃而逃走。冬季割取蜂蜜，一般只能割取一筒蜂中的一半的蜂窝，另一半一定要留着。否则，蜜蜂即便不逃走，也会因冬季难以采到蜜源而活活饿死。因此，每当大暑来临，我就盼着爷爷割蜂蜜。

爷爷养蜂的时候我还小，对我来说，就是负责吃蜂蜜。爷爷把蜂蜜割取下来，放在厨房的一口大缸里。我常常来到爷爷家的厨房里，舀上一瓢往嘴里塞后，就快速溜走。没想到，溜走时正好经过爷爷养蜂的那一排蜂筒处，只感觉两三只蜜蜂追着我，对着我就是几下。猛感一阵剧痛，我忍痛飞奔回家，拿起镜子找到蜂刺，再从油碗里抓了些许菜油涂抹到被蜇过的地方。没过半晌，后脑勺处的那一刺，已让我的小脖子不能转动；脑门上那一刺，已肿成一个大大的包，影响到我的上眼皮，整个半边脸都成了"猪头"。幸好有一处是刺在我的手臂上，皮厚的我感觉没什么事，涂了菜油后，像抓痒似的。

爷爷后来告诉我："在蜜蜂的蜂筒前不要跑，尤其是吃得满嘴的蜂蜜后，还拼命地跑，蜜蜂不扎你扎谁呢？"

谈到被蜜蜂蜇的事，其实爷爷也被蜜蜂蜇过，而且蜇得还很厉害。一次，爷爷在野外的一棵梨树上发现了一窝刚分窝出来的蜂群。爷爷特别爱养蜂，因此，见到这样的一窝停在梨树上的蜂，他肯定是不会放过，非得把它们装回家不可。爷爷从家里取来装蜂的工具，在里面涂抹了一些蜂蜜，就爬到那棵梨树上。没想到，爷爷刚爬上梨树，整个纤细的梨树就摇晃得厉害。没等爷爷反应过来，几只蜜蜂就冲下来对着爷爷猛蜇。爷爷忍着蜂蜇的疼痛，把装蜂的工具安在整个蜂群的上方。只见爷爷不经意地把扎在脸上、身上的蜂刺拔掉，然后徒手把整个蜂群慢慢地往装蜂工具里赶。我躲在树下的门板后问："爷爷，您徒手赶蜜蜂，它们不蜇您吗？"爷爷边赶着，边对我说："赶的过程，力度要适中，不能让蜜蜂感觉你在向它们发起进攻，它们是不会随意蜇你的。要知道，当蜜蜂蜇了你，它的刺就会留在你的皮肤上，它的生命也就结束了，因为蜜蜂的刺是连着它们的肠道的。"小时候的我，不太明白爷爷说的意思。只见爷爷将整个蜂群赶到装蜂的工具里后，小心翼翼地爬下梨树。他手里捧着装蜂工具，蜂群发出嗡嗡的响声，周围有着近百只小蜜蜂在上下飞舞。

回到家后，爷爷把蜜蜂放进了蜂筒里。他对我说："这窝蜜蜂脾气有点坏。"爷爷让我看他的脸上、手上，才发现已有十几处被蜇。我问爷爷："您不痛吗？"爷爷笑着说："有点痛。但是，已被蜇成这样，如果再不能把蜜蜂成功装回家，不让人笑话？"没想到，我的爷爷也是一个倔强而好强的可爱的老头儿。

　　养蜂人被蜜蜂蜇是正常不过的。后来，我长大了。我家里也养了一筒蜜蜂。一到大暑季节，就要开始割取蜂蜜。这时爷爷年纪大了，爸爸又特别怕蜂。因此，每年割取蜂蜜，叔叔就来帮忙。叔叔割取蜂蜜时需要帮手。这时的我，成了唯一的人选。成为叔叔的帮手，我是又欢喜，又害怕。我是多么好奇呀！蜂筒里的世界到底是怎样的？叔叔是怎样从满筒的蜜蜂群里割取出又鲜又甜的蜂蜜？我又是多么害怕呀！那些蜂要是钻进我的上衣，钻进我的裤腿，钻进我的耳朵，钻进我的鼻孔，怎么办？

　　叔叔来了，见我穿着长衣、长裤，还把衣袖和裤腿扎得死死的。他笑着说："万一有蜜蜂爬进了你的上衣和裤子里，再又爬不出来，就只能蜇你了。"再看叔叔，光着膀子，只穿了一条短裤。我学着叔叔，也穿了一条短裤。

　　准备割取蜂蜜前，要把家里的每一处电灯都关掉，因为有灯光，蜜蜂就会乱飞。我和叔叔只带了一个手电筒，来到了二楼。叔叔双手抱了抱蜂筒，高兴地说："呀！好重！这筒蜂蜜足足有三十斤！"叔叔极其小心地把蜂筒抱到楼板处，再把整个蜂筒翻了个底朝天。只听到嗡的一声闷雷般的响声，有些叫人毛骨悚然。整个蜂群似乎都被惊动。我借着手电筒的亮光，第一次见到了里面的真面目。蜂窝一层一层的，均匀有序地排列着。每一层蜂窝都被无数只蜜蜂围着、护着，急速扇动着翅膀。整个蜂筒都快满了，难怪叔叔说，这筒蜂蜜足足有三十斤。片刻，叔叔就用一个竹篾编织的斗笠严严实实地盖在蜂筒上，用手轻轻拍打着蜂筒。

　　由于手电筒的亮光，已有几十只蜜蜂在我们周围乱飞。它们发出嗡嗡的叫声，令人感到紧张甚至害怕。只听到叔叔用嘴对着自己的手臂猛吹，估计是有蜜蜂停在他的手臂上。就在这时，我也感到有蜜蜂停在我的手臂和肚皮上。我害怕地告诉叔叔，叔叔对我说："别动，别去碰它。它自己会飞走的。你一动，说不准它还会蜇你。"果然，小蜜蜂在我的身上停了停又飞走。片刻，又有几只停在我的身上。庆幸的是，一次也没有扎我。真是有惊无险！

　　即使是在大暑的日子里，叔叔也会留下三分之一的蜂窝不割。如果全割，就容易导致蜜蜂没有蜜吃而逃走。割完蜜，叔叔又把蜂筒放在竹篾编织而成的斗笠上，轻轻地拍打斗笠。很快，整个蜂群全部回到了蜂筒里。这比把蜜群从蜂筒里赶出来要快得多。

我和叔叔分别捧着一大脸盆蜂蜜来到楼下。打开电灯，全家人望着两大盆蜂蜜，甚是开心。有的用筷子夹着蜂窝吮吸里面的蜜，有的直接用手抓着蜂窝快速往嘴里塞，要是慢了，蜜就会流掉。

叔叔告诉大家，那些白色的蜂窝是蜜蜂新做的窝，里面的蜂蜜更是甜中带着鲜味。我夹了一小块白色的蜂窝放入嘴里，鲜美的甜味直沁心脾。那些暗红或棕黑色的蜂窝是有些时间的，里面的蜂蜜甜得有些浓，不是特别喜欢甜的人，喝着就会觉得有些腻。就像我，喝一口到嘴里，到了喉咙处，总难以下咽；而我的爷爷和叔叔就不一样，他们总能喝上一大碗。

整个蜂窝倒入竹篾箕，不能用东西去压、去搅、去捅，要让蜜自个儿从蜂窝里流出。这样的蜜里没有蜂窝的杂质，没有小幼蜂的浆汁，特别纯净，属上等蜂蜜。这样自然过滤一天后，就可以取来器具对整个蜂窝或压、或搅，或捅，整个蜂窝里还会有许多蜜流出来。这样的蜂蜜再经过纱布进行二次过滤，虽算不得上等蜂蜜，但也很有营养价值。这样的蜜拿到市场上去卖，定能被一抢而光。最后，整个蜂窝也不会丢，放在锅里，加入水，慢慢熬煮，形成的还是蜂蜜。这样的蜂蜜经过反复过滤后保存好，年底农村里自家做冻米糖时，加入这样的蜂蜜，能让冻米糖变得鲜美无比。比起市场上在冻米糖里加入白砂糖或是其他糖类，要美味得多。到最后，蜂窝还能熬制成蜂蜡。这蜡可以卖钱，或是自家留着用。

窗后已是热浪滚滚，在这大暑的日子里，想起昔日乡村劳作的情景，想起爷爷装蜂、割蜜的情景，想起和叔叔一起割取蜂蜜的情景，心头不禁如有风儿掠过，惬意无比。

我有四个姑姑

　　以《我有四个姑姑》为题，我就是想表达自己内心的一种甜蜜的幸福。"我有"，显然在暗示着——我有，你可能没有。"四个姑姑"，有一个姑姑疼爱是多幸福呀！然而，我竟有着四个姑姑的疼爱，那又是一种怎样的幸福呢！

　　大姑姑比我整整大二十岁，以前就住在离我的村子约莫三里路的独家村。村里的人种田、挖山、砍柴等耕作来来往往都要经过大姑姑家门口。我每一次到山里去做事来回都会在大姑姑家停歇片刻，尤其返回时，常常在大姑姑家弄些东西补充能量。昔日大姑夫在世时，以做些砖匠活儿，再加捕猎打鱼补贴家用，但是一家五口人的生活也只是勉勉强强地过着。即便是这样，大姑姑每次看到我去，总会想方设法弄点儿东西给我解馋，要么摘点儿自家种的水果给我吃，要么做个鸡蛋饼或鸭蛋饼给我尝。那个年代，能美美地吃着雪梨或蜜桃或红李或枇杷，又或是享受着喷香的鸡蛋饼或鸭蛋饼，简直就是享用人间美味。

　　大姑姑有三个儿子，都比我小。我家有两块小田就在她家的门口不远处。夏夜，我随着爸爸在田边守水灌溉。这时，河里有一个亮光在划动，甚至能听到电鱼时发出的嘀嘀声。我猜，那一定是大姑夫在用电捕鱼。过了好久，大姑夫把竹筏划到了岸边，估计是捕到了大家伙。待我和爸爸准备回家时，大姑姑手里提着一条足足有两斤重的鲫鱼过来，说是今晚就捕到了这条大鲫鱼。他们不打算卖，留给我这个大侄儿吃。爸爸推托了好久，小小的我也表示不要。那时我虽然年纪小，但还是能感受到大姑姑一家人生活的拮据，毕竟他们自己就有三个儿子的生活负担。无论爸爸怎样推托，大姑姑执意要我们把大鲫鱼带回。

二姑姑的村子离得也不远。从大姑姑家顺着河流往下走两里多路，就到了二姑姑家。在记忆里，二姑姑家的生活比较好，因为二姑夫长期跟着他的叔叔在江湾建筑公司做工。记得二姑夫家买彩电回来，经过我家的村子时，村里很多人都来围观二姑夫家的彩电。那个时候，在我们整个村委会的范围里，能买得起彩色电视机的人家也是屈指可数。

二姑夫能挣到钱，所以二姑姑家里总有一些新奇的水果，就像苹果，我打小也是从来没有吃过的。每当到二姑姑家，二姑姑总是直接把我带到她家的物品储藏间里，让我自己拿，有苹果，有香蕉，有葡萄，馋得我心里直痒痒。在二姑姑家里，我总能尝到从未尝过的水果或点心。估计是孩子贪吃的心思在作祟，一有空，我就会悄悄地溜到二姑姑家去玩。这一点，我的那些弟弟妹妹大都如我有着一般的心思。二姑姑对我们这些侄子侄女还有外甥，从来都是倾其所有，毫不吝啬。正因如此，小时候一到逢年过节，我们一群孩子都相邀着前往二姑姑家。再加上二姑夫也是一个从不怕烦的人，以至我们这些小孩就玩得更肆无忌惮。

三姑姑嫁得较远，成年人要是步行前往也需六七个小时。三姑姑给我印象最深的还是未嫁到三姑夫家的那些日子。那时，三姑姑在村委会的一座老宅里开了一个小卖部。老宅子后堂里住着一个疯傻妇女，白天不觉得，一到夜里，不是大哭就是大笑。因此，晚上陪伴三姑姑睡觉就成了我的任务。其实，我也有点怕，但是，三姑姑让我陪伴她睡觉是有奖励的。要么是一颗糖蜜枣，要么是一颗水果糖。有了这些奖励，别说是疯傻妇女，再害怕我也不怕。

后来三姑姑嫁给了三姑夫。他家具体在哪里，我根本不知道。不过，听爷爷说那是一个很远的地方。我一直想象着，三姑姑嫁到的地方可能是一个大地方，像我们的镇上那般热闹。那年正值叔叔家盖新房，三姑夫帮忙干了几天活儿后准备回家。也记不清什么缘故，三姑夫决定带我到他家去玩一趟。这可是我梦寐以求的事。

到了三姑姑家，我才发现，那是一个跟我家差不多的小山村。村前有条清澈的小河，周围大山耸立。一到三姑姑家，三姑姑因好久没见到我这个大侄儿，抱着我欢喜了一阵。然后，从厨房的柜子里取出自制的杨梅干给我吃。杨梅干我素来吃得少。三姑姑提醒我少吃些，会酸到牙。我可没有在乎这些，吃了一个结实。到了吃晚饭时，牙果然不能吃饭。三姑姑泡了一杯白糖水让我喝，还到小卖部处买了几块小糕点给我吃。

第二天，三姑姑带我去她家的稻田边采摘长豆角。三姑姑个子不算高，却很勤快。那田埂上长长的一排豆角藤上挂满了豆角。三姑姑没摘片刻，已是满满一竹篮。晚上，三姑姑做了我最爱吃的蒸豆角，肚子被吃成了鼓鼓的小皮球。

小姑姑比我大十岁。印象中小时候的我常常跟着她、缠着她。不过我实在记不清——小姑姑说我小时候竟惹她，常常把她惹得哭鼻子。爷爷奶奶也是挺爱小姑姑的，有好吃的就留给她。小姑姑也挺疼我，她总分一点或留一点给我吃。其实，我跟小姑姑是最有话可说的，毕竟我们只相差了十岁。

我读中学时，小姑姑在镇上租了地方住。一次骑自行车上学，未想到一根铁丝扎进了脚心。这把小姑姑都急哭了。幸好我被及时送到医院进行包扎，后来就慢慢好转起来。在江湾中学读书时，小姑姑特意去看了我好几次，每次去总会给我带去一些熟菜。有一次送去的是热乎乎的蒸鱼块，对我来说真是解馋。那时读中学，每一周就是吃一种从家里装去的菜，不是酸菜炒豆干就是梅干菜炒豆，因此，读书时能吃上熟菜那是一件稀罕的事。

如今，我已四十六岁，小姑姑、大姑姑分别是五十六岁、六十六岁。于我而言，四位姑姑身体健康，心情愉悦，就是我最大的幸福。当然，即便自己再长大，每每听到姑姑们叫喊我的名字，便是一种无以言表的幸福。

人在杭州

两个月前，我便接到了浙江大学理学部继续教育中心张主任的电话，他邀请我在"千课万人"第二届全国小学"新体验作文"研讨观摩会上进行教学示范。这是一场全国小学作文教学的盛会，如业内人所说，"千课万人"大会上作课的专家、名师都是高手中的高手。

5月8日下午，我踏上了赴杭州的行程。杭州这座城市于我而言并不陌生，它离我的老家婺源更近，乘大巴仅需两个小时，更因在杭州有一大批小语教育界的精英，他们有的是我的挚友，有的是我敬佩之士。我向往着这座拥有无限魅力的城市。

这次在杭州，我待的时间不长，5月9日上午展示完课，与听课教师进行了现场交流，下午便返回了南昌。虽然只有半天的时间，但令我受益不少。我虽然是应邀前去进行教学示范的，但也从应邀前来的其他全国各地的专家、名师的课堂中学到了许多。

进入会场，眼前的一幕令我震撼。昔日，我曾一次次被邀请到全国各地上课、讲学，其会场再大也只不过是一个大型的会议场而已。而这次的会场安排在了浙江大学华家池校区的逸夫楼体育馆里。会场能容纳4000余人。会场中心是上课的场所，四面八方几千双眼睛都聚焦着课堂。

活动定在八点整开始。到了离八点还差一分时，会场正前方的电子屏幕上出现了一个特大的钟，清脆地"嗒嗒"走向八点整。这时，会场一片肃静，只有秒针"行走"时发出的有力声音。时钟最终敲响八下，此时，会场里竟然响起了"千课万人"大会的主题歌曲。曲调铿锵豪迈，一切情景，点点滴滴刻在了我的脑海里。难怪说浙江人有智慧，难怪浙江人成功，他们是那样关注着活动中的每一个细节。于浙江人而言，"细节决定成败"绝不是喊在口中，而是用自己的行动实实在在地实践着。

我和全国小语界的"泰斗"周一贯先生紧靠着坐在专家席上。之前，我没有近距离地接触过周先生，但早年我拜读过他的两本著作，一本是《语文教学优课论》，一本是《小学语文的文体教学大观》。当我跟他谈及早在 2001 年就开始拜读他的作品时，并因他的作品自己快速地成长，先生显然非常高兴。先生满头银发，却鹤发童颜，精神矍铄，思维清晰。我好奇地问："先生，您今年高寿？"先生乐呵呵地说："七十有九了。"啊！我惊愕了。先生的状态怎么看也不像一位七十九岁的老者。如此高龄，身体却如此硬朗，不得不让人羡慕！如此高龄，思维却如此清晰，不得不让人佩服！如此高龄，对小学语文教学依然如此挚爱，不得不让人心生敬意！

上午第二节课是我的展示时间，执教的是《趣味汉字听写》。四十分钟的展示中，我看到了课堂上学生的那份轻松与自信，我听到了观众席上传来的阵阵掌声和笑声。我知道，我的课成功了，孩子们收获了，听课老师认可了。当我回到专家席上，深圳市名师李祖文给我竖起了大拇指，福建省名师陈敏夸我不愧是"智多星"。我欣然坐在周先生的旁边。周先生主动地侧身对我说："你的课非常成功！我学到了许多，也思考了许多。"

我连连摇手，自谦地说："不敢！不敢！先生，请您多多赐教！"

周先生像打开了话匣子似的，如实地评价着：

你的习作指导课给小学生写作如何开拓题材，开辟了一条新路。小学生习作要从内容入手，即先解决写什么——素材。你的《趣味汉字听写》习作指导课，直面当下的现实生活，从汉字听写比赛中找到了引导学生习作的素材。

你的课充满了浓浓的情趣。作文教学要引入情趣元素，不是为情趣而情趣，而是要为写作而情趣。情趣有两类：一类是显性的情趣，一类是隐性的情趣。显性的情趣往往关注的是课堂上笑一笑、开心而已，而隐性情趣关注的是教育意义的存在。你的习作指导课不仅关注了显性的情趣，更关注了隐性的情趣。情趣就是习作内容，就是主题。这一点非常成功，值得在全国习作教学领域中推广。

"你的习作教学体现了完整性，体现了在宏观的写作环境中，选择一个微观的习作片断的教学策略。写作教学设计要切入小，挖得深。这样，教师的指导才有效，学生的练写才出彩。"

周先生如此评价我的课，令我甚为欣慰。周先生的评价语言，也被我在笔记本上详尽地先后记录了两遍。

杭州之行，我没有留恋于西子湖畔的美景，没有留恋于夜晚大街上的霓虹，而是与周先生及全国的一些名师进行了一次次深度的交流。在这里，我们的思想得到了交流，我们的思维得到了碰撞，我们的观点实现了新突破，我们的习作教学研究之路将更广阔。

这里曾流传着一个美丽的故事——许仙与白娘子。故事动情地讲述着"有缘千里来相会"。人在杭州，缘在浙大，认识了周一贯先生，结识了许多志同道合之士。

感恩的心

一个人的成长过程中，总会遇到一些对自己影响很大，甚至是足以改变自己命运的人。对于这样的人，我们总会牢记于心，永不忘却，我们总把这样的人称为恩人，又或是贵人。于我而言，自然也不例外。

回想工作二十七载，凡遇到的每一位校长，又或是同事，我总觉得他们时时、处处引导着我，影响着我。我也总是不断地从他们的身上感受着高尚的人格魅力，从他们的工作中感受着勤恳的工作态度和高超的能力水平。正因为有了这些人的无私帮助和无声影响，自己始终能走在正确的道路上，少走歪路，没走偏路，不走邪路，努力地传递着正能量，为自己心爱的教育事业的发展贡献着力量。

除去在家乡婺源工作的十五年外，在南昌东湖区工作至今亦有十二年整。东湖区俨然是我的第二故乡，我和东湖区教育事业自然结下了深厚情缘。东湖区教育事业取得的进步与发展，东湖区教育事业收获的点滴成果，我都会感到无尽的喜悦与自豪。

我在东湖区教育工作十二载，可谓弹指一挥间。十二年里，对我影响最大、帮助最大、关心最大、支持最大的莫过于区教科体局原局长舒小红。即便她现已提拔为区人大常委会副主任，可我依然喊她"红局"。一是喊习惯了，就不改了，改了倒觉得有些别扭；二是喊"红局"，亲切感就会油然而生。

跟红局的认识可以回溯到十二年前，也就是我首次踏上东湖区教育事业这片土地。十二年前的我，绝不轻意说东湖区教育事业是一片沃土，原因很简单，我不了解她，如果就称其是沃土，岂不是睁着眼睛说瞎话？再说，那可不是我的性格。我来南昌，是昔日的南昌市教研室小语教研员王玲湘向东湖区教科体局推荐的。实话实说，当时的我以为东湖区就是南昌。即便是王玲湘老师推荐，但最终选择来东湖区还是自己的主观决断，因为自己想到省城南昌这个更大的教育熔炉里去锤炼，让自己在语文教学的专业道路上行得更远，走得更好。

第一次来南昌东湖区，第一次在区教科体局见到了"红局"（那时，我称她为舒局长）。我们聊了很久，今天回想，当时聊及的内容已无法"复盘"，但是我和她之间的交流，近乎不觉得是一位教师和一位局长之间的交流。她那种言语中透出的大气、平和、真诚、果敢，是留给我印象最深的。而这一切，也是后来自己在东湖区教育工作十二年里，一次次地从她待人待事中，再次得到见证的。

2017 年 9 月，在"红局"的极力推荐及上级组织部门的任命下，我担任了东湖区教研中心（现改为东湖区教师发展中心）的主任。送干部的那天，"红局"和区委组织部的领导来到东湖区教研中心。我记得很清楚，"红局"在讲话时，她希望东湖区教研中心在我的带领下，能打造一支更有政治觉悟、更有智慧才情、更有战斗力的队伍，希望东湖区教研中心能真正成为东湖区教育发展的智囊团和参谋部。她话语不多，但字字铿锵，声声寄情。

几年来，我一刻也不敢忘记她昔日对我和我带领下的东湖区教研中心的嘱托和希冀。东湖区教研中心取得了一次又一次进步，收获了一个又一个成就。我和我的团队在工作中，都尽心尽力，追求一流，追求卓越，追求完美。遗憾的是，世间哪有十全十美，哪有完美无瑕？我们的队伍曾经历过失误。可是"红局"并没有包容，而是严厉指出：智星，你是怎么带队伍的？"红局"的话如晴天霹雳砸向我的脑门儿。当然，我没有解释，更不会抱怨，而是在反思，这到底是怎么了？

静静回顾着东湖区教研中心这支优秀队伍，为什么关键时刻，冲锋在前的不多？为什么遇到困难，主动挑战的不多？为什么在面对集体和个体利益冲突时，选择集体利益的不多？我想，这就是问题之症结。东湖区教研中心这支队伍专业能力的提升能达到怎样的程度，这一点重要，但不是关键。反而，这支队伍的政治觉悟、政治理论提升更为关键。否则，即便这支队伍专业能力发展再优秀，也无法拥有更大更强的战斗力，也无法获得更多更高的成就成果。为此，我找到了三条路径：一是行政领导班子带好头，事事要求创先争优，做冲锋员，做突击手；二是全体党员教研员时刻不忘党员身份，要把讲奉献摆在前面，要把为区域学校和教师服务体现在工作实际中，要真正做到"平常时刻，看得出来；关键时刻，站得起来；危难时刻，豁得出去"；三是要求相对年轻的、刚调入教研中心的教研员，要谦虚好学，要脚踏实地，要多汲取正能量，要常传递正能量。就这样，东湖区教研中心这支队伍越来越表现出政治硬、觉悟高、能力强、顾大局，真正向着成为东湖教育一流的"参谋部"和智囊团的目标而拼搏奋进。

　　在东湖教育界，大家都知道"红局"厚爱我，但是，"红局"也是曾经严厉批评过我的人。为此，我没有丝毫抱怨，更没有点滴的记恨，而是觉得无比幸运。因为我真正明白，一个能直面地、真诚地批评你的人，才是真正为了你的成长与进步的人。自己之所以把"红局"视为自己工作中遇到的大恩人、大贵人，这也是主要的原因之一。

　　感恩是什么？就是时时记住，就是常常念及，就是在时时记住或常常念及时，内心总会有一种热流涌动周身。能力一般、水平有限、嘴拙脑笨的我，只能敲下一行行真实的、真情的、真诚的文字，以表一颗感恩的真心。

第四章　往事洞悟篇

在"培智"的半天里

在东湖区，有一所特殊的学校——南昌市培智学校。之所以特殊，是因为学校一至九年级的所有学生都有着严重自闭症或脑瘫等病症。新上任的秦校长请我去为他们学校组织的语文教师课堂教学竞赛当评委。在东湖区教师发展中心担任主任以来，还是第一次走进培智学校的课堂，我欣然应下。

那天早上，我去得较早。当我到达培智学校时，学校的领导早已到达学校。在秦校长的办公室里，我和她聊了一些话题。其中一个话题我听后感到特别难以置信。

那是秦校长在培智学校任职不久的一天，她正在学校的女卫生间里。这时，她隔着卫生间的门板听到有声音，显然是一个男孩的声音。秦校长心里犯嘀咕：是不是学校的男生走错了卫生间？毕竟男女有别，秦校长隔着门板默不作声，想趁男孩离开后再站起来。这时，意外竟发生。一个个子在一米八左右的男生拉开秦校长所在卫生间的门板，直接对着她撒尿。讲到这里，秦校长的话音滞了良久，然后说，那刻，她脑子里一片空白，浑然不知所措。万万没有想到，自己正在思考着如何更好地去管理的这所学校时，竟然会发生这样匪夷所思的事情。那一整天，秦校长说自己都是昏昏然的。直至傍晚，办公室里的两位副校长似乎看出了秦校长的心事，便询问情况。交流后，秦校长似乎有些释然，因为一位副校长解开自己衣领说，她的这道疤是曾经被自己的学生狠狠地无端地咬的；另一位副校长挽起自己的袖子说，她手上至今未消退的瘀块是前些日子被学生打的。原来，在这样的一所学校里，面对这群极其特殊的学生，我们长期在义务教育阶段的普通学校里觉得不可思议的事情，在这里时有发生。

同秦校长聊了片刻后，我的心里有些沉重。我为这群学生的不幸感到同情，也对这些默默地长期从事特殊教育的教师心生敬意。

一个上午，我们先后听了三节语文课。第一节课是给八年级学生上的课。当我随着秦校长走进八年级的一间教室，望着眼前的学生，我几乎愣住了。教室里学生虽不多，十七八个，但是，这些孩子有的个头特大。坐在最后一排的学生有一米八多的个儿，体重足有两百斤。我扫视了这群孩子，总觉得他们的模样长得各自奇怪。我坐在了教室的后排。当我正微笑着面对这群孩子时，有好几个学生都转身问我。他们没有我想象中的如"老师，您好！""欢迎老师的到来！"之类的问候，而是"你是谁呀？""你来干吗？""你叫什么名字？"等问题。透过他们的眼神，我看不到丝毫的可爱，反而内心莫名地生出一丝畏惧，甚至害怕他们在没有任何征兆下，对我这个陌生人拳脚相迎。因为他们是一个特殊的群体，一切皆有可能。

这节课的内容不难，就是引导学生在教师创设的情境中学会简单的购物，懂得货比三家的常识。要是在义务教育阶段的普通学校里，别说是八年级学生，这样的教学内容的学习对小学低年级的学生而言也是小菜一碟。一节课下来，教师的课堂教学非常用心，孩子们都有了一些进步。然而，整节课中，我没有过多地思考课还可以怎样改进、完善，思考得更多的是：这些孩子的将来怎么办？因为在培智学校顶多读到九年级。不幸有了这样的孩子的家庭怎么办？当他们的父母健在时，孩子们还会有人疼有人爱，要是到了他们的父母离他们而去的那一天，他们怎么办？在这所学校的老师天天面对着这样的孩子，我们的老师能坚持下来吗？能一辈子始终坚守着这特殊的三尺讲台吗？

听课的那个上午，看着教室里上课的学生和老师，我的内心始终感到分外沉重。上午第三节课是二年级的一节语文课。在义务教育阶段教学中，这样的教学内容是非常简单的。这节课就是教师引导全班七个学生学习

"您好!""再见!"两句简单的问候语。然而,就是这么简单的两句问候语,教师却是反反复复,创新着各种方式指导这七个学生去学习掌握。听课中,我发现教室右边的一学生旁边坐着一个老年男子。听秦校长说这位老年男子是长期在学校陪读的家长。坐在男子旁边的小女孩就是他的孙女。这节课听了三分之一,我才明白了为什么老年男子要来陪读,因为他的小孙女在课上到三分之一时,嘴里就发出一种怪怪的声音。我也不知道那是一种怪叫还是怪笑的声音,因为她背对着我。小女孩嘴里发出的怪声一直持续到下课,即便是她的爷爷在旁边不停提醒或制止,也丝毫没有作用。

那天上午天气不太好,时而黑云遮天,时而惊雷轰鸣。上课伊始,在教室左边坐着一个小女孩,透过她的神情,感觉她还是挺可爱的。老师一次次跟她对话交流,她也非常好地跟老师配合着(义务教育阶段的课堂教学中,我从不用"配合"一词来描述教师与学生之间的教与学的关系,但是在这样的特殊课堂上,用"配合"一词是恰当不过的)。突然,天空一个响雷。因为雷来得突然且响,也着实把我惊到了。雷声刚过,只听见这个小女孩竟哇哇地哭了起来。如果是我平时在课堂上,若遇到这样的现象,我就会鼓励着学生要胆子大些,要勇敢些。而在这样的课堂上,只见上课老师把目光移向教室的左后方。同时,教室左后方的一位老师就自然地走到那位被吓哭的小女孩身旁,一边牵着她的手走到教室后面,一边用心地安慰着。雷声一个紧接着一个,小女孩似乎更害怕,无论老师怎样安慰,她的哭声都没有停下。过了片刻,我好像没有听到了她的哭声。我转身望向小女孩的方向,只见学校的党支部书记正紧紧地把她抱在自己的怀里,那种情景俨然就像一位妈妈正搂抱着自己的宝贝孩子。我曾写过一篇《也谈"师爱"》的文章,主张教师爱学生,不是要像学生的父母一样爱护着自己的学生,而是要求教师不断地提升自己的人格魅力,提高自己的专业能力,然后去影响学生,教导学生。今天,当走进这样一所特殊的学校,我对自己曾经的教育主张陷入了反思。

半天时间过得很快,中午离开时又遇到了滂沱大雨,我向学校借了一把伞。当门卫师傅把一把巨大的黑伞递给我时,我诧异地问:"伞怎么这么大？这是我第一次见过这么大的大伞！"陪我一起来到学校门口的秦校长解释说："这是他们学校专门准备的伞，因为每逢下大雨，他们的老师就用这些大伞把一个个学生从教室里送到前来接学生的家长身边。只有伞够大，才能确保学生和老师都不被淋湿。"

"这就是我们的培智学校！这就是我们培智学校的校长和老师们！对这些孩子的不幸我感到同情甚至忧心，但我更为这些不幸的孩子能遇到这样一个有爱、有情、有义的新时代感到庆幸！"我在心里一遍一遍地对自己说。

跟着成尚荣老师学推敲

  2021 年 12 月 26 日下午，我终于和成尚荣老师在他入住的酒店见面了。邀请成老师来东湖区讲学是一年前就开始筹划的，由于种种原因，近一年的时间，才把成老师请到了南昌市东湖区。

  约莫两点半，我在他入住的房间与他见面了。他外表硬朗，满头银发，丝毫不乱，头微微后仰，特别精神，给人一种青年人的朝气感。我们坐在沙发上聊了片刻，感觉彼此间特别熟稔似的。

  近三点时，南昌师范附属实验小学易校长带着她的团队来到了成老师的房间请教成老师。成老师让我一同参加，帮助出出点子。我很乐意，对我而言，能够亲自聆听成老师的指导，是极其难得的学习机会。

  易校长和她的团队到来，是希望成老师对她们申报的教学成果进行指导。她们申报的成果题目为"革命文化的小学阶段传承与创新实施研究"。这样的题目，显然没有得到成老的充分认可。原因有三：一是"革命文化"的出处在哪里，在成果报告里若没有准确阐述，就会让读者或评委质疑；二是"小学阶段传承与创新"强调"小学阶段"，难道初中、高中、大学就不需要了；三是教学成果的题目中还出现"研究"的字眼，在语言表达上是有问题的。接下来的近一小时，成老师和易校长的团队进行推敲，依次提出了"小学革命文化教育的传承创新与系统化探索""小学革命文化教育系统化传承与创新实践""革命文化系统化传承与创新实践""小学系统化传承革命文化教育与创新实践""铸魂工程：革命文化系统传承与创新实践的小学探索"等。虽然每一次修改与完善都是一大进步，但成老师总是一直在思索，显然，他没有对在他指导下，交流并提出的题目感到满意。成老师在每一次交流中，都表达了许多观点。如，作为教学成果，其成果得具有可复制性及推广应用价值，因此，题目中出现"以某某学校的实践探索为例"是不妥的。因为这一所学校的探索成果，在另一所学校就不一定可推广。如成老师对"革命文化"这一提法特别强调不能无中生有，不能随心而欲，最终当他读到教育部关于印发《革命传统进中小学课程教材指南》的通知，细读里面的内容后，才充分肯定了这一提法。如在题目中"革命文化"前加上"小学"一词，读者会不会质疑？革命文化难道只有小学吗？等等。

我坐在成老师旁边，见他头微微后仰，双眼微闭片刻，最终提出"革命文化系统传承与创新实践的小学探索"这样一个题目。这一刻，成老师的脸上显然拥有满意的笑意。再看大家，无不拍案叫绝，对成老师的智慧与缜密思维佩服得五体投地。

短短的半天，我只作为一个旁观者在静静地听着，不停地把大家的交流成果记录着。这个半天，我觉得自己瞬间成熟了许多，因为从成老师的身上学到了一种最宝贵的东西——对待工作的精益求精。

感冒也是幸福的

年轻的我，乍看谁也不会相信身体会如此单薄。中等身材，略微显得胖，被同事们亲昵地称为"小伙子"的我，却不知何因，流感初始，我就被感染了。我也许就像父亲常说生来体质欠差；也许是因为工作太忙，疏于锻炼；也许是痴心沉迷于自己的事业，总把身体排在事业之后……

第一天，我没有因感冒而影响自己在课堂上进行琅琅的诵读，或时抑时扬的点拨，或深入浅出的引导。我曾对孩子们说："只要是汪老师的课，我要让坐在教室每一个角落里的孩子都能听得清楚，听得明白，要让每一个孩子都喜欢我的课。"真是感冒不饶人。晌午时分，从喉咙里发出的声音就像有人在有气无力地捶着破锣。次日清早，我醒来的第一件事便是急切地想听到自己的声音。"嗡——""唉！糟糕！"因为当天上午，我连续有三节语文课，怎么办？我心里不断地在犯嘀咕，说真的，内心焦急万分。然而，我的表现给人却是万般冷静，因为我在思考，我相信思考才会有所获。

当我捧着书走进教室的刹那间，我心中已有底了。我用嘶哑的声音讲述着每一句话。"孩子们，汪老师因感冒已不能将课文中的优美段落读给你们听，但是，我想请你们到时替我读。到底请谁，暂不决定，也不点名。你们到时可是代替我读给大家听的，所以一定要认真地练读，才不会辜负我的重托。"话音刚落，孩子们个个手捧书本认认真真地读着，看得出他们很愿意为我分忧，看得出他们身上都有着一份责任，看得出他们练读态度的认真、感情的投入。

近二十分钟的反复练读过去了，我示意他们停下来。"我想看看大家练读的效果怎么样？谁先来？"孩子们一个个是那么地想站起来，但又是那么地害怕让我失望。在我的眼光之中有一名学生的屁股已离凳，忽然又坐下去了。为了缓和教室里的氛围，我说了一句俏皮话："屁股动动，表示尊重。"这不，有一名同学终于站起来了。"对，这才叫真正的尊重呀！谢谢！"孩子琅琅地读着："在泰山上，随处都可以碰到挑山工。……货物。""停。如果是汪老师来读，我一定会把声音读得重一些，因为我爱班里的每一个学生。""还有谁愿意？""登山的时候，他们一条……使身体保持平衡。""谢谢！汪老师平时为了把一篇课文或一个片断朗读给你们听，自己要经过反复练读，有时候练读的次数多达二三十遍，直到范读时达到'五不'的效果。"……这样，先后有二十多名学生把课文读完。此时，早读课已下课，看着孩子们那真切的眼神，我拿起粉笔，转过身去工工整整地写了一句话："谢谢你们！谢谢你们对我的关心！"

已经下课了，但孩子们没有像昔日一样，铃声即响，一拥而出。六十七双眼睛深情地注视着我。旋即，一股想倾诉自己此刻心情的欲望催动我再次手握粉笔在黑板上写下了行行心语："顷刻间，我觉得自己是世界上最幸福的人。虽在此时，我患了重感冒，但我的孩子们却纷纷举起小手为我分忧。注视着孩子们举起的双双小手，目睹着孩子们那张张灿烂的笑脸，我的心犹如那三月盛开的杜鹃一样，兴奋！激动！"当我转身注视孩子们时，我知道他们在期待什么。"孩子们，汪老师把此刻自己最想说的话写下来，这就是习作。为了表达我内心的激动，我把自己的心里话读给你们听！""……他们有的平日不太爱说话……"当我读到这句时，身体里一股激动涌上心头，我再也无法控制住自己那幸福而激动的泪水。让它流出来吧！沉默良久，我又继续读下去。在不知不觉中，第一节课开始了，课上孩子们的一言一行都是那么真诚。每当我示意该我读的地方，孩子们总是一个劲儿地抢着读，你看，那站起来的不是一个人，也不是十几个人，而是全班的孩子。下课了，班里那文静的小女孩把一小包用白纸包好的药送给我，看得出，她还没有胆量直接给我并向我说上几句祝福的话，但我却被她的所为感动得连声说谢。

如果说语文课要返璞归真，扎实灵活，还是那八个字——"读读写写，写写读读"，那我的这节因感冒而即兴设计的课却是做到了这一点。如果说语文课要体现新课标的精神，强调工具性与人文性的统一，那么，我的这节语文课不仅使学生体会到挑山工的那种坚持不懈、脚踏实地的精神，还使学生真正体会到关心人是需要付出的，关心人更是幸福的。在此，我何尝又不是再次体会到关爱人的真谛呢？感冒，何尝不是一件幸福的事呢？

那排熟悉的"绿影"

我家楼下每天齐整地停着一列列绿皮火车。一打听，才知道这是南昌铁路局的火车停放场。

最初，因始终都是整整齐齐的，且满满地停放着，我还误以为这些绿皮火车是长年不再使用，或是作为报废品搁在这儿。后来，在几个晚上看见有几列火车缓缓开出，或是缓缓驶入，才知道它们只是暂时性停放。直到年前春运开始，停车场上的"绿影"全部不见了踪影，我心想，这些"绿影"在关键时刻才发挥着它们的作用。

望着这一排排齐整的"绿影"，那些曾发生的和"绿影"紧紧关联的往事历历在目。

我是山里人，小时候在村子里根本不知道"车"的概念。后来，长大一点，到村小读书时，才见到手推木板车、手扶拖拉机，还有那威风凛凛的解放牌大卡车。

至于火车最初只是听爷爷说过。爷爷对我说："火车的速度可快了。火车行驶中，如果一头大水牛站在铁路上，火车能把大水牛瞬间撞得没了影儿；如果有人站在铁路两旁，靠得太近，火车驶过时产生的气流能把人卷入车底。"听着爷爷的讲述，儿时的我内心既向往也害怕。心想，这该是怎样的一个庞然大物。要知道，从小在山里长大的我，素来认为水牛才是体格最大的，也是力气最大的。

在我约莫十岁那年的正月，爷爷和爸爸商量着带我到贵溪市的伯父家走一走。听说贵溪的伯父家那里能看到火车。仅这一点，就早已把我的心勾走了。到了贵溪的伯父家，我就让大表哥带我去看火车。大表哥很热情，带着我们穿过屋后一大片长满松树的丘陵，走了近四里路程，我们到了铁路旁。

虽然没有马上看到火车疾速行驶的样子，可我对眼前的铁路已是感到兴奋不已。什么？就这样！一些碎石上面平铺着一排排厚实的木头，木头上平行铺着两根铁轨。整个铁路的宽度只有老家通往县城公路的一半。铁路就是这样子的？那力大无穷、疾速行驶的火车不会冲出这铁路？我怎么也想不明白。就在我的小脑袋里不停地冒着一个个大问号时，大表哥让我们注意听。"呜——呜——"一阵阵巨鸣声由远而近。那声音远比老家的大水牛的叫声要响、要长，有点让人感到害怕。对我而言，好奇远超过了害怕。很快，一列长长的绿皮火车从我们眼前疾速而过。我们一行人此时离铁路已有两米余远，绿皮火车的轰鸣声，疾速而过发出的风声，还有铁轮子在铁轨上发出的摩擦声，都是我从未听到过的。要不是大表哥提前告诉我，我的魂恐怕都要飞出来了。

在贵溪的伯父家玩的个把星期里，我每天都会和大表哥甚至独自来到铁路边，欣赏着从我眼前疾速而过的一列列火车。要么数着火车车厢的节数，看看哪一列火车更长；要么只盯着那气势磅礴的火车头，心想，这家伙力量怎么这般巨大；要么当火车经过身前时，我也学着火车一般发出鸣吼，似乎要和它比比谁的嗓门儿更大。对我而言，这一切永远都看不厌。有一天，我的心里冒出一个念头：要是哪天自己也能坐一坐这绿皮火车，那该是一件多么值得炫耀的事情啊！

我老家的镇上、老家的县城都没有通火车，因此，坐火车这个念头对我而言，只是一种憧憬。直至1992年，我考取江西省万年师范学校的那一年，我才有幸坐上了绿皮火车。

那时的万年县是有火车站的。我回校，得从老家婺源坐汽车到景德镇市，再从景德镇市坐火车到万年。当然，我们也可以直接从婺源坐汽车到万年，但因为当时我们凭万年师范学校的学生证坐火车是可以买半票的，况且最关键的是坐火车那多稀罕哪！

第一次在景德镇火车站买票，呀！这票跟汽车票不一样，滑亮、厚实而精致。我们每一个人在火车站都得凭票进入车站，再检票上车。程序虽然多了一点，但有一种满满的仪式感。那列车员清一色的制服，和警察制服差不多。上了火车，大家严格对号入座，绝不允许出现谁先上就抢占空位的现象。我环顾了整节车厢，可以坐的位置足足超过八辆在马路上载客的客车。大家四人或六人面对面坐着，中间还有一个可以放东西的小架子。有的人在打牌，有的人在看书，有的人在嗑瓜子。一节车厢里的人虽然很多，但还是相对安静的。

突然，听到"咚——咚——"的声音，应该是火车开动了。真是奇怪！你要是不用心感觉，根本不知道火车已在铁路上疾速奔驰了。这绿皮火车，不仅能跑得这么快，还能跑得这么稳，一切都让我感到不可思议。这是我第一次乘坐火车，既满足了自己打小的心愿，也给我留下了太多的神奇之处。

第二次坐火车是年前学校放假，正值春运。我从小在山里长大，也从来没有到过外面，最远就是儿时到过贵溪的伯父家，还有就是在万年师范学校读书，因此，根本不知道"春运"是什么概念。

学校一放假，我们几个同学就整理好归家的行囊准备坐火车返回。我们到了万年火车站下车，眼前的情景从未见过。整个火车站的售票大厅全部挤满了人。人人都是大包小包的，肩上背的，手里提的，腋下夹的，还有脖子上挂着的，这些行色匆匆的人似乎都铆足了劲，要搬运着一切东西。

开始检票了。显然，检票口没有了平日里的秩序与规矩，大家都你挤我，我挤你，一拥而入。人群里，斥责声、喊叫声、哭泣声，此起彼伏，不绝于耳。当人群进入站台时，火车已早早停在站台旁。每一节车厢那小小的门已远远不够。一小部分人流从车门处挤入，大部分人流都是从车窗户爬进去的。到了车厢里，座位早已没有对号入座，因为除了坐票，还有超过一倍的人都是站票。经过好长一段时间的骚乱，直到火车已经开动，整个车厢里才相对平稳。再看整个车厢里，头顶的行李架上，原本位置中间搁放小物品的平台上，还有椅子底下全塞满了大大小小的包。

经过一段时间的推推挤挤后，我再来看看自己脚下的手提箱，早已不见了踪影。低头细瞅，只见椅子下平躺着两个成年男子。他们是特意钻在椅子底下，相当于坐着特别的"卧铺"号。看他俩，一个已闭着眼呼呼入睡，一个正啃着方便面，似乎在补充着能量。我只能在原地低头四下瞅着自己的手提箱，只见自己的手提箱远远地被压在两个小孩的屁股底下。此时的我，也是挪移不得半步，只能用目光守护着它。

人生第二次坐火车，却感受着跟第一次截然不同的滋味。后来，我再坐火车，再也不敢拿手提箱，而是把所有要带的物件全部装在一个厚实的蛇皮袋里，心想，到了火车上，随你怎么挤，随你怎么扔，我都不再担心。1997年县里派了四位老师到山东济南去听课，我们约好在景德镇市火车站坐车，四人碰面时，他们三位推的都是手提箱，只有我背着一个蛇皮袋。真是"一朝被蛇咬，十年怕井绳"！

改革开放四十余年，国家发展日新月异。昔日的绿皮火车似乎已退出历史的舞台，如今，贯通全国的动车、高铁，还有城市里的地铁、轻轨，飞速发展。当你坐在高铁上，看着书，品着茗，或在键盘上敲打着文字，就像坐在家里一样平稳而惬意。

当我站在阳台上，望着这满眼的一排排熟悉"绿影"，又怎能不勾起自己满满的回忆呢？

将"真爱"进行到底

2015 年 9 月，学校来了三位新老师，都很年轻，二十出头。看着他们那稚气未脱的神情，我不禁想起自己当年从师范毕业刚参加工作的情景。说实话，他们比我们那时幸福多了。刚参加工作，他们就能在邮政路小学这样一所响当当的名校里得到历练，得到身边许多优秀老师热心的帮助。

学校曾开展"周跟踪听评课"活动。活动的对象是近两年来考入学校的新老师。我被安排听新老师钟招兰的课，连听三天，每天听完要及时对她的课进行全面点评，提出完善与改进的建议、策略。

三天的课中，我能看到钟老师对文本的解读是下了一番功夫的，能看到钟老师在处理文本上是花了许多心思的。三节课上，钟老师表现出来的是一种从容、自然、智慧、灵动的教学姿态。因为是新老师，仅有一年整的教学经验，所以对学段要求把握得不是很准确，对课标理念理解得不是很透彻，对学生情况驾驭得不是很娴熟，对教学时间调控得不是很合理。这一切，钟老师在听我和其他几位同事评课时，都很用心地听，用心地记，用心地思。因此，我对她充满了希望，相信谦虚、好学的她在不久的将来定能成为语文老师队伍中的佼佼者。

第一、第二天的点评，我是单独与她交流的。两天的交流中，我更多地是从课的角度进行分析，引导她如何正确地解读教材、处理教材。在我的指导与分析下，她情不自禁地说："哦，原来是这样！""嗯，我懂了！""这个我怎么没有想到？""我开始也是这样想的，后来又改了一下。"我想她应该明白了许多。

第三天听完课后，我跟组内一同听课的组长徐莉商量，决定坐在一起来评点她的课，同时也请组内听了她的课的老师一起参与。这次评课，除了对她的文本解读与处理上进行了细细分析，比照说明外，还对她提出了许多希望。

她笑眯眯地说："汪老师，谢谢您给我的精彩点评。能听到您这样的'大师'评课，真的很感谢！"我也微笑着，认真地说："钟老师，邮政路小学的优良传统就是优秀教师对新老师的传、帮、带，是无私的，是真心的。今天你得到了我和你们组内其他优秀老师的帮助，我们不需要回报，只是希望你能迅速成长，将来当你也成了优秀老师，也能像我们一样去帮助那些更加年轻的老师。这是一种正能量的传承！"

钟老师默默地望着我，身边的几位老师也默默地望着我。我借助自己的成长经历向他们讲道："今天，虽然大家都称我'大师'，其实真不敢当！学无止境！我的成长也是因为从过去到现在有许许多多的优秀的、成功的教育前辈或同事无私地助推着我，真诚地帮助着我。他们从不计较个人的得失，内心只希望我能更好、更快地成长、成功、成熟，希望我将来也能像他们那样去帮助身边更多的需要帮助的人。这是一种传承，这是一种无私，这是一种感恩！正因为如此，在取得了些许成绩时，我总会告诉自己，必须去主动承担一份责任和义务，必须去无私地帮助身边那些需要帮助的人，必须去引领那些知进取、求上进的人，让他们能在我的帮助下快速成长为优秀的老师、卓越的老师、幸福的老师。"他们一个个神情专注，听得格外认真。

按活动要求，钟老师作为被跟踪的对象还要写一篇心得体会。我阅读过前几年新老师们在活动结束时撰写的心得体会，他们总是会用大量的篇幅、用优美的词汇称赞着跟踪他们的听课团队。因此，我认真地对钟老师说："你的心得体会不需要在这方面花笔墨，但你得回顾这三天的课，细细反思自己的得失及如何改进的策略。这样，你就能进步得特别快。"

当然，每一年的"周跟踪听评课"活动中，跟踪听评课的团队老师对新老师的帮助是真心、真诚的。他们一点都不计较个人得失，常常是华灯初上他们依然在办公室里交流着各自的思考与想法。想到这一点，新老师在心得体会中总是那样真诚地、反复地诉说着内心的感激与感动，就不足为怪了。

新老师来到邮政路小学这个"大熔炉"里，将在优秀老师的带领与指导下，迅速地提升，幸福地成长。这里有一种美德叫传承，有一种精神叫无私，有一种真爱叫感恩！

泥鳅·往事

天凉好个秋！我陪着妻儿去了趟超市。返回时，我们的手提袋里装满了丰盛的菜品，其中就有半斤泥鳅。买泥鳅主要是我的意思，因为我喜欢吃，还因见到泥鳅，件件往事总会浮现在眼前。

泥鳅·童年回忆

孩提时代，我最喜欢做的事就是暑期里和伙伴们去田沟里挖泥鳅。

长长的两个月的暑假，我们这群山村里的小伙伴能做的事非常多。每天中午，当炽热的阳光把石板路和田沟里的水晒得滚烫时，就到了我们这些小伙伴去田沟里挖泥鳅的时候。

我们一伙人，提着小铁桶，光着赤脚在石板路上跳跃着来到田野里，选择了一条看上去淤泥较深的水沟。几个人分工进行，其中两个人到水沟的上游把水源截断，其他几个人把水沟两旁的野草拔干净。几分钟后，整条水沟里的水全排干了，厚厚的淤泥全裸在外面，淤泥的热度也在快速上升着。这时，大家一人负责一段淤泥。我们把双手深深地插进淤泥里，将厚厚的淤泥往自己的脚下翻了个底朝天。非常幸运，只见一个白色的影子在眼前一闪，便又迅速地往淤泥里钻。淤泥里的泥鳅虽然又粗又黑，整个肚皮却是白的。哪能让它从眼皮底下溜走？我双手将泥鳅带着淤泥捧到了铁桶里。乖乖，好大的家伙！

一条水沟挖完，约莫半小时。当大家走上沟岸时，每个人的铁桶里都会收获许多战利品。要是成果不佳，也不会泄气，因为大家会立即选择下一条水沟。

我们这些挖泥鳅的小家伙，个个光着膀子，赤着脚，身上只穿了一条青灰色的小短裤。每天中午，都是这样暴露在阳光下，一个个都成了"泥鳅精"。你可能会质疑，那样不会晒出病来吗？告诉你，山村里的孩子早已习惯了这火热的太阳，早已练出了一副不怕晒的强健体魄。

泥鳅·难忘亲情

我刚工作时，外公、外婆也近七十岁。外公家坐落在大山里的一个小村庄，门前有条小水涧。外婆就在门前种了几棵丝瓜。经过外公、外婆的精心照料，整蔓丝瓜长得非常好，整蔓瓜藤上会同时结出几十条青青的、长长的丝瓜。

丝瓜煮泥鳅在农村里可是一道美味。在丝瓜收获的季节里，外公总会从渔户那里买来好几斤泥鳅养在高高的"冬瓜缸"里。外公常常摘一条丝瓜，再舀上少许泥鳅，用细火煮上，同外婆享受一餐。外婆后来告诉我，这个菜是外公生前最喜欢吃的。每当我来到外公、外婆家时，外公总是笑眯眯地对我说："星叻，外公亲自为你弄一道好菜！"每次外公从"冬瓜缸"里舀泥鳅时，总是舀了又舀。当我让他老人家少舀一点时，他又总是笑眯眯地说："星叻，外公买了许多泥鳅。难得，外公要让好外孙吃个够！"

当掀开土钵时，丝瓜煮泥鳅的香味扑鼻而来。外公、外婆总是一个劲儿地往我碗里舀泥鳅。我也让他们吃，但他们总是笑眯眯地望着我。如今，外公、外婆先后去世了。我常常想起他们那张笑眯眯的脸！有亲人深爱着，有亲人惦记着，那是一种多大的幸福呀！

泥鳅·管理文化

父亲也是一位人民教师，四十二载的工作生涯中，曾担任过十年的小学校长。

一次回家，我与父亲闲聊时，听他聊及管理的话题。他说，管理一个单位，管理一群人，就像抓泥鳅一样。用力过度，泥鳅会从你双手的缝隙里溜走；用力不到位，泥鳅你根本揪不住。这泥鳅就是一个个生命，就像被管理的一个个人。我们绝不能用同样的尺度、同样的力度，去管理每一个人。因人而异，了解每一个人的性格、特点、需要、追求，让每一个人都能发挥其特长，发扬其优点。这也许就是管理的高境界！这不正是管理之道吗？

中午，我精心弄好的丝瓜煮泥鳅端上了饭桌。我美美地享受着久违的美食，妻子也夸我水平不错，大有进步。只可惜宝贝女儿半条未尝，说是吃泥鳅就觉得恶心。唉！女儿，你可知父亲的心思？

和学生说说心里话

风发了疯般地刮着，雨拼了命似地下着，然而，这一切根本影响不了学生那异样兴奋的心情，因为快到"六一"了。儿童的节日将至，校园里处处洋溢着欢声笑语。

这节日永远是属于学生的。

汪一凡，他是我刚刚接手三年级这个班时，留给我印象最深的第一个男生。全班五十七位学生，唯有他一个姓汪，跟我同姓。开学第一课，当与学生交谈，得知这一信息时，我紧紧地握着他的小手说："汪一凡同学，缘分呀！三百年前咱们可能是一家呀！"不经意的一句话甚至是带有些许玩笑的话，却让我与他结下了深深的师生情谊。

那次我的咽喉炎又发作了，上课声音沙哑，且疼痛难忍。第二天，他在课间递给我两样东西，细看，是一盒消炎药和一支喷剂药。他边递给我，边给我讲述每一样药的使用方法。那一刻，我的心真的被感动了。后来的日子里，当我得知他有头晕或感冒的症状，我也总会上前询问一番。爱是相互的，有的时候道不清，讲不明，但会在我和他之间自然而然地流露出来。

江昊宇，一个大头大脸的小男生。两年来，他给我的感觉就是学习特别自觉、待人特别真诚。每当改着他的作业，我看着那一笔一画写出的方块汉字，真是一种享受。一次，我改完他的作业后，把他叫到我身边，问："你在外边练过字吗？"因为我总认为，没有进行过专业的书法练习，是写不出如此令人赏心悦目的字的。然而，他说："汪老师，我没有在任何书法班上练过。"听完他的回答，我总觉得不可思议，总怀疑是自己的眼睛或是耳朵在欺骗我。

江昊宇也是一个挺心细的人。由于长期用粉笔写字，我的左手的每一个手指一到冬天就会因为过于干燥而裂开许多道口子。正所谓十指连心，每当不小心碰到那些小口子，就会钻心地痛。一天，他拿了一支药膏送给我。他来到我身边，关心地说："汪老师，这药膏是我爸爸到国外出差买回来的。您每天睡觉前涂抹一次，您的手很快就会好的。"这样的话语犹如一缕缕春日的阳光温暖着我的心。

"汪老师，我获得了南昌市十佳小记者！""汪老师，我昨天又到了您的博客，看了您写的文章，还转载了好几篇。""汪老师，我昨天和爸爸妈妈到了您的老家婺源旅游了。您的家乡好美哟！"两年来，每一个与学生相处的日子里，我总能听到我的学生在课间跟我真诚地说着自己的心里话。在一次次的真诚交流中，我了解着每一个学生，读懂了每一个学生。

一个上午，我在校长的办公室里向校长汇报工作。校长办公室的窗户靠着大操场，窗户是打开的。这时，操场上有两个孩子在用甜甜的声音不停地兴奋地喊着："汪老师！汪老师！"一边喊还一边向我招手。我望了望窗外，向她们挥手示意，意思是告诉她们不要喊了。没想到，她们可能是误解了我的手势，以为我正在跟她们挥手问好呢！两个小家伙居然边跳边喊着："汪老师！汪老师！"那一脸的神情绝对比捡到了金元宝还有些夸张。校长问我："她们找你有事吗？"我解释说："是我教的学生，她们在跟我打招呼呢。"我常常跟身边的同事说，要想让你的学生喜欢你教的课，首先得让你的学生喜欢你。亲其师，信其道。这也许就是教育之道吧！

张斌海，小家伙思维敏捷，善于表达。课堂上，当我向学生提出问题时，他总是第一个举手。他自信地表述自己的观点时，定叫你觉得眼前的他颇有几分演说家的风范。当我请学生来范读课文时，又是他第一个举手。他入情入境地读着课文中的文字时，那动情的语言及与语言协调、自然的手势更是令你打心里喜欢他甚至佩服他。教学相长。在教学中，不只是教师在向学生传授着知识与能力，学生也能影响教师，促使教师成长。

在班里，杨盛琪、曾泓毅、万明杰、周倩倩、丁一、徐婉婷、郭佳玉、汤祯玉、万栎暄……他们一个个都有着自己的鲜明特点与个性。有人说话滔滔不绝，有人写作妙语连珠，有人辩论有理有据，有人阐述语出惊人，有人待人有情有义。两年来，我深爱着班里的每一位学生。我面对他们时，更多的是一种宽容，是一种鼓励，是一种关注。

在教书育人的道路上，我已走过了二十载。如今，已近不惑之年。在这"六一"到来之际，我儿时"六一"期间发生的一些事永远也忘不了。在此，我想跟你们说一说。

"六一"节的上午，老师组织我们在学校的教室或操场上开展各种有趣的活动。至今，我依然清晰地记得，那是有趣的点鼻子游戏，就是用一个空书包罩在自己的头上，然后在原地转两个圈，再往黑板方向走去，用手中的粉笔点到黑板上画着的人的鼻子，点到了就能得到一个小糖果。那时，能吃到小糖果是一件非常幸福的事，因此，小伙伴们都铆足了劲儿去点。虽然很多时候，小伙伴们没有完全点中，但老师总会给点的人一个小糖果。还有就是在操场上进行四角拉绳的游戏。这种游戏是需要一定的力量和技巧的，否则，总会以失败而告终。一个上午，当参加完各种游戏后，每个学生的衣袋里总会装着好几个赢来的小糖果。那时候，小糖果也是稀罕物，但是小伙伴们都不会吃个精光，总会留一部分回到家里送给长辈们吃。那种有东西跟家里人共同享受的感觉真是好！

虽然是"六一"节，下午回到家，我们这些山村里的小伙伴还得结伴去田间地头打猪草。爱劳动是我们这些山村里的小孩儿都具有的品质，因为大家都会主动替父母着想，为他们分担一部分劳作。那天下午，我不知怎么的，腰部长出了一道长长的东西，一粒粒的红点排成一排。当我告诉一同前往打猪草的年龄大一点的同伴时，他们看了看，然后非常害怕地说："蛇虱！（婺源方言）"这可把我吓到了，因为我常听村里的老人说，蛇虱起初是长出一排的，然后会慢慢地长长，一旦围着腰部长成一个圈，人就会死去。越想越叫人感到害怕，我挎着竹篮边哭边跑到了最疼我的奶奶家里。

奶奶看了看，也肯定了是蛇虱，但奶奶安慰说："没事，待奶奶把它抓掉。"过了一会儿，也不知奶奶到哪里找了几片我不认识的树皮之类的东西，对着我腰部的那一排又红又肿的东西刮了刮，然后说道："没事了！明天就会好的。"那个下午，还有那整个晚上，我都在担惊受怕的漫长等待中度过。半夜里，我也是迷迷糊糊地才睡着了。次日清早，一醒来，我第一时间看了看腰间的蛇虱，果然不见了。我一个翻身，又溜出去疯玩了。

同学们，还有一件事，我还想告诉你们，可别笑话老师哟！汪老师读小学时，小学是五年制的（只有一至五年级），然而，由于汪老师读书实在是读不进去，结果在小学二年级和五年级各留了一级，因此我的小学是读了七年的。七年的小学里，只有第七年，就是留了一级的那个五年级，我才得了一张学校颁发的"优秀少先队员"的奖状，也是小学生涯中唯一的一张奖状。这张奖状至今依然被父亲挂在老家房屋堂前的墙壁上。今天，每每回家看到这张奖状，内心真有一种难以言表的情感。女儿也常常拿这奖状说事儿："爸爸，没想到您这大名鼎鼎的小学语文特级教师，小学居然读了七年，居然只得了一张奖状。"面对女儿的善意调侃，我只是微笑着。

亲爱的四（6）班全体同学，再过两天就是"六一"节了，汪老师在电脑前写下了这些文字，旨在与大家聊聊内心的想法，诉说内心的情愫。想想，我们还得共同相处两年，时间似乎还长着呢，但我是多么希望在这小学的最后两年里，我们更加彼此尊重，相互珍惜，共同进步，增进师生情谊。

啊！已是夜里十一点四十九分了。

（本文写于 2016 年）

永难忘却的经历

昨日夜深，在朋友圈里看到《致谢》一文，于我而言，不仅感动于短文中博士人生经历的不易，更是让自己成长路上的件件往事浮现眼前。

1

那是读初二的第一学期，离放寒假还有一个月的时间，我又生病了，整天发烧、头晕，只能请假，到了放寒假我的病还未痊愈，直至差三天就要过农历大年，病才好。我虽然落下了许多功课，但想着自己能以健康的身体迎接新年，内心甭提多高兴。一晃就到了农历正月初二，我正准备出门和小伙伴们一起玩耍，父亲硬拉着我到离家七八里的大山脚下去挖茶地，修剪茶树。我内心真有一百个不情愿，但是父亲的要求是不可违逆的。

我挖了一阵，就冒汗，脱掉一件件冬衣再挖。直到下午近两点，这里的活儿终于被父亲和我干完了。回来的路上，我因肚中饥饿而显得特别疲惫。走了约莫四里崎岖的小路，经过一个龙宅的小村子，也是我二姑姑家住的村子。父亲见我无精打采的样子，决定带我到二姑姑家去补充点能量。二姑姑素来爱我，她蒸了一大盘烧卖给我吃。那个年代，烧卖对我而言是一种极为罕见的食物。二姑姑家里之所以有这些，是因为二姑夫是个小包工头，家里经济比我家要宽裕得多。实在是饿极了，我狼吞虎咽地吃着。

当天晚上，我睡得浑浑噩噩，因为整宿都在发烧。就这样，一直到开学两周后，我的病才痊愈。每每回想起这件往事，我是多么羡慕身边的一些同伴在正月里可以尽情玩耍，而我，却因家庭经济困窘，须得跟着父亲下地干活儿。其实，在那个年代，即便全家人拼命干活儿，生活也依然是挺拮据的。

2

我的家乡在婺源。过去，一年里茶叶卖出的钱是每一个家庭的主要收入，因此，家乡最忙的时间要算春茶采摘的日子。一旦到了采摘季节，家里的老老少少几乎都忙于采茶、制茶、卖茶。每天早晨，只要看得清茶叶，漫山遍野的茶地里都有采茶人的忙碌身影；每天晚上，直到暗得看不见茶叶时，大家才会挑着装满茶叶的竹篮往家飞一般地赶。无论是大清早，还是傍晚，我们来往茶地的路上，完全是摸着黑行走的。说心里话，摸黑走在这样通往每一座大山的茶地的路上，内心是害怕的，总担心被蛇虫咬伤，可是我和家人从来都没有被它们咬过。这一点，是值得庆幸的。采茶的日子，是轮不到我们来选择什么时间采摘的，无论是烈日还是暴雨，或是狂风、冰雹，用大人的话说，就是天空下尖刀，也得出去采茶，因为时间不等人，价格不等人。

大家都知道，过了清明，茶叶一天天长大，但是价格却一天天陡跌。因此，采茶就是抢时间。为了节省出一切时间，大人们都会抓住一切机会。采茶的日子里，菜园里也没有什么蔬菜，辣椒、茄子还只是小秧苗，只有平日里做香料的葱长得挺旺的。许多次晚饭，母亲就是直接到菜园里割下一把葱，洗洗直接炒熟下饭。也许是饿吧，我们一个个都吃得津津有味。可是葱属热，吃得我有几次都是一边吃着葱下饭，一边鼻血直淌。有一次黄昏，我正在茶地里采茶，总觉得鼻子时有液体不停流出，起初，我还以为是鼻涕，后来因为太多的液体流出，借着黄昏时的微光，才知道是自己流鼻血。我没有和妈妈说，只是随手拿了一点嫩茶叶塞住了鼻子，便继续采茶。当回到家时，才发现自己的上衣、裤子和装茶叶的竹篮上到处都是鼻血，母亲看了心疼得都要哭了。

我心里有些害怕，但担心母亲更伤心，只是一味地对她说，没关系，没关系。我和母亲称过茶叶的斤两后，就把茶叶送到父亲制茶的茶场里去了。我们回家休息了，可父亲还得干上一宿，制好茶，待次日赶早在镇上卖个好价钱。

3

那是读初三时的一个星期天，因为住校，所以，周日下午大概三点一过，我就得从家出发，步行十六里路前往中学。正当我准备出发时，突然想起班主任说，这次要同学们各带一元钱去缴什么费用。我对母亲说明了原因后，发现母亲没有直接拿钱给我，而是从后门口出去了。我把书包、菜筒还有十几斤米放在自家大门口，静静地等待母亲。五分钟过去了，十分钟过去了，我实在有点不耐烦，心里在埋怨着她，因为我还有十六里路要步行呀。约莫十五分钟过去，母亲从后门口返回，出现在我的眼前，手里攥着一元纸币。我接过母亲递给我的一元钱，泪水不禁涌出来。脑子里总想象着母亲挨家挨户借钱的情景。

多不容易呀！在那个年代，仅仅一元钱，家里都没有，母亲得到小村子里挨家挨户地借。也正是这一元钱，让我明白了昔日家里的困窘。从此，我开始发奋读书，因为自己考上师范学校，就能早日领取工资为父母分担。后来，我果然考取了师范学校。我曾写过一篇《一元钱改变命运》的小散文，叙述的就是这次的经历。

4

初中三年学习，是我觉得家里经济最为紧张的三年。我是住在学校的，且家离学校有十六里路，周日下午带去的一大搪瓷罐菜是要吃一个星期的。菜主要是干菜，梅干菜炒豆腐丁，或梅干菜炒黄豆，偶尔也有梅干菜炒肉丁，只不过肉丁少得可怜，也小得可怜，菜里的一粒粒白盐也是看得清的。有时实在吃不下去，就让母亲装一次酸菜炒豆腐丁。这酸菜炒豆腐丁虽然开胃，但是连续吃上一周，餐餐如此，到后来几天，一瞅酸菜炒豆腐丁肚子里便涌酸水。最担心的是天气炎热的日子，过不了两三天，当我打开装菜的搪瓷罐时，上面总会生出一层白白的物质，这便是酸菜坏了的表现。面对这种情况，我只能用筷子将上面一层生了白白的物质的酸菜刮去，继续吃着下面的酸菜炒豆腐丁。这种情况，在当时的同学中也是较为常见的。而我，可能就是因为吃这样的没有什么营养或是变了质的菜，导致初中三年学习生活期间，总是病恹恹的。

有一次周六中午放学，我扛着书包和搪瓷菜罐回家。一路上，我饿得前胸贴后背，肩上的书包和空搪瓷菜罐好像有千斤重似的。我浑身乏力，走走停停。当我坐在一个石拱桥上歇脚时，心里却梦想着，父亲或母亲到了眼前接我来了。望望前方狭长的路，三三两两迎面而来却是一张张陌生的脸庞。我艰难地起身向前走着，转过一个山背，前面模模糊糊一个身影出现在我眼前，原来是我最亲爱的外公来接我。外公家就在我前往中学读书的路边小村落。原来是外公听我的一些同学说我生病了，一个人落在了后面。外公一边询问着我的情况，一边接过我肩上的物件。这一刻，我感觉整个人都轻松了许多，背似乎也挺直了。其实现在回想，我肩上的那点东西也就十来斤而已。可是，这对于一个几乎周周生病、体质虚弱至极、身高不到一米五五的我来说，已是够受的了。

对我来说，最让自己忘不掉的便是自己三年初中经历的每一件事。为什么？家庭经济的极度窘迫。现在回想起来，真有些心有余悸，害怕自己因身体患病而死去，因为许多次患病是极其严重的，但又庆幸自己当时经历的林林总总的苦难，是这些磨炼了我，锻造了我，也成就了我。我常常对身边的人说："当下经历的所有的苦，跟昔日自己经历的苦相比，根本就不算什么。"我正因为昔日经历了许多艰难困苦，所以对今天拥有的幸福生活倍加珍惜。

后　记

　　虽然这是自己的第八本著作，但内心丝毫不敢有自喜的心态。为什么呢？写作于我而言，是一种提升自我素养及表达观点、情感的需要。在自己的每一天里，我总会安排近三小时进行静心阅读和写作。因此，自己度过的每一个日子，都是充实的。我以为，充实的日子才会快乐，才会幸福。

　　读什么书呢？我一般读三类书：一是读教育类的专著或教育杂志、报纸；二是读文学类书，以儿童文学类为主；三是读一些科普类的书。为什么读这三类书籍呢？读教育类的专著或教育杂志、报纸，旨在通过系统的阅读，提升自己的教育教学理论水平，更新自己的教育教学理念，创新自己的教育教学方法、策略；读文学类书籍旨在提升自己的文学素养，尤其是阅读儿童文学类书籍，便于自己能真正理解儿童、了解儿童，实现为了儿童的发展与成长奋斗终生的誓言；读科普类的书籍，旨在拓宽自己的知识面，增长见识，在具体的教学中，能够和学生有着共同的交流话题。

　　写些什么呢？我一般写三类文章：一是教育教学类的学术文章，围绕具体的学术观点写成学理性文章；二是教育教学故事或随笔，把自己在教育教学中经历的事情、遇到的教育教学现象，或是自己对教育教学的思考写成文章；三是以散文、小说、诗歌的形式及时记录生活中真实的人、事、物，或是表达自己的真切情感。

对我而言，或阅读，或实践，或写作，就是自己的教育人生。这样的教育人生于我而言，是愉悦的，是充实的，是幸福的。我会持之以恒地阅读着，实践着，写作着，乐此不疲。正因为如此，自2012年7月我的第一本教育教学专著《过着语文的日子》由江西人民出版社正式出版至今，已完成八本著作的撰写。如今，我的第九本教育教学专著已完成了近三分之二的内容。

有人问我，怎么会如此高产？我想，关键在于自己能在教育教学中始终做到以下三点：一是坚持。凡事贵在坚持。"若有恒，何必三更眠，五更起；最无益，莫过一日曝，十日寒。"我能写出这么多的文字，就在于十几年如一日，每天都有近三小时的阅读、写作时间。长的五六千字，短的千余字，天天如此，日日如此，月月如此，年年如此。长期坚持，不仅写出的文字越来越多，写作水平也得到快速提升。二是情怀。我对教育是有着深深情感的，换言之，就是自己对教育有着深厚的情怀。我喜欢她，挚爱她，痴迷她，甚至为她"疯狂"。正因为自己对教育拥有情怀，所以为了教育教学，为了学生发展，我每天的阅读与写作，都是一种主动而为。如果一天里不阅读点或不写点文章，我便会觉得心里不安，像少了点什么似的。三是热爱。我爱工作，爱生活，爱家人，爱同事。在我的心中，生活中的一切都是美好、都是友善的。面对生活或教育中消极的东西，我总能换位思考，看到积极的因素。因此，在工作中，在家庭里，在社会上，我总喜欢用积极的眼光、友善的心态去看世间的人、事、物。

写出第八本著作绝非自己教育人生的终点，而是一个新起点。在教育教学中，我总喜欢挑战自己，倒逼自己。为什么要去不断挑战和倒逼自己呢？我就是希望自己能够更好更快地成长，以便有更多的能力和智慧去影响、去指导身边更多教育人。我想，这便是自己的教育初心吧！

最后，我还得真心感谢为自己这本著作写序的叶存洪教授。在我的心目中，叶教授是一位真正拥有深厚教育情怀的人。他那高尚的人格魅力和高超的专业能力时刻影响、指引着我前行。有人说，一个人要学会结交高人。在我的心目中，叶教授就是一个真正的高人。在一次次与叶教授的交流中，我的内心总能更豁达、更通透、更从容、更自信。这不正是高人的魅力吗？

在自己的教育人生道路上，我不会满足，不会止步，只有奋斗，只有挑战，只有快乐！